BIBLIOTECA DELLE REGIONI

Scrittori di Calabria

15

SCRITTORI DI CALABRIA
Direzione scientifica Aldo Maria Morace

Periodico settimanale n. 15
del 18-10-2006
Direttore responsabile: Giovanna Fois
Reg. Trib. di Lamezia Terme n. 7 del 02-11-2005

Grafica: Antonio Fois

Coordinamento editoriale: Mariantonietta Piga

Stampa: Rubbettino Industrie Grafiche ed Editoriali

Ilisso Edizioni
www.ilisso.it
ISBN 88-89188-74-X

Rubbettino Editore
www.rubbettino.it
ISBN 88-498-1552-2

Nicola Misasi

RACCONTI CALABRESI

prefazione di Giuseppe Rando

ILISSO *Rubbettino*

PREFAZIONE

Denso repertorio della cultura – verrebbe fatto di dire dell'anima – calabrese di *fine Ottocento*, i *Racconti calabresi* di Nicola Misasi non rientrano a pieno titolo nella narrativa verista, ma non si possono nemmeno confinare, in blocco, nella più o meno "deteriore" letteratura romantico-popolare: bisogna – di necessità – distinguere.

Contro la tesi di coloro che sostengono l'affiliazione più o meno diretta della raccolta misasiana al Verismo stanno, invero, le ragioni ineludibili della storia e quelle, sovrane, dello stile.

Vediamo, dapprima, di chiarire le ragioni della storia. Usciti a Napoli, da Morano, nel 1881 (un anno dopo le novelle di *Vita dei campi* e nello stesso anno dei *Malavoglia*), i *Racconti calabresi* non solo «non *mettono* sotto accusa l'amministrazione 'piemontese'» (Madrignani), ma non mostrano alcuna apertura di credito nei confronti del Positivismo, che, anzi, si peritano, in più di un'occasione, di contestare. Quanto dire che i *Racconti calabresi* sono filogovernativi o, comunque, indifferenti ai problemi generali della politica e dello stato unitario, nonché esplicitamente antipositivisti. Il che basterebbe a far dubitare, quantomeno, della reale caratura veristica dell'opera, dacché Verismo e Positivismo (lo ha dimostrato, da par suo, Petronio) sono due facce, inseparabili, della stessa medaglia: non c'è Verismo senza Positivismo e senza denuncia delle responsabilità oggettive (politiche, sociali, religiose, culturali ecc.) dei "ritardi" del Meridione.

A conferma, si consideri come suoni irrevocabile, nella novella *Un triste ricordo*, la condanna del Positivismo:

> ... e se non credete più all'amore, al disinteresse, all'abnegazione, a tutto ciò che è nobile, che è buono, che è grande; se il mondo con le sue bassezze, con le sue ipocrisie, con le sue volgarità, *con quella miscela di vizii e di basse passioni che dicesi positivismo* [il corsivo è mio], e si è infiltrato in voi, e vi ha guasto e corrotto; se non credete più a nulla di buono e di nobile nella vita, e forse avete ragione a non crederci, contemplando quella giovinetta sentireste rinascere, come in me rinacque, il fior della fede; e non direste più che la virtù è un nome vano, il disinteresse e l'abnegazione una utopia, l'amore una favola.

Certo, sono assai distanti, tali rigide proposizioni («quella miscela di vizii e di basse passioni che dicesi positivismo»), dall'alta considerazione della darwiniana "fiumana del progresso" e del "grandioso" risultato del "cammino fatale" dell'umanità, che attraversa tutta l'opera verista di Verga.

Esaminiamo, ora, le ragioni dello stile, non senza aver rilevato, preliminarmente, un dato oggettivo: i *Racconti calabresi* ignorano quasi del tutto – sul *quasi* dovremo tornare – la rivoluzionaria scoperta della oggettività narrativa, come antidoto opposto dal narratore verista-positivista al soggettivismo patetico, enfatico ed idealistico della languente letteratura romantica.

Vale a stento la pena di ricordare che il Verismo è, sotto tutti i profili, storicamente, senza dubbio veruno, post-romantico e antiromantico; non c'è Verismo, insomma, là dove non c'è condanna, rifiuto dei moduli enfatici, retorici, lirici, patetici del tardo Romanticismo: il Verismo fu, alla fine, per Verga e non solo per Verga, "l'artificio" letterario che, nel dare al lettore alto borghese dell'epoca "l'illusione della realtà", lo inchiodava di fronte alla scabra rappresentazione-denuncia dei fatti, impedendogli di rifugiarsi nel comodo alibi della deformazione artistica della realtà che gli ultimi romantici – e i novellieri romantici, in ispecie – incentivavano: bastava all'epoca (e basta ancora oggi) il minimo sentor di retorica perché il lettore si allontanasse (e si allontani) dall'opera che lo emanava (o lo emana). Il genio verghiano aveva anche, com'è noto, codificato gli strumenti letterari alternativi all'armamentario romantico: la mimesi linguistica *in primis*, il discorso indiretto libero, il "coro" dei parlanti ecc.

Ebbene, i *Racconti calabresi* danno, di sicuro, veste narrativa alla cultura e all'anima calabrese di *fine Ottocento*, e lo fanno con una fluidità di scrittura che merita di essere giustamente valorizzata, ma non sono affatto immuni dal patetico, né dall'enfasi retorica e tribunizia, che restano invece i "registri" privilegiati del loro autore: le frequenti invettive, le lacrimose querimonie, le irose apostrofi invadono difatti la pagina, rischiando di produrre assuefazione e rifiuto, piuttosto che partecipazione emotiva, nel lettore avveduto.

C'è, ad ogni modo, nei racconti di Misasi, piuttosto che l'eclisse, l'epifania perenne e talora ostentata dell'autore (che appare come narratore interno o intradiegetico in tre dei racconti), con i suoi pregi – da evidenziare – e con i suoi difetti, da non occultare.

Basti una rapida schedatura dei temi ricorrenti nella raccolta misasiana e dei corrispettivi moduli stilistici.

In due racconti ritorna la storia dell'innamorato respinto, perché povero: stanco delle angherie subite da parte del padrone, che è anche il padre della donna amata, e da parte del fidanzato della stessa (*Giovanni*, *Cola il Lupo*), il giovane uccide (con la scure) il fidanzato (*Giovanni*) di lei, o, col fucile, il neomarito e il padre della sposa (*Cola il Lupo*); si dà alla macchia; diventa brigante e infine viene arrestato (*Giovanni*) o muore in un conflitto a fuoco coi bersaglieri (*Cola il Lupo*).

Scorre abbondante la fiumana romantica nella massiccia nervatura di questi fascinosi racconti: paesaggi notturni, anche lugubri e percorsi da brividi animistici degni dello *Sturm und drang*; amori infelici e non corrisposti, ma sempre castigati; caratteri sbozzati con l'accetta; netta, manichea demarcazione dei personaggi nei due fronti contrapposti del Bene e del Male; patetica denuncia dei soprusi; anarchismo ed esplosione incontrollata della violenza; toni sempre oltranzosi, di maniera.

Parrebbe uscire dai rigidi schemi romantici e accostarsi alle tecniche compositive dei veristi l'innesto, nel tessuto narrativo dei due racconti, di sapidi reperti demologici e/o saggistici, che restano tuttavia esterni alla narrazione, non riuscendo, di norma, a sciogliersi in essa.

La lingua è quella tradizionale, "classica", manzoniana, fiorentina (definita "non reale", negli stessi anni, dalla Serao), che non rifugge dal ripescaggio di termini usurati e libreschi, oggettivamente dissonanti in un universo agropastorale come quello nel quale si collocano i fatti narrati («occhi cilestri», «dimani», «declivio», «use a serenar filando», «arrestossi», «cappello infettucciato», «merendavano», «venghiamo al serio», «si assisero», «pane ferrigno», «esponghiamo il petto», «fa d'uopo», «trepidanza» ecc.): il narratore-autore impone la sua lingua di intellettuale borghese ai poveri pastori calabresi, da cui si sente antropologicamente e socialmente diverso e distante: certo, non gli riesce di *regredire* al loro livello culturale, psicologico e linguistico. La sua reale posizione di signore servito e riverito dai pastori è, peraltro, nettamente delineata in *Rocco lo scemo*.

Il racconto che più da vicino pare conformarsi alla poetica e all'ideologia di Misasi è *Marco*: vi si narra la patetica storia di un giovane di sani principi e di buoni studi, che uccide il sindaco di Catanzaro e suo figlio (il quale aveva violentato e fatto impazzire la sorella, nonché morire di dolore il padre), si dà, con la solita progressione, al brigantaggio e muore pazzo di dolore, dopo che anche la donna amata gli è stata uccisa dai malfidi compagni.

Il patetico vi è profuso in abbondanza:

Mia madre fu afferrata ed imbavagliata; mia sorella presa in braccio è portata svenuta sul suo letto. In casa mia era entrata la vergogna. Mia sorella al mattino era pazza!

– Infami, infami! – esclamò la giovinetta.

... Povera Filomena! l'ho sempre qui, nel mio cuore, coi suoi grandi occhi neri e granati, col suo visino di Madonna addolorata: l'ho sempre qui quella angioletta di casa mia, che gli infami violarono e fecero morir pazza e disperata!

E, col patetico, le macabre incursioni nelle truci atmosfere funerarie del romanzo d'appendice:

Al mattino gli squadriglieri trovarono Marco boccone presso il cadavere di Maria, con le labbra sulle labbra della giovanetta. Quando ne alzarono il capo, retrocessero sbigottiti. Il viso del brigante era orrendo a vedersi, gli occhi sbarrati e quasi fuori dell'orbita, i lineamenti stravolti e lividi.

Il vero si è che Misasi, assillato dal bisogno, per lui forse ossessivo, di dimostrare che il brigante calabrese – il calabrese – non è delinquente *per natura*, capovolge l'accusa, tentando di dimostrare che il brigante calabrese – il calabrese – è, al contrario, *per natura*, fiero, nobile, orgoglioso ecc. e che semmai, proprio la sua esuberante natura lo spinge, per eccesso di fierezza, orgoglio, nobiltà d'animo, a delinquere: il brigante calabrese sarebbe, *naturalmente*, un eroe, se gli fosse stato dato di vivere in altri contesti. La tesi è chiaramente espressa in *Brigantaggio*, il primo dei *Racconti calabresi*.

Un assunto tanto perentorio finisce, però, paradossalmente, per inibire esiti stilistici più distesi, meno asfittici e ripetitivi, alle novelle suddette, che vanno lette anche come il tentativo (nobile, magari, ma artigianale, provinciale, ingenuo) di correggere un errore obiettivo restando, però, sullo stesso terreno sottoculturale (lombrosiano) dell'errore: da delinquente *per natura* a eroe *per natura*; illusorio balsamo, invero, spalmato sulla ferita originaria, aperta nella carne e nella mente di un calabrese, di un meridionale, dai pregiudizi settentrionali: nulla a che vedere comunque con il Verismo, col progresso e – men che mai – con la lotta per il riscatto sociale.

Una variante, in tale contesto, è rappresentata da *Rocco lo scemo*, il racconto di un rozzo pastore che uccide il fidanzato della signorina Giulia Scervoni, di cui è cupamente innamorato, e viene ucciso, dopo un anno, dai fratelli della fanciulla: Rocco lo scemo non ha la nobiltà d'animo di Giovanni e di Cola il Lupo; è una figura sordida e abietta, che cerca di nascondere il suo insano delitto venendo tuttavia punito, a tempo giusto, dai fratelli di Giulia, ai quali passa quindi la qualifica di vendicatori nobili e fieri: non è necessario essere briganti per vendicare i torti subiti.

Nella novella ritornano gli usurati stilemi romantici, ma si registra anche una novità strutturale degna di attenzione: l'autore adotta la tecnica *sospensiva*, tipica del romanzo giallo o d'appendice, per cui la soluzione del "caso" giunge inaspettata alla fine, con un incremento effettivo della tensione narrativa: attestato innegabile della notevole capacità affabulatoria di Misasi.

Eroica è ancora la figura dell'anonimo giovane che, in *Accanto al fuoco*, ama riamato un'anonima fanciulla, la quale viene data in moglie, per interesse, a un ricco signore del luogo: i due innamorati continuano ad amarsi dopo il matrimonio di lei, ma vengono colti in flagrante dal marito, che uccide il rivale sul masso su cui si giaceva con la moglie: nelle notti di luna piena, la macchia del sangue sgorgato dal petto del giovane si ristampa sulla pietra. Vi si può leggere un'indulgenza all'irrazionale romantico o un'apertura di credito nei confronti del rinnovato spiritualismo di *fine secolo*. La conduzione del racconto è affidata al «vecchio Pietro» (narratore di secondo grado), paladino della morale tradizionale, cui si contrappone, in una sorta di gioiosa altercazione, Giovanni, che ha fatto esperienza della modernità essendo «tornato da pochi mesi dall'esercito»: si pensa al rapporto, molto più conflittuale, di Padron 'Ntoni e del nipote 'Ntoni.

Altre facce dell'amore soffocato esplorano due racconti costruiti attorno alle figure di due frati: *Fra Tommaso l'eremita* e *Serra S. Bruno*.

Nel secondo, zeppo di immagini di un romanticismo lugubre, notturno, manieristico, il narratore di primo grado cede la parola a un suo amico, medico (narratore di secondo grado), che gli racconta la storia di padre Serafino, già conte e ufficiale di bell'aspetto, «amato da molte nobili fanciulle», che, fattosi monaco nella Serra S. Bruno, intreccia una profonda relazione amorosa con la bellissima baronessa Gilardi, trascurata da un marito geloso, e ne uccide in duello, per difendersi, il marito stesso: i suoi ultimi trent'anni in convento furono vissuti all'insegna dell'espiazione cristiana del delitto.

Un *unicum* tematico, se non stilistico, è invece *Triste ricordo*, vero e proprio epicedio (senza coro) su un giovane poeta, Pietro Vercillo, campione di «affetti nobilissimi» e di fervida religiosità, cui un amico d'infanzia toglie la vita, per futili motivi, in una stanza d'albergo. Le curvature romantiche dell'espressione e i recuperi dell'ideale romantico sono anche qui palesi e sovrabbondanti.

Accetteremo, perciò, che i *Racconti calabresi* siano relegati, in blocco, nella "deteriore" letteratura romantico-popolare?

La risposta a questa domanda non può che essere negativa ove si consideri che non rientrano affatto negli schemi della letteratura romantico-popolare né *Brigantaggio*, né la poetica di *Pria d'incominciare*, né *Fra Tommaso l'eremita*.

Un segnale inequivocabile della intonazione veristica di *Brigantaggio* è dato dallo stile indiretto libero, cui il narratore-autore ricorre in due precise sequenze del racconto: segnale accentuato, in specie, dal *che* famigerato, il quale è stemma primario e assoluto dell'arte verghiana. Si legga un brano della prima sequenza:

> Poi gli avean rivolto la parola, e saputo di chi fosse figlio, l'aveano accarezzato, e uno di essi avea ricordato le gesta del nonno e dello zio: che uomini quelli! che briganti degni della Sila! Ed il fanciullo si sentiva fiero di quelle carezze e di quelle lodi, riconoscente pel tozzo di pane bianco che gli aveano regalato, pane bianco che è così buono, che non si mangia mica due volte in vita, e *che* spesso si muore senza saper che sia [il corsivo è mio].

Chi ha scritto queste righe non può non aver letto le novelle di *Vita dei campi* di Giovanni Verga: il narratore ruba ai personaggi popolari alcune espressioni («che uomini quelli! che briganti degni della Sila!» e «pane bianco che è così buono, che non si mangia mica due volte in vita; e che spesso si muore senza saper che sia») e le fa sue, inserendole nel suo discorso indiretto (libero) di narratore esterno, in terza persona.

Dello stesso tenore è, poco oltre, la tenerissima sequenza della *dottrina cristiana*, che qui non si riporta, per esteso, solo per motivi di spazio: il narratore-autore regredisce agli ingenui livelli psicologici e linguistici di un bambino: «Da quella *dottrina* il povero ragazzo apprendeva che ci era in un luogo bellissimo detto Paradiso, un signore molto ricco e potente, quasi quasi più potente e più ricco del signor tal dei tali, proprietario di tanti e tanti poderi; e quel signore si chiamava Dio».

Ma altri segnali verghiani, cioè veristici, è dato cogliere in questo primo racconto della raccolta. Si pensi al procedimento antifrastico – identico a quello adottato da Verga in *Fantasticheria* – con cui il narratore-autore stigmatizza i pregiudizi della borghesia sugli emarginati: «le signore» che «si divertivano» in tribunale nell'udire il racconto delle nefande imprese dei briganti sono parenti strette della signora di *Fantasticheria* che guarda inorridita alla vita grama dei pescatori di Aci-Trezza (l'allocuzione ironica a una «bella signora che mi leggete» torna in *Giovanni*). Lo stesso impianto strutturale del racconto, che combina la narrazione con la saggistica socio-politica e con la poetica *tout court*, è di chiara matrice verghiana. L'innesto, meno sporadico che altrove, e sia pure corsivato, del dialetto nel tessuto narrativo rimanda ancora a Verga, così come il riuso dei proverbi. L'attenzione alla grande storia – la rivalutazione, in chiave meridionalistica, del brigantaggio politico del 1799 e del brigantaggio reazionario del 1806 – rimanda a Verga.

Allo stesso modo, la poetica codificata in *Pria d'incominciare*, con l'immediato rifiuto della «fantasia» e la decisione di attenersi ai «fatti», con la dichiarazione (non confortata tuttavia dai testi), di avere «usato molti vocaboli e modi di dire del dialetto calabrese» sono precisi indizi di una opzione veristica dello scrittore cosentino.

Lo stile indiretto libero riappare, ancora, in *Fra Tommaso l'eremita*, una delle più riuscite – perché immune dal tarlo dell'enfasi e del facile patetismo – novelle della raccolta: l'unica in cui Misasi mostra di conoscere la difficilissima arte dei mezzi toni. Fra Tommaso è un vecchio eremita che vive nella stanzetta affumicata, attigua a una chiesuola sperduta nei monti calabresi, da quando, giovinetto, ferì il suo rivale in amore. Dopo molti anni, la fanciulla di cui era stato innamorato, ora madre di quattro figli, chiede rifugio per una notte, col marito, nell'eremo di fra Tommaso: lui la riconosce subito, ma tace; lei solo l'indomani mattina, prima di partire, prova un certo turbamento. La sera prima i due coniugi avevano raccontato la storia del loro amore al povero eremita, ma è il narratore-autore che ne riferisce, mimando il lessico e la sintassi ingenua della povera donna:

> Immaginate che un altro ronzava intorno a quella donnina. Ella rideva con quell'altro, ma non l'amava, oh no! Lo aveva conosciuto da bambina, figuratevi, e gli voleva bene come ad un fratello … Figuratevi che fece quando seppe che lei faceva all'amore, figuratevi!

Talché si direbbe, in conclusione, che *Brigantaggio*, *Pria d'incominciare* e *Fra Tommaso l'eremita*, pur non essendo del tutto immuni da capziose aure romantiche, gravitino piuttosto sui versanti del Verismo (*Pria d'incominciare* fu pubblicata sul *Corriere del mattino* nel 1880, laddove due novelle romantiche come *Marco* e *Cola il Lupo* vi apparvero nel 1881), restando le altre della raccolta maggiormente sbilanciate sui crinali del Romanticismo. Un testo di frontiera appare, ad ogni modo, oggi, la raccolta misasiana: per tre quarti romantico-popolare e per un quarto nel solco del Verismo.

L'ideale romantico (con sfumature religiose), profuso nella maggior parte dei *Racconti calabresi*, più che un anacronistico retaggio letterario sembra costituire per il narratore-autore una sorta di alternativa alla crisi o al rifiuto del Positivismo: Romanticismo di ritorno, dunque. Il procedimento è stato rinvenuto in scrittori meridionali coevi, come il messinese Edoardo Giacomo Boner, che illustrano, a pieno titolo, accanto a Fogazzaro, la "reazione spiritualistica" di fine secolo: si accetta la lezione formale del Verismo, rifiutandone tuttavia il messaggio materialistico-positivistico e recuperando, in surroga, l'ideale romantico. Sono espliciti in tal senso, oltre al già citato, *Un triste ricordo*, due racconti: *Accanto al fuoco* e *Serra S. Bruno*.

Nulla aggiunge alla scabra intelaiatura del libro la novella, *Gabriella*, aggiunta dall'autore nell'edizione definitiva del 1905 (Napoli, Morano Editore): vi si può cogliere al più un'accentuata insistenza, di probabile ascendenza dannunziana, su particolari anatomici repellenti del corpo senile di una donna, che aveva avuto un suo fascino particolare nell'età giovanile: Graziella, moglie di un «bastardo», divenuto brigante, uccide l'assassino del marito, sconta in carcere la sua pena, e muore di stenti nella casa, già sontuosa e ora cadente, che il marito le ha lasciato in eredità. E va detto che un errore effettivo dell'autore (al terzo capoverso di pag. 185 dell'edizione napoletana: «I genitori degli Aldini») ne intorbida ulteriormente l'*allure*: per tutta la pagina il lettore familiarizza con una fanciulla, Gabriella, sorella di tre fratelli maschi, «figli» degli Aldini, che «erano morti»: Gabriella Aldini, dunque; senonché nella pagina successiva Gabriella Aldini [?] viene inopinatamente concupita e aggredita da Don Domenico Aldini. Il senso (e la morale) sono salvi, se la locuzione suddetta viene sostituita, come noi abbiamo fatto, con quella corretta «I genitori dei Gilardi»: Gabriella Gilardi viene concupita e aggredita da Don Domenico Aldini; sposa l'uomo che si è levato in suo soccorso, il «bastardo» Pietro Moschini; questi, divenuto brigante per motivi politici, due anni dopo viene ucciso da Don Domenico Aldini, che viene a sua volta spento, per legittima difesa e per vendetta, da Gabriella Gilardi Moschini. L'errore non sorprende più di tanto, ove si ponga mente alla riconosciuta renitenza dello scrittore cosentino a correggere le bozze dei suoi lavori. Gli altri racconti presentano poche, minutissime varianti (*il fanciullo* = *quel fanciullo*; *parea non sapesse* = *parea che non sapesse*), che non ne alterano, in alcun modo, l'originaria caratura formale.

Alla fine però il valore di un'opera, quali che siano i suoi referenti storici o le matrici letterarie, si misura sul piano stilistico. Epperò la fluidità da fiume in piena della scrittura di Misasi resta. Resta la sua – si direbbe innata – dote dell'affabulazione coinvolgente, insieme con la varietà delle soluzioni strutturali escogitate per tenere alta la tensione del racconto. Quanto dire che Nicola Misasi è narratore autentico. Senza dubbio veruno.

Giuseppe Rando

NOTA BIO-BIBLIOGRAFICA

Nicola Misasi nasce a Cosenza il 4 maggio del 1850, da una famiglia della piccola borghesia. Maltollerante della disciplina scolastica, interrompe gli studi regolari per riprenderli in seguito. Dopo un primo periodo cosentino, segnato da letture disordinate – da autodidatta – e dalla pubblicazione di opere, in prosa e in versi, di poco conto, imitando l'esempio di tanti altri scrittori meridionali e spinto dall'esigenza di evadere dal chiuso provincialismo della sua città, nel 1880 si trasferisce a Napoli. Lì entra in contatto con Matilde Serao, Edoardo Scarfoglio, Salvatore di Giacomo e si fa conoscere dal grande pubblico con i *Racconti calabresi* del 1881.

Passa quindi a Roma nel 1882, su invito di Angelo Sommaruga. Collabora al *Fanfulla della Domenica* e *Cronaca bizantina*, entrando in contatto con Giosuè Carducci, Gabriele D'Annunzio, Antonio Fogazzaro, Luigi Capuana, Giovanni, Verga, dai quali riceve numerose manifestazioni di simpatia e consensi. Sempre a Roma pubblica, nel 1883, la raccolta di racconti *In Magna Sila*, e il romanzo *Marito e sacerdote*.

Nel 1884 torna in Calabria, a Monteleone, dove insegna lettere, rimanendovi fino al 1892. Si trasferisce poi a Cosenza, continuando l'insegnamento al liceo "Bernardino Telesio". In questo periodo si reca spesso a Napoli, su invito di due scrittori amici, la Serao e Scarfoglio.

Numerosi i suoi contributi su giornali e periodici – *Il Corriere di Napoli*, *Il pungolo*, *Il Mattino*, *Il giorno* – in cui pubblica non solo romanzi e racconti a puntate, ma anche resoconti di viaggi e conferenze, osservazioni di carattere socio-economico sulla Calabria. La sua collaborazione ad alcuni giornali sudamericani (*Patria degli Italiani* di Buenos Aires, *Progresso italo-americano* di New York) lo rende noto agli emigrati italiani dell'America latina che gli conferiscono una medaglia commemorativa.

Allo scoppio della prima guerra mondiale abbandona l'insegnamento e va a vivere a San Fili, un piccolo centro nei pressi di Cosenza.

Muore a Roma il 23 novembre del 1923.

Opere di Nicola Misasi

Notti stellate, Cosenza 1873.

Il postiglione, Cosenza 1874.

A re Vittorio, Cosenza 1878.

Leggende e liriche, Cosenza 1879.

Racconti calabresi, Napoli 1881.

In magna Sila, Roma 1883.

Marito e sacerdote, Roma 1883.

Commemorazione di Francesco Fiorentino, Monteleone 1885.

Femminilità, Napoli 1887.

Anima rerum, Cosenza 1889.

Senza dimani, Napoli 1891.

Frate Angelico, Napoli 1892.

Fuga, Napoli 1892.

La caccia al marito, Napoli 1892.

Mastro Giorgio, Napoli 1892.

O rapire o morire, Napoli 1892.

Resurrezione, Milano 1892.

Cronache del brigantaggio, Napoli 1893.

Il castello di Corigliano, Napoli 1893.

La poetica erotica di Vincenzo Padula, Cosenza 1893.

L'assedio di Amantea, Napoli 1893.

Storia d'amore, Napoli 1893.

Sacrificio d'amore, Napoli 1894.

In provincia, Napoli 1896.

Carmela, Napoli 1899.

Massoni e carbonari, Napoli 1899.

Il gran bosco d'Italia, Palermo 1900.

La badia di Montenegro, Napoli 1902.

"Badie e castelli calabresi", in *Nuova Antologia*, 16 febbraio 1904.

Il romanzo della rivoluzione, Napoli 1904.

Il tenente Giorgio, Napoli 1904.

"L'anima nuova", in *L'ora di Palermo*, 1904.

"Anime naufraghe", in *Il Mattino* di Napoli, 1905.

Briganteide, Napoli 1906, 2 voll.

Devastatrice, Napoli 1907.

La mente e il cuore di Francesco di paola, Lanciano 1907.

"Parabola", in *Il Mattino* di Napoli, 1097.

Capitan Riccardo, Milano 1911.

S.M. la Regina, Milano 1911.

Sola contro tutti, Milano 1911.

"Nelle tenebre", in *Corriere di Napoli*, 1915.

Il dottor Andrea, Milano 1921.

"Agesilao Milano", in *Il Compendio*, maggio 1923.

Principali interventi critici sull'opera di Nicola Misasi

L. Marocco Diprima, "Accensioni romantiche: Nicola Misasi", in *L'ora*, 23-2-1922; L. Aliquò-Lenzi, "Revisione critica degli scrittori calabresi", in *Bibliografia calabra*, I, 1932; G. Bellonci, "Nicola Misasi", in *La Fiera letteraria*, settembre 1950; L. Carci, *Nicola Misasi*, Cosenza 1951; A. Verre, "Nicola Misasi romanziere", in *Calabria letteraria*, IV (1956), n. 3; B. Croce, "G. Mezzanotte, A. Lauria, N. Misasi, D. Ciampoli", in B. Croce, *La Letteratura della nuova Italia*, V, Bari 1957 (I ediz. 1938), pp. 188-189; F. Flora, *Storia della letteratura italiana*, V, Milano 1957 (I ediz. 1940), pp. 447-448; G. Cattaneo, "Prosatori e critici dalla Scapigliatura al Verismo: Nicola Misasi", in *Storia della letteratura italiana. Dall'Ottocento al Novecento*, VIII, Milano 1968, pp. 378-379; P. De Seta, *Nicola Misasi e il movimento romantico-verista di Calabria*, Cosenza 1969; L. Iannuzzi, "Introduzione a N. Misasi", in *Pagine calabresi*, Bologna 1969, pp. 5-31; M.N. Palumbo, "Nicola Misasi: appunti sulla vita", in *Annuario Istituto Tecnico Femminile Nitti*, Cosenza 1969; F. Volpe, "Ipotesi e appunti sulla cultura meridionale dopo l'Unità: Nicola Misasi e la società calabrese del suo tempo", in *Archivio storico per le province napoletane*, serie III, vol. XI (1973), pp. 405-415; poi, con il titolo "Nicola Misasi e la società calabrese", in *Calabria, storia e cultura (1815-1922)*, prefazione di G. Cingari, Reggio Calabria 1992, pp. 133-144; C.A. Madrignani, "Regionalismo, verismo e naturalismo in Toscana e nel Sud: Collodi, Pratesi, Capuana, De Roberto, Serao", in *La letteratura italiana. Storia e testi*, VIII, 1, Bari 1975, pp. 525-526; S. Romagnoli, "Il brigante nel romanzo storico italiano", in *Archivio Storico per la Calabria e la Lucania*, XLIII (1975); P. Crupi, "Introduzione" a N. Misasi, *In Magna Sila - Giosafatte Tallarìco - Il gran bosco d'Italia*, Cosenza 1976, pp. 5-19; P. Crupi, "Nicola Misasi", in *Storia della letteratura calabrese. Profili e testi*, III, Cosenza 1995, pp. 121-132; P. Crupi, "Introduzione" a N. Misasi, *Racconti calabresi*, Soveria Mannelli 2003; C. Muscetta, "Misasi e il ritratto di un brigante", in *Realismo, neo realismo, controrealismo*, Milano 1976, pp. 273-280; V. Paladino, "La costante umanistica e il 'Romanticismo naturale'", in *Cultura e narrativa calabrese tra Otto e Novecento*, Napoli 1982, pp. 24-29; S. Martelli, "Letteratura e brigantaggio: modelli culturali e percorsi misasiani", in *Cultura Romantica e territorio nella Calabria dell'Ottocento*, Cosenza 1987, pp. 55-75; L. Russo, "Nicola Misasi", in *I narratori*, Palermo 1987 (I ediz. Roma 1929), pag. 103; R. Sirri, "Nicola Misasi. Dimensione popolare del suo romanzo", in *Dal cerchio al centro. Romanticismo in Calabria*, Cosenza 1989, pp. 57-75; A. Piromalli, *La letteratura calabrese*, I, Cosenza 1996, pp. 428-430; V. Legato, *Nicola Misasi. Il baco e la seta della letteratura calabrese*, Reggio Calabria 1998.

RACCONTI CALABRESI

BRIGANTAGGIO

I

– Si va dimani in Corte d'Assisi, – mi disse una sera la signora T. – si discuterà la causa dei briganti, gli ultimi, a quel che dicono, scorrazzatori della campagna. Verrete anche voi, non è vero?

– No, signora, – risposi – a me non piacciono simili spettacoli: veder lì sette uomini chiusi in gabbia come belve, creda, mi fa male: assistere all'agonia morale di quegli uomini, che furono trascinati al delitto da tante e tante cause, cui non seppero resistere, perché non potevano, gliel dico davvero, non mi garba.

– Dice bene lei, – rispose la signora – ma io son proprio curiosa di vedere come è fatto un brigante. Tanto, son gli ultimi e non mi si presenterebbe mai più l'occasione. Eppoi, saremo in molti, saremo.

Alle 11 del giorno appresso, andai anche io, insieme a molti, in Corte d'Assisi, che trovai stipata di gente. Su' divani, presso all'emiciclo della Corte sedevano dieci o dodici signore, che facevano sfoggio degli abiti più belli e dei più ricchi ornamenti. Conversavano fra loro come in un salotto: susurravano, sorridevano, ammiccavano con gli amici e le amiche, e mentre i testimoni narravano i misfatti degli accusati, esse discorrevano dell'ultimo ballo. Di tanto in tanto mostravano a dito questo o quel brigante, e quistionavano per deridere quale avesse l'occhio più truce, quale avesse il contegno più cinico. Quando i testimoni narravano un'avventura un po' piccante di quei disgraziati, per esempio uno stupro seguito d'assassinio, le signore interrompendo il cicaleccio, si celavano il viso col ventaglio guardando attraverso i fori qual viso facesse a quel racconto l'accusato. Quando un testimone narrava di un poveretto che da quei manigoldi, per vendetta lungamente covata, era stato ucciso a colpi di bastone, interrompevano il discorso con le amiche per esclamare, stringendo le labbra e sporgendo in fuori il musino: «Gesù, Gesù, che cuori di tigre!».

Insomma le signore si divertivano.

Io al primo entrare, volsi gli occhi al banco degli accusati. Essi erano chiusi in un gabbione di ferro e sedevano sullo scanno più alto: alcuni avean gli occhi volti al soffitto: altri coi gomiti sulle ginocchia, con la testa fra le mani volgevano lo sguardo indifferente distratto or sulla ruota dei giudici, or sul banco della difesa, or si davano di gomito bisbigliando fra loro. Eran giovani quasi tutti; parecchi, i più feroci, di colorito scialbo, di statura mezzana e di membra magre: ho osservato che le grandi virtù e i grandi vizii son proprii dei magri. In quel gabbione lì vi era come un mescolamento di tutte le miserie umane; il furto, l'assassinio, lo stupro diventati persone: in quei visi ogni vizio avea lasciato l'impronta caratteristica. Di tanto in tanto, alla deposizione di un testimone, si urtavano col gomito, scambiavano qualche parola, poi tornavano di nuovo alla posizione favorita. Alcuni sorridevano: altri, come se tutta quella gente, quei giudici, quegli avvocati non fossero lì per loro, avevano nella fisonomia quell'aria soddisfatta di chi assiste ad uno spettacolo interessante. Il capo, un tal Grillo, che era subentrato al Seinardi, ucciso dalle squadriglie, sedeva in capo al banco e seguiva con attenzione il dibattimento. Era lui che rispondeva per i suoi, quasi ne sentisse l'obbligo; come li avea diretti per i burroni della Sila, dovea anche dirigerli per gli abissi di una Corte d'Assisi: era naturale. Il loro capo, il famoso Seinardi, era morto... Sorpreso dalla squadriglia sul limitare di un bosco, avea per due ore lottato disperatamente: poi ferito in più parti, si era finto morto, ma steso bocconi a terra, con l'occhio ancor pieno di vita e di ferocia, spiava i movimenti del nemico. Due squadriglieri gli si erano accostati: egli si era alzato sulle ginocchia, e con due colpi del suo fucile a doppia canna avea steso al suolo i due audaci, poi era caduto crivellato di palle. Le sue armi furono dal Nicotera, allora Ministro, offerte a re Vittorio.

Era dunque la banda Seinardi che sedeva sullo sgabello degli accusati. È inutile che enumeri i misfatti di quei feroci: basti il dire che uno di essi, giovane dalla persona sottile e serpentina, avea, per gelosia, di un colpo di scure troncata la testa alla sorella incinta. Egli stesso avea raccontato il fatto nei suoi particolari.

Il giurì dové rispondere a circa 900 questioni: se ne sbrigò in poche ore. La Corte in base al verdetto e tenuto conto della amnistia, condannò ai lavori forzati a vita i più colpevoli, ai lavori forzati a tempo gli altri; e così essi disparvero nell'immondezzaio dell'umanità, la galera.

II

– Che assassini, – mi disse la sera quella signora – che cuori di tigre! Ma davvero, il brigantaggio fu proprio una gran vergogna per voi calabresi. Senta, ogni qualvolta mi fu presentato un signore di Calabria, gli strinsi con un non so che di spavento la mano, temendo ei l'alzasse su di me armata di pugnale per chiedermi la borsa o la vita!

– Oh, oh! – feci io.

– Davvero; a noi del settentrione non sa lei quale spavento ispiri la parola brigante!

– E che penserà di me se le dico, o signora, che io scuso e che comprendo il brigante calabrese; e, pur deplorando il brigantaggio, che per lunghi e lunghi anni funestò le nostre contrade, son costretto ad ammirare nella sua storia atti di coraggio, di abnegazione, di eroismo, sì, l'eroismo della colpa, se vuole, ma pur sempre eroismo? Meditando su quella cruenta istoria si è ingenerata in me la fede in giorni migliori, quando questo forte popolo calabrese dalle vive passioni, spenderà la sua energia, il suo coraggio in pro di una causa nobile e santa; quando il popolo di briganti, trasfigurato dalla civiltà, diventerà un popolo di lavoratori indefessi, di probi cittadini, di valorosi soldati, per le stesse cause onde finora fu un popolo di masnadieri; quando insomma al vecchio si sostituirà un nuovo ideale, questo popolo di forti, che fu grande nel delitto, sarà grande anche nella virtù.

La signora mi ascoltava sorpresa.

– Oh, oh, – mi disse poi – è l'apologia del brigantaggio questa!

– Sicuro – risposi. – A me non piacciono i mezzi caratteri: in politica comprendo il socialista ed il reazionario, ma quasi non comprendo il moderato: in religione ammiro Domenico de Gusman, e sento una tenerezza profonda e religiosa per S. Francesco di Paola; in amore comprendo benissimo la passione, per quanto sfrenata e smodata essa sia, anche quando ci fa capaci di azioni vili e spregevoli, e ci mette in mano il coltello, e ci fa saltare il cervello con un colpo di pistola: ma non so comprendere gli amorazzi e gli amoretti che si pascono di cascaggini. Mi impensierisco al dramma, ma rido all'idillio. Il brigantaggio fu un prodotto spontaneo della forte e rigogliosa natura del calabrese, che dimani sarà eroe appunto perché ieri fu brigante.

– Oh! ma son paradossi codesti! – esclamò la signora.

– Paradossi! E sia: non le nascondo che amo i paradossi: il paradosso è l'opinione dei pochi che contraddice l'opinione dei più: ed io, veda, o signora, io non credo all'infallibilità della maggioranza; per me il voto di un uomo di spirito vale più del voto di cento imbecilli.

– E scriverebbe lei in difesa di tal paradosso?

– Sicuro, scriverei.

– La piglio in parola – disse la signora. – Scriva qualche cosa sul brigantaggio e provi come esso, più che un volgare istinto del male, sia il prodotto di una natura vigorosa, che diretta al bene, potrebbe esser capace di grandi virtù, come fu capace di grandi delitti.

Ed ecco come è nato questo, che non che sia, studio o bozzetto, critica sociale o difesa di esagerate accuse.

III

La storia del brigante, una per tutti, è triste e dolorosa e fa fremere di orrore, ma impensierisce colui il quale delle azioni umane, buone o cattive, più che nell'individuo, cerca le cause nell'ambiente di cui l'individuo è un prodotto.

Una sera piovosa d'inverno il padre del futuro brigante, stanco dalla fatica, affamato, fradicio, era tornato a casa con l'animo pieno di bestemmie contro il destino, che condannava lui, il lavoratore, alla miseria, mentre il frutto della fatica dovea pagare al signore tutti gli splendori del lusso; pel contadino nemmeno il necessario, pel signore tutto il superfluo! Era tornato a casa dopo essersi inerpicato su per le balze con la vanga in ispalla, chinandosi talvolta a raccogliere furtivamente i rami secchi schiantati dalla bufera, per darsi il lusso la sera di una bella fiammata. Era tornato a casa dopo un lavoro di dodici ore, ed avea trovato la moglie che l'aspettava sull'uscio, anche essa affranta dal lavoro quotidiano, dal quale avea appena potuto ritrarre un tozzo di pane nero pei suoi figliuoletti, che giacevano nel fango. Senza scambiarsi una parola, senza guardarsi, per non leggere scambievolmente nel viso i dolori e gli stenti, egli era entrato lasciando cadere la vanga ed il fastello di rami secchi; si era accoccolato sul focolare, cercando ravvivar col soffio la tenue fiamma per far cuocere la minestra di legumi; e tutti e due, marito e moglie, mentre i piccini dormivano negli angoli del casolare, coi cenci addosso, stesi sul nudo terreno o su di un po' di paglia fradicia, marito e moglie aveano ingoiato la minestra contenuta in una rozza scodella: e ad ogni boccone, mandato giù con una bestemmia, lui avea raccontato un sopruso, un torto, una ruberia sofferta, e lei le ingiurie della padrona, qualche schiaffo ricevuto, perché nei nostri paeselli, un tempo, se il contadino era schiavo del padrone, la moglie del contadino era schiava della signora. Poi stanchi per le fatiche durate nel giorno, e più per le sofferenze morali, si erano coricati; e dal connubio di quelle due miserie, di quei due corpi, che natura aveva fatti rigogliosi e gagliardi, ma che le privazioni aveano infiacchito; da quel connubio, celebrato fra le umide ed ammuffite mura di un tugurio, in mezzo alle immondizie, fra il tanfo del sudiciume, il sordo grugnito del maiale sdraiato sotto il letto; da quel connubio, rischiarato dalla livida fiamma del focolare, era nato un figlio, che esser doveva il prodotto fisico e morale di quel sudiciume, di quella miseria, di quell'abbrutimento.

Il figlio era cresciuto in mezzo al fango della via, nudo, o coperto appena da una logora camicia. Mentre il padre e la madre lavoravano nella campagna, egli era rimasto in casa a custodire il porco, del quale viveva in compagnia avvoltolandosi con esso nel fango. Poi, fatto più grandetto, l'avean mandato sulla montagna a guidar le pecore al pascolo o a raccogliere le castagne cadute; e colà avea vissuto per anni ed anni, solo, in mezzo all'aspra e selvaggia natura, solo, fra i pini giganti, nelle cupe solitudini delle contrade silane, divertendo gli ozii con l'addestrarsi a lanciar la scure o a scagliar le pietre dritte al segno, o a inerpicarsi come scoiattolo fino in cima agli abeti, per provare forse la voluttà selvaggia di sentirsi libero in quel deserto, come il falco sulla rupe. E poiché qualche cosa d'indistinto, d'indefinito sentiva in sé, nel suo interno, in ciò che egli non sapea che chiamasi anima, avea costrutto un istrumento, col quale metteva fuori il grido dell'anima sua, grido sempre malinconico e monotono, monotono perché una era la nota che gli suonava in cuore, la nota della miseria, dell'abbandono, dell'isolamento. Ed è perciò che spesso, viaggiando per le nostre campagne, dall'alto di una rupe ci è venuto un suono, doloroso come un gemito, malinconico come un canto di dolore, nell'avvicinarci abbiamo riconosciuto nel musico un piccolo mandriano sdraiato all'ombra di una ginestra, il quale s'interrompeva per lanciare una pietra alla capra più indocile, o un grido, anche esso un grugnito, al maiale più audace.

Così era cresciuto quel figlio della miseria. Poi la sera, tornato a casa, accoccolato presso al focolare, avea inteso discorrere il *tata* delle belle cose che si veggono in città; del pane bianco come il latte, della carne, tanta carne, nelle botteghe da macellaio, di certi cappelli a cono con mille e mille nastri svolazzanti, di ciò che si vende nei caffè, nelle pasticcerie, cose tutte che lui non avrebbe mai mangiato, lui. Poi il *tata* avea raccontato qualche *romanza*, per lo più delle fate, che con un colpo di bacchetta trasformano un figlio di contadino in figlio di re; ma il figlio di contadino per meritar tanta fortuna deve essere coraggioso ed audace. Poi si era discorso di briganti; del nonno che era stato brigante e dopo venticinque anni di galera se ne era tornato "un uomo fatto"; dello zio che era stato un famoso brigante, e gli aveano tagliato la testa, quella appunto che un giorno si vedeva chiusa in una gabbia appesa al campanile della parrochia, ed era stata il bersaglio di tutti i monelli del villaggio. Il nonno, quello sì che fu un uomo coraggioso! Lo zio! quello sì era stato il terrore di tutto il paese, ne avea fatto prodezze! ne avea ucciso gendarmi e squadriglieri! Avean mandato l'uno in galera, avean decapitato l'altro, sì, ma che importa? si deve morire una volta; ma almeno ai loro tempi avean fatto tremare i signori, que' signori tanto burbanzosi, tanto avari coi poveri contadini; ma così umili col brigante, che chiamano compare, che nascondono in casa, cui mandano nel bosco le più squisite vivande, le armi damascate, gli abiti di velluto e quanto occorre per viver bene.

E questi discorsi aveano cullato i sogni del fanciullo. Poi al mattino era tornato sulla montagna, e di là, mentre le pecore pascolavano in una gola deserta e selvaggia, avea visto passare otto o dieci individui dalle brache e dalla giacca di velluto con passamani verdi, rossi, turchini; dai bottoni d'argento, dal cappello di velluto con mille nastri svolazzanti al soffio della tramontana. Avevano il duecolpi a bandoliera, la rivoltella alla cintura ed un lungo pugnale, la cui elsa d'osso nero filettata d'argento usciva fuori dalla tasca destra delle brache. Li avea visti passare, un po' guardinghi, ma fieri ed impavidi, camminando a due a due. Poi gli avean rivolto la parola, e saputo di chi fosse figlio, l'aveano accarezzato, e uno di essi avea ricordato le gesta del nonno e dello zio: che uomini quelli! che briganti degni della Sila! Ed il fanciullo si sentiva fiero di quelle carezze e di quelle lodi, riconoscente pel tozzo di pane bianco che gli aveano regalato, pane bianco che è così buono, che non si mangia mica due volte in vita, e che spesso si muore senza saper che sia. Il capo gli avea fatto bere una sorsata di vino alla sua fiaschetta e nel partirsi gli avea raccomandato di non dir nulla ve'! che li avea visti, se no… Figuratevi se ci era bisogno di simile raccomandazione! Per chi lo si prendeva? per una spia forse? Ei sapeva bene che le spie si pugnalano: era nipote al nonno, nipote allo zio lui, al nonno galeotto, allo zio decapitato! Poi la banda avea ripreso il suo cammino, ed il fanciullo che la seguiva con un lungo sguardo, era rimasto lì pensoso, con gli occhi fissi su quella via. Poi erano passati i gendarmi e lui si era sdraiato fingendo di dormire: gli avean domandato, svegliandolo bruscamente, se avesse visto passar qualcuno, ma egli avea risposto che era lì a guardar le pecore e che non sapeva proprio nulla di nulla.

Così era cresciuto quel nipote e, spesso, figlio di brigante. La madre per ricompensarlo di qualche cappellata di frutta rubate nell'orto del vicino, l'avea chiamato accarezzandolo "*brigantiellu mio*"; e "*brigantiellu mio*" l'avea chiamato nei momenti di maggiore affetto e di maggior contento. Coi ragazzi della sua età avea fatto alle pietre divisi in due schiere, soldati e briganti, ed i battuti eran sempre i soldati; e che bronci e che ire se a lui toccava in sorte di far da soldato! Quando era bambino bambino, il padre, nei rari momenti di buon umore, gli avea detto dandogli il pugnale: «*To, brigantiellu mio, va, ammazza a mammata*», e lui aveva impugnato con le manine il coltello ed avea fatto segno di ferir la madre, che ne avea tanto riso! Una volta, giocando alla trottola col figlio del padrone, ne avea ricevuto un calcio ed era corso piangendo dalla madre, che aveva gridato: «*O figlio di sciamberga, bada, che Andrea Greco tenne per 25 anni uno schiaffo e poi lo vendicò con 54 coltellate*». Ed alludeva in ciò dire ad un famoso brigante che vendicò con 54 coltellate uno schiaffo ricevuto quando era bambino. Ricordava il giorno in cui morì il fratello maggiore, e la madre china sul cadavere, coi capelli sparsi pel volto, guaendo di dolore diceva: «*O fossi morto di una palla al cuore, o figlio mio, ché almeno tuo padre avrebbe saldato la partita; ma al Padreterno che cosa posso fare, o figlio o figlio mio?*». E la vendetta, a quel giovane figlio dei boschi, a quel rampollo di brigante, dovea sembrar dolce come il miele, diventava la sua religione, il suo culto, il suo dovere.

Ed era naturale: tutto a quel giovane parlava di vendetta, anche il parroco, che andava in chiesa a dir messa col pugnale e le pistole sotto la veste, anche il parroco, parlandogli di Dio parlava di vendetta. Dio, pel parroco, era un non so chi, come un ricchissimo signore che abitasse in un palazzo fra le nuvole: un tiranno che voleva esser servito ed ubbidito in tutto, e che si vendicava terribilmente delle offese. Al vespro, due o tre monelli correvano per le vie scampanellando per raccogliere tutti i fanciulli del villaggio; si andava in chiesa ove il parroco spiegava la *dottrina cristiana*, distribuendo scappellotti a dritta ed a manca. Da quella *dottrina* il povero ragazzo apprendeva che ci era in un luogo bellissimo detto Paradiso, un signore molto ricco e potente, quasi quasi più potente e più ricco del signore tal dei tali, proprietario di tanti e tanti poderi; e quel signore si chiamava Dio. E poi ci era Gesù Cristo, poi la Madonna, cioè tante madonne, quella del Carmine, delle Grazie, del Buonconsiglio, ognuna con attribuzioni proprie, e gelose l'una dell'altra; ed oltre alle madonne ci erano i santi; ma il santo vero, il santo che, senza scherzi, era più potente di Dio, e a cui bastava ricorrere per ottener tutto, era il santo patrono del villaggio. E con tali credenze cresceva quel povero figlio di contadino, propenso al male perché non compreso, propenso al peccato perché il peccato per lui era come una sfida scagliata a quel Dio burbero e vendicatore che per niente niente montava in furia.

Del resto che importava di Dio a lui? Nel Paradiso avea una protettrice, la Madonna del Carmine, una Madonna che se ne rideva delle altre, e che apriva le porte del Paradiso ai suoi protetti, checché avessero commesso; una Madonna insomma di manica larga, che era stata sempre la protettrice del brigante, il quale ne portava l'immagine sempre appesa al collo e non dimenticava mai di baciarla, mai, anche dopo uno stupro, anche dopo un incendio; e la invocava nei pericoli, nelle afflizioni, nelle malattie, e la bestemmiava anche nei momenti d'ira; ma ogni sera, pria di coricarsi, baciava e ribaciava quell'immagine, borbottando, senza comprenderle, certe strane parole che un poliglotto non avrebbe saputo dire a quale lingua appartenessero.

E così quel fanciullo era divenuto giovane, e l'aria della montagna l'avea reso dritto e forte come il pino. Aveva amato anche lui, perché l'amore è un bisogno irresistibile delle nature vigorose ed ardenti: aveva amato una bella contadina che incontrava spesso nei boschi, ed un giorno le avea detto di volerle bene. In risposta ne avea ricevuto una ceffata o un colpo di gomito, ma ciò era bastato per fidanzarli. La notte avea ronzato attorno alla casa di campagna, ove ella abitava, cantando, sposata al suono di una chitarra *battente*, una canzone d'amore. Nelle domeniche si erano incontrati in chiesa, lui vestito dei migliori abiti, col cappello a cono ricco di nastri, lei con la gonna rossa, il corpetto turchino, la tovagliuola bianca come la neve. Poi aveva saputo che un altro le ronzava attorno, ed aveva inteso svegliarsi nell'anima sua tutti gli istinti feroci del nonno e dello zio, l'uno galeotto, l'altro morto decapitato. Già un giorno o l'altro così dovea finire: si sentiva attratto dalla campagna, che in lui, rampollo di masnadiere, esercitava un fascino irresistibile; ma come presentarsi al capobanda senza aver fatto qualche pruova e col coltello ancor vergine di sangue? E un giorno apposta il rivale e lo scanna, apposta l'innamorata e le fa violenza; poi piglia il bosco, va in traccia della banda, si presenta al capo col coltello di sangue; ed eccolo brigante.

Ma non è sempre l'amore che lo fa diventare omicida; spesso è il padrone che gli ha rincarato il fitto, o l'ha scacciato, o l'ha battuto, o ne ha sedotto la sorella; e lui una sera ha appostato il padrone nel sentieruolo della montagna e l'ha ucciso a colpi di scure. Spesso piglia il bosco dopo compiuta una vendetta lungamente covata. Più spesso si sente trascinato alla vita brigantesca da un bisogno irresistibile di indipendenza e di dominio, da un desiderio sfrenato di viver bene, di mangiar bene, di godere insomma, ed il godimento è reso più seducente dai pericoli onde è circondato. Eppoi non vuol esser da meno del nonno e dello zio, la vuol vivere anche lui quella vita vagabonda ed indipendente. Ei sa bene che un giorno o l'altro cadrà nelle unghie dei carabinieri, o rotolerà ferito a morte giù pel dirupo, o dormendo sarà pugnalato dal *compare*, o in una rissa coi suoi compagni ferito a morte da una palla di carabina; ma che importa? per due, per tre, per quattro anni, per dieci, per venti, se la Madonna del Carmine l'aiuta, avrà mangiato bene, del pane bianco, della carne, dei buoni formaggi, avrà bevuto del miglior vino, avrà fumato dei buoni sigari, sarà stato il gallo di tutte le contadine incontrate sulla montagna, che importa a lui del resto?

Meglio n'anno tauro ca cent'anni voe; ecco la sua divisa espressa nell'aspro e fiero linguaggio silano. Sicuro, meglio esser toro per un anno, toro robusto, dalle corna aguzze e forti, e vagar libero e temuto pei boschi facendo echeggiar col muggito le selvagge gole della Sila, che viver per cento anni come il bue, dannato al lavoro, alle percosse, al pungolo!

Ed eccolo brigante: eccolo a correre di montagna in montagna col fucile in ispalla, con la rivoltella pronta ad esser tratta fuori: eccolo nel più fitto della notte a camminar guardingo per le balze, esaminando ogni pietra, ogni cespuglio, ogni fil d'erba; a cancellar l'orma dei proprii passi, a fermarsi trepidante ad ogni foglia che si stacca, a ripigliare il cammino, per poi ristare di un subito, a tender l'orecchio, ad appiattarsi fra i cespugli col fucile spianato, aspettando la vittima muto, immobile, pronto ad avventarsi. E mentre le stelle scintillano, mentre la foresta dorme e tutto tace e il vento passa fischiando fra le cime degli abeti, ei solo veglia, inquieto, palpitante, scambiando qualche parola sommessa col compagno che lo segue e con quello che lo precede. Poi, appena giunge a lui dalle case di campagna il canto del gallo; appena a levante il cielo si tinge di azzurro, si affretta a raggiungere il bosco, a rintanarsi, come lupo che torna dalla scorreria, nel più fitto della macchia, e colà si avvolge nel pastrano e dorme col capo su di una pietra, col fucile a portata della mano, con la rivoltella alla cintura, col pugnale fuori della guaina. Dorme, e forse nella notte ha ucciso, ha rubato, ha incendiato; forse nella notte ha sfogato su di un povero viandante la sua sete di sangue, forse ha vendicato atrocemente un'antica ingiuria! Dorme, e forse a pochi passi nella macchia giace il cadavere di un assassinato. Dorme; ma qualcuno dei suoi compagni veglia alla custodia di un pover'uomo sequestrato, che trema dal freddo e dalla paura, e pallido aspetta che quei di casa mandino la somma chiesta pel riscatto; ed a quel povero uomo hanno mozzato le orecchie, e dimani, se il danaro non viene, lo finiranno a colpi di coltello o a colpi di scure, poi a mezzogiorno annunciato da un fischio, che imita il canto di un uccello, giunge un uomo con una cesta; è il compare che manda il pranzo, un pranzo succolento, intorno al quale si assidono per goder tutta la voluttà di empirsi lo stomaco. Poi giunge qualche allegra villana, e la scena campestre si muta in orgia, dopo la quale spesso si giuoca di coltello ed il sangue scorre a canali.

Ma, quantunque brigante, egli non vive del tutto segregato dal resto del mondo, oh no! ha i suoi amici, le sue spie, le sue guide, i suoi *reporters*, per dirla con un vocabolo da giornalista. Anello di congiunzione tra il brigante e la società è il fattore o il guardiano di campagna. È il fattore che mette in relazione il brigante col signore, e ruba a questo ed a quello. Il fattore, che è sovente un ricco contadino, scende spesso in città e sa quel che si dice, quel che si progetta; ed è il fattore che combina i piani, che dà le notizie opportune e facilita il sequestro, del quale piglia la parte più grossa, non rischiando, se scoperto, che pochi anni di galera. Sicché spesso il vero ladro non è il brigante, che almeno espone il petto alle palle, che paga con la vita un anno o due di indipendenza, e che vive giorno per giorno, noncurante del dimani in cui forse gli toccherà rotolar giù per la balza ferito a morte. Non è il brigante che dopo dieci anni di vita sulla montagna è più povero di prima, il vero ladro è il guardiano o il fattore, anello di congiunzione fra il brigante ed il signore.

L'inverno il brigante riposa: con le somme estorte ha comprato un asilo sicuro e ben provvisto: è il *compare*, che spesso è un signore per bene, che in città frequenta i balli, i teatri, che nei caffè parla di politica e di letteratura, che è cavaliere, sicuro, anche cavaliere, è il compare che ha pensato a tutto, sempre con la mediazione del fattore. È lì, nell'asilo sicuro, ei riposa dalle fatiche durate nell'estate e combina tutti i piani per le nuove campagne: e poi appena le nevi si sciolgono, appena gli alberi si vestono di frondi, eccolo di nuovo all'aperto, annunziato da un sequestro, da un assassinio, da un incendio.

IV

Ma il brigantaggio è un prodotto spontaneo e fatale della vita calabrese, o è qualche cosa di accidentale? È una malattia cronica; o una malattia passeggiera? Io so di alcuni che in arte negano a noi calabresi una fisonomia propria, e se ci sentono discorrere di letteratura calabra alzano le spalle e sogghignano, come se la vita sociale, e quindi la letteratura che ne è l'espressione, non siano il prodotto delle condizioni climateriche e telluriche di una data contrada. Ed è perciò quindi che, a mio credere, il brigantaggio fu un prodotto spontaneo della vita calabrese di un tempo. Il Villari nelle sue lettere sull'Italia meridionale, ed altri molti, discorrendo del brigantaggio, vorrebbero trovarne le cause soltanto nella miseria, e nelle cattive condizioni del contadino, vorrebbero insomma farne una questione agraria, quando è forse questione fisiologica e topografica. Ed invero, perché dunque la più parte dei briganti furono contadini pressocché agiati? Perché alcuni paesi ricchissimi, nei quali la proprietà è ben divisa, ove il contadino è retribuito più equamente che in altri siti, dànno un buon contingente di briganti, ed altri paesi miserrimi, lungo un secolo, non ne contano neppure uno? Non è dunque la miseria soltanto che fa il brigante, e se essa vi concorre, bisogna tener conto altresì di tante e tante altre cause, che qui sarebbe lungo enumerare, ed io lascio a mente più sveglia ed a penna più esperta dire quali esse siano.

Dissi nella prima parte di questo scritto che il brigantaggio non è un volgare istinto del male, ma il prodotto di una natura forte e rigogliosa, la quale, diretta al bene, potrebbe esser capace di grandi delitti. So che coloro i quali nel brigante veggono l'assassino, l'incendiario, il ladro, sogghigneranno, ma io ho davvero coscienza di quel che dico. Invero havvi gli eroi della colpa e gli eroi della virtù: havvi l'eroe soldato e l'eroe brigante. Accanto al calabrese Antonio Toscani che nel 1799, assediato con 150 dei suoi calabresi nel forte di Vigliena dalla gente del Ruffo, dopo aver lottato per un intero giorno, quasi morente si trascina nei sotterranei della polvere e per non arrendersi si fa saltare in aria con i suoi; havvi Benincasa brigante, che nel 1806, condannato ad aver troncate le mani e poi la testa, porge sorridendo il pugno al carnefice; e quando, colpito per ben tre volte, vede cader la mano sanguinosa, poggia sul ceppo l'altro braccio e col moncherino sanguinante ribocca la manica dalla camicia, accompagnando l'atto con una oscena parola di sprezzo pel carnefice, parola oscena, ma in quel caso, sublime!

La storia ha di questi strani accoppiamenti; accanto al nome di un martire della libertà scrive quello di un martire del dispotismo, del servaggio e della superstizione. L'uno muovendo verso la luce, e l'altro verso le tenebre si incontrano in un punto, e la parola oscena e disdegnosa del brigante vale l'epico "Vogliamo?" del difensor di Vigliena.

E qui parmi cada in acconcio parlar brevemente di quel brigantaggio politico del 1799, che ci fu rimproverato come un'onta, cui non bastò a lavare il sangue di mille e mille prodi calabresi, versato in cento battaglie e sui patiboli per la libertà d'Italia; cui né le rivolte del '21, del '44, del '48, né l'epica rivoluzione del 1860 valsero a far dimenticare. Ma io ho fede che quell'onta diverrà gloria per noi quando, diradate le nebbie, si studierà la storia delle nostre contrade col proposito di non arrestarsi alla superficie, ma di ficcar gli occhi in fondo per rintracciare il vero. Finora noi stessi ci gridammo barbari, e lasciate che il dica noi stessi ci gridammo popolo d'impotenti, rinnegando le nostre tradizioni, le nostre glorie, fummo paurosi di affermarci per quel che siamo, e tendemmo supplicanti le braccia ad altri popoli per implorar da essi un raggio di luce e di civiltà. Colpa nostra se quei popoli ci trattarono da bambini e ci presero a scuola, non risparmiandoci le tiratine d'orecchio e le sculacciate, non leggendo o leggendo male la nostra storia; non stimando o fingendo non stimare il nostro ingegno, il nostro valore, le nostre costumanze, da noi stessi per vigliacca compiacenza poste a dileggio. Umili e sommessi aspettammo, e forse anche aspettiamo, di là il verbo rigeneratore, di là l'imbeccata del pensiero. Mutammo gli usi, i costumi, il linguaggio, financo il gusto, accettando nella nostra vita, nelle nostre case, nella nostra mensa tutto ciò che ci veniva dal di fuori, anche insopportabile al nostro temperamento ed al nostro stomaco. Tanta vigliacca condiscendenza ci fe' credere, ed a ragione, popolo d'impotenti e di bambini, corrivi al nuovo ed allo strano, entusiasti dell'altrui e dispregiatori del proprio, ossequiosi e timidi dinanzi al maestro gonfio ed ignorante, del quale per altro, senza aver il coraggio di dirlo, riconoscevamo la goffaggine in veste di eleganza, la barbarie in veste di civiltà, e la ignoranza in veste di dottrina.

Ed è perciò che il brigantaggio del 1799 torna a gloria delle mie Calabrie. Barbari e feroci soldati erano venuti dalle contrade di Francia, dopo aver vinto, non col valore, con l'inganno gli eroici lazzaroni napolitani: s'erano come uccelli di rapina sparsi per le contrade calabresi a depredare, ad insidiare le nostre donne, a beffare i nostri costumi, a profanare i nostri altari, a batterci con le verghe gridandoci in barbaro idioma vili e barbari. Entravano da padrone nelle nostre case, s'assedevano al nostro desco, dormivano nei nostri letti, e durante il giorno facevano gli sdolcinati alle nostre donne le quali incitavano i mariti, i fidanzati, i fratelli, alla vendetta. Ci avevano imposto i loro usi, i loro costumi, le loro leggi, il loro governo. Si dicevano repubblicani venuti per liberarci dalla schiavitù, per proclamarci liberi e uguali innanzi la legge; e intanto spedivano in Francia i denari del Comune, maltrattavano i più probi cittadini, e dicevano valere un soldato francese quanto tutto un popolo italiano. Passavano per le vie tronfii, pettoruti, burbanzosi, strascinando pel lastrico le sciabole, facendo tintinnar gli sproni e guardando con sdegnoso e beffardo cipiglio i pacifici cittadini costretti a chiudersi in casa per non incontrarsi con la ubriaca ciurmaglia francese.

Ed allora echeggiò pei burroni, pei monti, per le boscaglie calabresi un grido di guerra. Scesero dalle Sile i montanari, forti come il ferro del loro pugnale, fieri come l'aquilone dei loro monti. Chiusero i tugurii, fatti deserti dallo straniero; seppellirono le poche masserizie per salvarle dalla francese depredazione; nascosero le loro donne nel più folto della boscaglia per salvarle dalla straniera libidine, e piombarono come aquile nella pianura, risoluti a morire, ma ad uccidere pria di morire. Eran dieci contro mille, eran vinti contro vincitori, era una povera contrada d'Italia contro una potente nazione d'Europa; ma quei pochi difendevano i loro tugurii, le loro donne, i loro figli, i loro costumi, la loro religione. Non avevano che il pugnale e la scure, perché i fucili costavan molto allora, e quella povera gente non aveva pane pel desco; e col pugnale e la scure lottavano contro il cannone, le bombe e la mitraglia. I nemici avean cibo e bevande a piacere, carne per fortificare le fibre, vino e liquori per accendere il coraggio, vestimenta per garentirsi dal freddo; ed essi, i montanari, eran poveri, digiuni, scalzi, nudi, perseguitati come belve, ma ostinati alla lotta e risoluti a morire.

E la lotta si accese terribile, feroce, a tutta oltranza; guerra al pugnale, ché il pugnale è l'arma dei forti, perché fa d'uopo si affronti il nemico da vicino, petto contro petto, cuore contro cuore. Si piombava in pochi contro schiere numerose: si aspettavano all'agguato i reggimenti; un fischio, e l'aquile dei monti piombavano in mezzo ai soldati d'Egitto, pei quali la scure calabrese fu ben più micidiale della scimitarra mammalucca. I francesi bruciavano i villaggi con gli abitanti, vecchi, giovani, donne, fanciulli; ma i vecchi erano torturati, le donne stuprate, pria di essere bruciati vivi. Non è leggenda, è storia, storia vera e terribile. I francesi avevano per condottieri gli eroi di Lodi, di Arcole, di Marengo; i calabresi non avean capi, non ordinamenti, non disciplina, ma sapevano uccidere. Ed anche in campo aperto si provarono contro i temuti ed invitti domatori d'Europa: dopo la battaglia di Maida il generale inglese confessò dover la vittoria all'ultimo e decisivo conato di un battaglione di volontari calabresi. E calabresi assaltarono e presero Cotrone, difesa da soldati di Francia; e calabresi difesero con coraggio invitto Amantea assediata, rinnovando le gesta, onde famoso è il nome di Calabria nella storia antica; sicché l'assedio d'Amantea vale bene l'assedio di Saragozza, celebrato questo, pressoché ignorato o non tenuto in conto quello! Le forche, le torture, le persecuzioni non domavano i fieri montanari; ma più audaci, più deliberati a morire li rendevano. Né vinti e trascinati in ceppi a ludibrio per le vie della città chinavan la fronte, ché anzi altieri e sdegnosi porgevano il capo al carnefice. E intanto i conquistatori, i violatori degli altrui diritti, gli stupratori, i predoni eran chiamati e son chiamati dalla storia di Francia e d'Italia liberatori: i difensori del proprio diritto, del proprio onore, del proprio tetto eran chiamati e son chiamati dalla storia di Francia – ed ahimè! anche d'Italia – briganti!

Io non temo d'affermarlo: il brigantaggio politico del 1799 e il brigantaggio reazionario del 1806, non sono un'onta, ma una gloria calabrese, perché quella non era guerra alla libertà, parola nuova in quei tempi e non penetrata nei villaggi e nei boschi della Sila, ma era guerra allo straniero, guerra santa allorché lo straniero sforza le nostre porte e scala le finestre per apportarci la civiltà col ferro e col fuoco. Non si difendeva una dinastia, non si combatteva pel dritto di re Ferdinando e di Maria Carolina – si è visto poi che i briganti del '99 e i reazionarii del 1806, con le rivolte del '21, del '44 e del '48 tentarono balzar dal trono, e con l'epica rivoluzione del 1860 balzarono i Borboni cui avevano riconquistato il regno – ma in quel tempo la bianca bandiera guidava le falangi montanare contro lo straniero conquistatore; ed esse seguirono Fabrizio Ruffo che le guidava alla vittoria in nome della indipendenza, come nel 1860 seguirono Giuseppe Garibaldi che le guidava alla vittoria in nome della libertà.

Ed ora eccomi di nuovo in carreggiata.

Una delle cause del brigantaggio è lo spirito inquieto, insofferente del calabrese, popolo eminentemente artistico, fantastico ed avventuroso. Chi volesse studiarne l'indole nei canti popolari facilmente si persuaderebbe di una tale verità: chi per poco medita su la storia tradizionale del brigantaggio si incontra in tali esempi di abnegazione, di coraggio, di stoicismo, da restarne commosso ed impensierito. Fate che quell'uomo, il quale porge con un sorriso i pugni al carnefice, che deve reciderli, sia compreso dall'ideale della patria e del dovere, e la gente saluterà in lui un eroe, non maledirà un brigante. Ed è perciò che la storia del brigantaggio ha episodii romanzeschi e protagonisti che dirsi potrebbero i cavalieri dei boschi. È perciò che la tradizione ha conservato il ricordo di alcuni briganti, buoni coi deboli e coi poveri, fieri e crudeli co' ricchi ed i potenti. Ci ricorda briganti che toglievano al ricco per dare al povero; che avean preso i boschi per farsi i vendicatori del popolo sofferente e giustizieri inesorabili ed imparziali: briganti che dotavano le fanciulle povere; che pagavano il cambio all'unico figlio di poveri contadini: briganti che imponevano al ricco signore burbanzoso ed avaro, d'essere equo nelle ripartizioni delle derrate ai coloni: briganti che regalavano di venti piastre il poverello incontrato per via: briganti che la notte picchiavano alla porta di un tugurio e partivano dopo aver deposto sullo scalino una borsa colma d'oro, che servir doveva al contadino minacciato di sequestro, a pagar le tasse o il fitto al padrone. Ci ricorda briganti che aveano obbligato il ladruncolo di campagna, il quale servendosi del loro nome, avea estorto al povero villano danaro o derrate, a darsi da sé nelle mani della giustizia, ed a smentire la calunnia, sicuro la calunnia, perché lui, il brigante, non è ladro, ma è un uomo forte e coraggioso che lotta coi forti e coi coraggiosi, perché si sente nato per la lotta, si sente nato pei pericoli, e, fiero del nome di brigante, si reputerebbe offeso atrocemente se lo si chiamasse ladro.

Ed è la tradizione ancora che ricorda briganti i quali travestiti scendevano in città e passeggiavano pel corso, e sorbivano il gelato nei caffè, e la sera in teatro battean le mani alla prima donna: briganti che aveano invitati a pranzo l'Intendente o il Prefetto per contrattar la resa da pari a pari; e sulla verde erba di una radura aveano imbandito le mense con tovagliuoli finissimi, con posate d'argento, con vassellame di maiolica, con bottiglie e coppe di cristallo, e aveano offerto vivande degne del delicato gusto del Prefetto o dell'Intendente, e tanti vini diversi e prelibati per quante portate, e sigari d'avana e frutta e liquori e dolciumi squisiti. E avean discorso amichevolmente, centellinando un bicchierino di *cognac* o una tazza fumante di moka, sulle condizioni della resa, non come colpevoli col giudice, ma da pari a pari; e, conchiuso il patto, avean dato la loro parola d'onore di presentarsi in tal giorno, alla tale ora: ed alla tale ora si erano presentati con una puntualità da perfetti cavalieri. E la tradizione ricorda, quasi direi con compiacenza, il nome di Giosafatte Talarico, che ora più che ottantenne vive in Ischia impiegato del governo, ed è ricordato con affetto e direi quasi con orgoglio dai nostri montanari. Di lui si narrano le imprese più audaci, si citano le pruove di coraggio, di astuzia, di sangue freddo nei pericoli, le sue buone azioni, le elemosine onde era largo al povero e la riconoscenza pei benefici ricevuti, ed anche, ahimè! le sue terribili vendette e le feroci rappresaglie; e dei nostri vecchi ci è alcuno che con compiacenza rammenta d'aver riconosciuto – quando, dopo aver contrattato da pari a pari col Governo, re Ferdinando Borbone con re Giosafatte Talarico, questi si presentò in Cosenza e poi libero e sciolto partì per Ischia –, d'aver riconosciuto nel fiero brigante il disinvolto signore che avea spesso incontrato nei caffè, nel corso, nel teatro.

Ed ecco di quali tradizioni si pasceva un tempo la fantasia popolare. Utili forse riuscirebbero se si raccogliessero in un libro, e per trovarne l'origine prima dovremmo forse rimontare alle guerre servili combattute sui nostri monti. E l'istoria del Medio Evo, della dominazione spagnuola specialmente, potrebbe servir di base a chi volesse imprendere una storia del brigantaggio; e forse nel buio di tante colpe e di tanti delitti risplenderebbe qualche filo di luce e qualche nobile e grande idea.

Ed invero, poiché tutto a questo mondo si giudica dalla riuscita, poiché solo chi riesce è grande, Marco Berardi, il più famoso brigante del XVI secolo, che anelando alla libertà del suo paese, tenne per più anni in iscacco le truppe spagnuole, se fosse riuscito nella sua impresa sarebbe oggi un grande uomo cui si alzerebbero statue e monumenti. Ma dopo un giorno di lotta sanguinosa, abbandonato dai suoi, si uccise per non cader vivo in mano dei nemici; e nei miei ricordi di fanciullo, uno più degli altri mi sta fitto in mente. Ogni qualvolta coi libriccini sotto l'ascella me ne andavo a scuola, giunto presso alle muscose mura del convento di S. Francesco d'Assisi, in Cosenza, mi fermavo a guardare ai finestroni del campanile, ove ritto ed immobile biancheggiava uno scheletro dal teschio livido cerchiato di ferro. Dicevano esser quello lo scheletro di re Marco, posto là a ludibrio ed a spauracchio, là, su quel campanile, dirimpetto alle azzurre montagne della Sila, di cui egli erasi detto re, e che da tre secoli gli inviava i soffii gelati, cui lo scheletro rispondea con uno scricchiolìo d'ossa, con un muoversi confuso come di persona che ascolti e risponda e interroghi, ed il cencio rosso, che per ischerno qual manto reale gli avean messo su gli omeri, sventolava superbo come la vecchia bandiera di re Marco.

Ora lo scheletro di re Marco è sepolto; nel 1860 lo calarono giù dal vecchio campanile e lo seppellirono; ma con lui non fu seppellito il brigantaggio, anzi surse più feroce, più turpemente volgare, alimentato della feccia che viene a galla ad ogni rivoluzione. Si ebbero ladri, assassini volgari, delinquenti vilissimi, antichi soldati borbonici, antiche guardie urbane, che scorazzarono la campagna; non si ebbero più briganti nel tradizionale senso della parola, e, fra tanti delitti, non un atto generoso di coraggio, di stoicismo, di abnegazione.

Ora il brigantaggio è finito; gli ultimi briganti furono gettati nell'immondezzaio dell'umanità, la galera. Gli ultimi, oh sì, gli ultimi, perocché i nuovi tempi hanno ucciso la vecchia e terribile idra del brigantaggio. L'emigrazione, portando in lontane contrade lo spirito di avventure e di vagabondaggio del calabrese, ha ucciso il brigante. I calabri monti non hanno più fascino pel nostro contadino; ei vola con la sua fantasia in contrade lontane, di là dai mari, che hanno per lui tutto il misterioso dell'ignoto: colà il lavoro retribuito favolosamente, colà i subiti guadagni, colà le subite fortune. Occorreva un nuovo campo allo spirito inquieto; al vecchio ideale di indipendenza e d'ozio dovea sostituirsi un ideale più degno, quello del lavoro e della libertà.

Ieri il contadino, che si sentiva esuberante di vita e di forza, pigliava il bosco e pagava con la vita il diritto di viver bene, perocché divenir brigante per lui, povero, volea dire divenir ricco, per lui, vilipeso, divenir stimato e temuto: lo schiavo si mutava in padrone, il suddito in re, il bue si mutava in toro; oggi il contadino non piglia più il bosco, ma vende il suo poderetto ed emigra per lontani paesi, ove spesso muore di nostalgia, quando non muore di fame.

Oltre all'emigrazione anche i nuovi ordinamenti militari hanno valso a liberarci dalla terribile idra del brigantaggio. L'esercito pel nostro contadino è una scuola proficua di civiltà, che ne modifica l'animo irrequieto ed ardente, ne tempra il carattere, ne coltiva lo spirito, e lo fa tornare a casa con una certa disivoltura fiera e garbato nella persona. E torna, dopo aver visto nuovi paesi, nuove genti, al cui contatto a poco a poco la selvaggia natura del montanaro ha perduto la scoria primitiva. Colà, nell'esercito, gli han fatto comprendere che anche lui concorre alla grandezza del proprio paese. Nell'esercito si sentì parte stimata di un tutto nobile e grande, mentre un giorno, quando vagava per le sue montagne, si sentiva cosa spregevole, e per divenir uomo dovea divenir brigante. Nell'esercito fu a contatto di tutte le classi sociali, del ricco e del povero, del nobile e del plebeo. Il ricco, re nel suo paesello, era uguale a lui nelle file del reggimento: ei, figlio di contadino, dava di gomito al figlio del barone, e nelle lunghe marce sul dorso di lui pesava il sacco come sul dorso del ricco signore. Si vide punito o premiato; ma punito o premiato pur vide il gentiluomo; e se per caso il contadino caporale si trovò a fronte del coscritto signore, era il signore che dovea piantarsi ritto con la mano al berretto dinanzi al contadino caporale. E imparò a stimar se stesso, ad aver fiducia nelle leggi, e tornò nel suo paesello con un nobile ideale nel cuore, l'ideale della patria e del dovere.

Ed io ho fede in questa vigorosa e vergine natura calabrese; ho fede in questo popolo di forti, che anche nella colpa conservò l'impronta caratteristica di energia e di fierezza. Al fischio della vaporiera, sfida lanciata dal nuovo al vecchio mondo, dagli altipiani della Sila risponde una voce che ci appella al lavoro. Al fischio della vaporiera, che ha fugato il brigante, risponde la canzone dell'artigiano e dell'agricoltore; e quando il paese avrà bisogno di forti e di valorosi, su i campi di battaglia ritroveremo il coraggio, la fierezza, lo stoicismo dei Benincasa, dei Parafanti, dei Seinardi, dei Talarico, resi nobili e proficui, per quanto furono dannosi e deplorevoli, da quell'amore che compendia ogni grandezza ed ogni virtù; l'amore per la patria, per la libertà, pel lavoro.

E così sia.

DRAMMI CALABRESI

Pria d'incominciare

Avendo ottenuto dalla cortesia del Procuratore del Re presso il Tribunale di Cosenza il permesso di rovistare fra i processi che si conservano negli archivi di quel Tribunale, non farò opera di fantasia: narrerò i fatti quali essi risultarono dai pubblici dibattimenti, e con ciò credo far lavoro più accetto e di sicuro più proficuo. Più proficuo, perocché mi propongo uno scopo, in cui la mia vanità di novelliere non entra né punto né poco. Su questo popolo calabrese, che vive povero ed oscuro sulle aspre montagne della Sila, corrono fuori le più strane dicerie; lo si crede feroce, sanguinario, crudele, portato per istinto al delitto ed alla rapina. Eppure se vi è popolo generoso e magnanimo è quello che vive qui, lontano da ogni consorzio e da ogni civiltà, ed è buono e generoso non per educazione, ma per natura; e fu mai sempre il primo a versare il sangue per raggiungere un grande scopo, l'ultimo e il più maltrattato quando, raggiunto lo scopo, toccò la divisione degli utili, che agli altri furono elargiti nel presente, a lui promessi per l'avvenire! Questo popolo, che die' all'Italia tanti martiri, martiri veri e di buona lega, tanti artisti, tanti poeti, tanti pensatori; che si affermò sublime in tutte le rivoluzioni con le armi e con le idee; che con Bernardino Telesio levò pel primo il grido della riscossa contro il dommatismo, grido che poi ebbe un'eco in Francia ed accese la grande epopea della rivoluzione francese; questo popolo che pel primo, primo anche della Germania, con Alberico Gentile da Scigliano levò il grido della Riforma, e con Campanella e Giordano Bruno ruppe le catene del pensiero umano, fu molto ed a torto calunniato dagli estranei, e posto in non cale, e obbliato e maltrattato da chi dovrebbe tener conto di tutte le forze vive della nazione.

Fa d'uopo dunque che questo popolo si faccia conoscere perché dileguino le sinistre prevenzioni: fa d'uopo si dimostri che quasi sempre il movente del delitto e della rapina non è un volgare istinto del male, ma qualche cosa di più elevato, di più nobile, che bisogna rintracciare nella natura fiera ed ardita di questo popolo. Ma per conoscere un paese nella sua indole e nelle sue tendenze, fa d'uopo studiar non le classi colte ed educate, ma quelle in cui la natura si è mantenuta affatto primitiva ed affatto vergine; e perciò i protagonisti dei miei racconti saran poveri contadini, e spesso servi di contadini, che son come il basso fondo della società calabrese. O poveri figli delle boscaglie! mentre l'umanità s'agita e cammina incessantemente verso una meta che si fa sempre più lontana, abbattendo oggi il vecchio per abbattere dimani il nuovo; e sempre insoddisfatta, sempre irrequieta, indaga coi suoi filosofi i nuovi veri, cerca con lo scienziato il segreto delle cose, perfeziona, inventa, crea; fa nascere nuovi bisogni, nuove aspirazioni di felicità e di benessere e nuovi mezzi per conseguirle; e ci son Re, Parlamenti, Senati, Congressi, Università, Scuole, Accademie che studiano, si affannano per l'interesse morale e materiale dell'umanità; povero, oscuro, abbrutito dalle miserie e dall'isolamento vive nelle boscaglie, nelle campagne deserte il contadino, e che pur con le sue fatiche fa vivere Re, Parlamenti, Senati ed Università! E quei poverelli, nati chi sa come, che morranno chi sa come, son mille, son centomila, son milioni; e vivono servendo una miseria meno misera, il contadino; si coprono coi cenci di altri cenci, mangiano i rimasugli di un cibo scarso ed ammuffito, sono i servi dei servi, gli ultimi estremi dell'abbrutimento e dell'ignoranza.

E nulla finora, da che mondo è mondo, ha fatto l'umanità per essi: tali sono oggi, tali furono dieci secoli or sono, e tali saranno dimani: il progresso è passato e non li ha visti, le rivoluzioni passarono e non li accolsero nel loro grembo vivificatore; il sole della civiltà si è alzato splendido sull'orizzonte e non ha avuto per essi né raggi, né calore. E non mi dite che oggi si pensa anche a quei miseri figli delle montagne con leggi apposite e con l'istruzione obbligatoria. O sì! dopo imparato che *b* ed *a* suona *ba* ne sapranno quanto prima; e non sarà certo quel po' di abbicì, appreso chi sa come, che li salverà dall'abbrutimento, che darà loro il fuoco nell'inverno, un pane quotidiano, che non sia fatto di terra, e vestimenta che non siano cenci brulicanti d'insetti.

E son essi intanto che lavorano, son essi che procurano al ricco la gioia della vita, son essi che comprano al Re le gemme della corona e la marsina ricamata in oro a Sua Eccellenza il Ministro!

Ma, mi direte, le son cose queste scritte e riscritte, ed è vero: nulla di nuovo io dico, nulla di nuovo voi apprenderete: ma vi son cose che non si ripetono mai abbastanza, libero voi, lettore, se siete reazionario, di torcere il muso e di non leggere più oltre; e se i lettori mi saranno benigni, io mi riterrò compensato abbastanza se coi miei racconti, i cui personaggi sono o furono vivi e veri, avrò dissipato le prevenzioni e guadagnata un po' di stima al mio popolo nobilissimo.

E ho d'aggiungere, pria di dar termine a questa prefazione, che per maggiore efficacia e verità ho usato molti vocaboli e modi di dire del dialetto calabrese, pur disperando di serbare nello stile e nel dialogo quella vivezza, quella forza, quella maschia espressione del dialetto, evidentissimo nella sua rozzezza. Del resto, fra i dialetti d'Italia il calabrese è quello che più si accosta alla lingua; ed invero se al linguaggio del nostro contadino togliete l'accento, le sincopi, le aspirazioni e lo scambio delle lettere, avrete dell'italiano purissimo e nobilissimo.

Dichiaro inoltre che io son certo di non aver fatto un'opera d'arte; ma ho la coscienza di aver fatto un'opera buona. Ed un'opera buona vale, forse, quanto un'opera d'arte.

GIOVANNI

I

Quella sera Peppe il massaro se ne era tornato per tempo dalla montagna: aveva tolto il giogo ai buoi, avea riempito la mangiatoia di una bracciata di foglie secche di granturco, e poi, chiusa la stalla, era salito su nella torre.

Ma fa d'uopo vi dica che cosa noi in Calabria intendiamo per torre. Per *torre* intendiamo una casetta rustica che serve di ricovero ai contadini, siacché ogni podere ne ha una e talvolta più di una, a secondo la vastità delle terre e le famiglie contadinesche che le coltivano. Forse l'origine del nome deesi alla forma onde un tempo, quando le campagne erano scorse dai briganti, esse si costruivano; ed infatti ho visto molti ruderi di antiche case coloniche che avevano forma appunto di una torre. E da questa parola venne la voce *torriere* che da noi vuol dire contadino che ha preso in fitto, oppure a mezzadria un podere.

La *torre* di Peppe il massaro era situata tra Paterno e Malito, paeselli a poche ore da Cosenza, in un fondo di pertinenza di un signore cosentino. Peppe il massaro coltivava le terre a mezzadria; per il frutto delle seminagioni dei grani cioè e dei legumi. Il padrone metteva di suo la semenza, che prelevava al ricolto, il resto era equamente diviso a metà. Dei frutti degli alberi al contadino non toccava che il terzo, ma doveva raccoglierli senza diritto a compenso.

Il fondo coltivato da Peppe il massaro era diviso in terreno seminatorio ed in castagneto: la torre era appunto situata in quella parte dove finiva il piano ed incominciava la montagna; sicché gli annosi castagni che questa coprivano, coi robusti rami carichi del peso delle foglie verdi e dei ricci biondi toccavano il tetto della torre, che appariva come un nido bianco nascosto fra la verzura.

Dirimpetto alla casa si stendea per un cinquanta moggiate la pianura, la quale finiva in un burrone, e da questo il terreno con brusca inclinazione, rotto, solcato ed ineguale scendea fino alla valle del Jassi, confluente del Busento. Di là dalla valle s'innalzavano le colline che formano il piano del Lago, e poi con dolce inclinazione i monti del Cosentino su i quali sono disseminati i così detti *casali del Manco*, e dietro a questi le giogaie della Sila dalle vette nevose e dai fianchi coperti di abeti e di pini nereggianti.

La torre era distante un'ora da Paterno, un'ora e mezzo da Malito e quattro ore da Cosenza. Posta nel centro del sentieruolo che mena a quei due paeselli e che va serpeggiando fino al sommo della montagna, quantunque isolata e molto lontana dalle altre case coloniche, era visitata frequentemente dai contadini che recavansi nei due vicini paeselli, e si fermavano spesso a barattar quattro chiacchiere con la Filomena, moglie di massaro Peppe, la quale, perché ammalata, non usciva di casa e filava al sole sull'uscio della torre, governando le galline che razzolavano e due maiali che grufolavano sullo spiazzo avanti la casetta.

Attigua a questa, separata appena da un viottolo, era la *casella* per l'assecchimento delle castagne, che da noi diconsi *pestelle*, forse pel pestar che si fa coi piedi per toglierne il guscio, come dirò appresso. Ed è una gran faccenda quella della raccolta delle castagne e fa d'uopo che ne dica qualcosa per maggiore intelligenza di questo racconto.

Alla metà di ottobre un perito, scelto di comune accordo dal padrone del fondo e dal *torriere*, estima il frutto del castagneto; quindi appena le castagne cadono dal riccio si principia la raccolta, ed in tale faccenda si occupano tutti della famiglia contadinesca, ed anche si cerca aiuto negli estranei, che poi si compensano con una porzione del raccolto, cioè, tolti i due terzi che spettano al padrone, il resto va equamente diviso fra i raccoglitori. Ed è curioso il veder curvi, quasi carponi, uomini e donne, vecchi, giovani, fanciulli col paniere infilato al braccio andar frugando pei cespugli, su per le colline, giù per le valli dalla prima alba al tramontar del sole. Il raccolto si porta nella *casella,* che è un recinto di creta e di pietre coperto di tegole; ma pria delle tegole si stende come un graticcio fatto di canne e travicelli e coperto di felci; e colà, da un finestrino all'altezza del graticcio, si versano dal di fuori le castagne, che si distendono perché lo strato sia uguale, ed il fuoco, che per venti giorni deve ardere perennemente al disotto, possa assecchire contemporaneamente tutto il ricolto. Il fuoco notte e giorno è mantenuto vivo da un contadino, il quale dee badare che non si smorzi e che la porta di entrata sia ben chiusa, onde non esca il fumo che concorre ad assecchire il frutto. Ora lascio considerare quanto soffrir deve in sul principio quel poveretto in mezzo all'acre fumo delle legna verdi; ma poi i polmoni vi si abituano, ed ho visto dormir contadini colà, dove io, appena sporto il capo, avea dovuto ritrarmi in fretta, e per mezz'ora ne avea avuto una tosse secca e dolorosa. E quel contadino, bella signora che mi leggete, attende appunto ad assecchire quelle castagne che per lui si muteranno in pane, per voi in dolci canditi e profumati, che comprate dai confetturieri per sgranocchiarli la sera in teatro.

Quando la castagna si sguscia da sé premendola un po' con le dita, e nel rimestar lo strato scroscia, è tempo dello sgusciamento, da noi detto *pilatura*, da peluria che vuol dire appunto la buccia interna della castagna. Fuori, all'aperto, e precisamente sotto un canale di legno, che mette capo al graticcio, si situa un trugolo ove si fan cadere le castagne: due o tre contadini, coi piedi calzati di zoccoli dentati, ritti dentro il trugolo, dan colpi di piede, or dall'alto in basso, ora strisciando, or roteando, finché il guscio si separa, la peluria si eleva in polvere finissima, coprendo di uno strato rossiccio le erbe, gli sterpi e le siepi d'intorno alla casella, e nel trugolo resta la castagna dura e bianca, che poi si separa col cernimento dai minuzzoli del guscio e dalla peluria.

* * *

Ma mi accorgo di aver molto divagato, e perciò torno a Peppe il massaro, che quella sera era tornato per tempo dalla montagna, e chiusi i buoi in istalla, era salito nella torre.

Essa non avea che un'unica stanza, occupata per metà da un letto largo quanto lungo, senza materasso, e formato di un pagliericcio su tavole d'abete sostenute da due cavalletti di legno. Le lenzuola ed i guanciali erano di quella tela grossa e ruvida che tessono le contadine; e per coperta una grossa coltre fatta di stracci di ogni colore e di ogni qualità, tenuti insieme da un ordito di fili e lavorata al telaio. Su quel letto dormivano insieme Peppe il massaro, la moglie e i due figli, un maschio ed una femina: su di uno strame accanto all'uscio dormiva Giovanni, un giovinotto in su i venticinque anni, che guidava le pecore al pascolo e che era il servo di quei contadini.

Sotto al letto eran due casse d'abete rozze e fesse, ove conservavansi i pochi panni della famigliuola; e un nero, polveroso, sgangherato canterano compiva la mobilia di quella povera casa. Il resto della stanza era occupato da un telaio tarlato, da cui pendean fili rotti e corde sfilacciate, e dal focolare, dalla cui cappa nera pendea una catena col gancio, messa lì per sostener la pentola. Ad un lato del focolare una cassapanca serviva di sedile e di dispensa per le scarse provviste, e qua e là vedeasi qualche sgabelletto di legno, opera industriosa delle ore di ozio del contadino. Sostenuto da quattro pezzi di corde, nere pei depositi annosi delle mosche, pendea dal soffitto un canniccio, precisamente sopra al letto; e colà ogni contadino conserva il pane di segala o di gran turco e qualche cattivo formaggio di pecora. Alcune polverose immagini di santi, logore dal tempo e dall'umidità, erano incollate al capezzale del letto fra un crocefisso di legno ed un ramo d'ulivo benedetto: e presso al crocefisso era appesa una vecchia carabina a pietra focaia ed una vecchia giberna da guardia urbana, che conservava ancora lo stemma borbonico.

Quando massaro Peppe entrò nella torre sedeano intorno al focolare, nel quale ardea un fuoco di ricci secchi e di sarmenti, Filomena, la massara, Pietro, figlio di lei e Santo, un bel giovane contadino, forte, robusto, dalla fisonomia ardita ed intelligente, il quale era il futuro genero di Peppe, come quello che da più tempo erasi fidanzato a Rosa, giovanetta in su i ventidue anni, la quale inginocchiata sull'impiantito e curva sul fuoco, copria di cenere calda alcune patate che dovean servir di cena quella sera. Santo, il fidanzato, era bello, di quella bellezza maschia e robusta della gente calabrese: corto di statura, avea il torace ed il petto largo ed il collo taurino dalle vene gonfie e tese come corde: vestiva riccamente per la sua condizione; la giacca di velluto coi passamani verdi, le brache di castoro coi bottoni di ferro lucido, e la camicia dall'ampio colletto svoltato sulla giacca. Era insomma un bel tipo di montanaro e di contadino.

Rosa anche essa era bella; ma non di quella bellezza opulenta e volgare delle contadine: più che bella potea dirsi leggiadra e avea nella persona un non so che di delicato e di dolce. Vestiva una gonnella verde pieghettata, ma un po' gualcita e lacera; un corpetto rosso sul quale cadevano le trine e i ricci della camicia; e le copriva il capo un fazzoletto bianco annodato dietro l'orecchio, secondo l'uso delle nostre contadine. Aveva il viso pallido e delicato con due grandi occhi cilestri, sicché l'avresti detta una signorina in abiti contadineschi, cui le fatiche dei campi, il sole cocente dell'estate e il freddo dell'inverno avessero reso un po' aspra la pelle. Era slanciata e flessuosa, né potea spiegarsi altrimenti quella sua leggiadria signorile che prestando fede a certe ciarle, le quali la voleano figlia d'un signore, che avea fatto un po' di corte alla Filomena, la moglie di massaro Peppe. Questi però delle voci che correvano parea che non sapesse nulla; ma è certo che quando s'incontrava con quel signore mutava strada per non salutarlo.

* * *

– Buona sera – disse entrando massaro Peppe.

– Buona sera, tata – risposero Pietro e Santo.

– Ci sei anche tu, Santo? Ho incontrato stamane tuo zio che andava a Cosenza e gli ho parlato del nostro affare. Pare però che oltre ai cento ducati non voglia darti altro.

– Mio zio l'avrà da fare con me, ce la vedremo noi due, e, per Gesù Cristo, deve darmi quel che mi ha promesso. In ogni modo non credo che per cento ducati verrai meno alla promessa, massaro Peppe!

– No, ma cento ducati sono una cosa, Santo! Non è vero, Rosa?

– A me non importa dei cento ducati – rispose la giovanetta, guardando con un sorriso il suo fidanzato.

– E già, – disse la Filomena che filava in un cantuccio della cassapanca – a te non importa perché vuoi presto spiccare sto presciutto! Tu non ne hai cervello, tu! –. E poi rivoltasi a Santo, continuò:

– Tuo zio infine non dovrebbe fare il restio; oramai è un anno e siamo sempre alle promesse.

– Mio zio, – rispose Santo – darà i cento ducati, come è certo Dio, altrimenti l'avrà a fare con me. Io intendo che per Ognissanti si deve andare in chiesa, e non aggiungo altro.

Intanto Rosa si era alzata e avea acceso una lucernetta di ferro che appese ad un chiodo; Peppe si era seduto e scaldava le grosse e callose mani alla schioppettante fiamma del focolare. Poi chiese:

– Dove è Giovanni?

– È tornato con le pecore ed ora è di guardia alla casella – rispose la Filomena.

– Va a dirgli se vuol venire a cena.

– Lascialo star lì quell'animale: oramai si è reso insoffribile, specialmente dacché… basta m'intendo io.

– Che intendi dire, Filomena? – domandò Peppe.

– Nulla, ma è meglio che se ne vada, dopo la *pilatura* è meglio che se ne vada.

– Io l'ho detto da più tempo, – disse Rosa – che non vuol far più bene.

La madre la guardò un po' in cagnesco.

– Tu non dovresti parlare, tu! – le disse tentennando il capo.

– Credo che l'abbia con me – fece Santo. – Stamattina l'incontrai a Jassi e poiché cercava di evitarmi mi avvicinai a lui: egli mi volse le spalle; io lo presi per le orecchie e gli dissi che se non smetteva quel muso gli avrei guastata la faccia a furia di pugni. Anzi credo che gliene abbia dato qualcuno in conto.

– Gran coraggio, Santo! – disse Rosa con tuono ironico – Quello lì è un vigliaccone da fare schifo.

– E perché non mi lascia quieto, perché non mi rispetta? Sai di che è stato capace? Avevo piantato due peschi e me li ha fatti scapitozzare dalle capre. Ed ei sa che io son buono a rompergli il muso, e sì che glielo ho rotto parecchie volte. L'altro giorno ha inseguito a colpi di pietre il mio cane *Assassino* e l'ha ferito ad una costola. Ieri mi incontrò sulla montagna e fe' l'atto di brandire la scure; io mi misi a ridere, gli tolsi la scure e gli tirai ben bene l'orecchie. Vedete un po' se un *sacco di mazze* come quello lì ha dritto di metter mano alla scure! Non mi venga più fra i piedi, altrimenti ve lo manderò a casa su di un canniccio; e ditegli che quando mi incontra non deve mutar strada, non deve far mostra di non vedermi, ma deve farmi tanto di berretto, se vuol conservar sane le ossa.

– Hai ragione, Santo, – disse Pietro, il figlio di Peppe, che fin allora se ne era stato muto in un canto – anche io glielo l'ho detto a tata, bisogna che Giovanni se ne vada. Eppoi si è fatto un infingardo da non dirsi: non fu lui che ci fe' pagare quel danno a Don Saverio per aver lasciato penetrar nel fondo di costui le pecore, mentre egli se ne stava a suonare il fischietto a pie' di una quercia? Tu, tata, sei troppo buono, ma se non lo mandi via succederà qualche guaio.

– Ebbene, – disse massaro Peppe – se ne andrà dimani.

– Oh! – fecero gli altri. Rosa, che seduta sulle calcagna presso al focolare spellicolava le patate arrostite, alzò il capo sorpresa.

– Sicuro, – continuò Peppe – partirà dimani. Anche io mi ero accorto che non facea più per noi, ma dopo tanti anni di buon servizio non potea mandarlo via così, con un calcio. Eppoi, bisogna dirlo, è da poco che si è fatto infingardo, che del resto è stato sempre un buon figlio e un buon lavoratore. Ma lo mando via perché mi sono accorto anche...

E si interruppe guardando con una strizzatina d'occhio la moglie.

– Anche io mi era accorta... – rispose questa indovinando il pensiero del marito. Santo sogghignò. Rosa chinò gli occhi fingendosi intenta a spellicolar le patate.

– Insomma, non so che si avea posta in testa; pure è con me da venti anni ed ha diviso con noi la buona e la mala sorte, come dirgli vattene? Un cane, che è un cane, non si caccia via anche se rognoso. Ma ora mi si è presentata una occasione e lo mando al Vallo, presso un mio compare che ha bisogno di un pecoraio. Anzi, Rosa, va alla casella e chiamalo.

– Io non ci vo, – rispose la fanciulla – io non ci vo, vacci tu.

E spellicolava quasi macchinalmente le patate, ma le si leggeva in viso un non so che di indispettito e di preoccupato.

– Ci vo io – disse Pietro. – Mi dispiace, ma è necessario che Giovanni se ne vada; ed ora che gli hai trovato padrone non avrà da lamentarsi.

– Ma al Vallo piglierà le febbri – osservò la Filomena.

– Ih! quanta compassione! ce ne son tanti che campano colà! Sta a vedere mo' che gli si doveva trovar padrone a Parigi di Francia!

E ciò dicendo Santo riempiva di tabacco la corta pipa di creta, Rosa alzò gli occhi e lo guardò corrucciata; egli le porse la pipa dicendole:

– Mettici una brace, Rosa.

– Il fuoco è lì e tu hai le mani, serviti da te! – gli rispose la fanciulla, con accento stizzoso. Santo la guardò un poco, poi si chinò, raccolse una brace con la sua mano callosa e la pose sul fornello della pipa; poi nel rialzarsi die' un pizzicotto al braccio della giovane, la quale prese un tizzo dal focolare e colpì con quello la mano del contadino.

– Per la Madonna – gridò questi – mi hai bruciato il polso!

– E tu perché mi hai fatto male al braccio?

– Via, finitela, sfacciati, – gridò la Filomena – non avete nemmeno vergogna che ci siamo noi!

Per quella contadina il pizzicotto ed il colpo di tizzo sulla mano erano carezze amorose. A quel rimprovero Santo si rincantucciò e riprese a fumare. Intanto la Filomena filava, e Peppe, toltesi le ghette di cuoio, scaldava i piedi al focolare, mentre Rosa andava su e giù per la stanza, tutta intenta a preparar la cena.

La lucernella spandea una luce pallida ed incerta sul focolare e lasciava quasi al buio il resto della stanza. Tutti taceano; si udìa soltanto il rollìo del fuso, e giù nella stalla contigua alla torre il grugnito dei maiali.

In questo si aprì la porta e comparve Giovanni.

Era un giovane in su i venticinque anni, alto e magro. I capelli crespi e nerissimi non tocchi mai dal pettine gli scendevano in ciocche fin sugli occhi neri e lucenti. Le guance avea secche ed infossate, quasi del color del fango in cui viveva sdraiato tuttodì quel povero figlio della montagna. Era vestito di una vecchia e logora giacca di felpa rattoppata in più parti, e di un paio di brache tutte strappi e ricuciture, che lasciavano scoperta quasi metà delle cosce. Le gambe dal ginocchio in giù eran nude, ma coperte d'uno strato di fango indurito. Non avea camicia, ché non si può dir camicia quel po' di tela ruvida, la quale gli copriva le spalle sotto la giacca e che lasciava a nudo il petto scarno dalle costole sporgenti. Un vecchio cappello a cono informe e bucherellato gli copriva il capo.

Le brache eran sostenute da una larga cinta di cuoio, nella quale era infilata una scure.

Al cigolìo della porta che si apriva, Rosa volse il capo; poi riconosciuto Giovanni, tornò alle sue faccende.

– Buona sera, Giovanni – disse Peppe.

– Santa notte – rispose Giovanni. E fe' un passo innanzi; ma accortosi di Santo, con un atto di sorpresa si trasse indietro.

– Accostati al fuoco – gli disse la Filomena – hai freddo? Via accostati.

Egli avea chinato il capo e taceva.

– E guarda se ci sente! – disse Rosa, e lo spinse pel braccio. Egli si lasciò spingere e cadde seduto sul gradino del focolare; stette lì a fissar le braci, poi raccolse dal fuoco una patata e si die' a mondarla.

Santo fumava con le labbra atteggiate ad un sogghigno: Rosa da una rastrellieretta avea tolto un ampio piatto di creta, si era seduta sullo scalino del focolare presso Giovanni, ed affettava le patate nel piatto. Peppe il massaro ruppe per primo il silenzio.

– Ci sono novità, Giovanni?

– Ecco, – rispose questi quasi sottovoce e col capo chinato – il montone ha ferito con le corna l'agnello bianco. È un animale maligno il montone. La capra nera è rotolata da un dirupo e si è fatta male ad una gamba. Ho incontrato Tommaso e mi ha detto che dimani a *morsello* verrà per quell'affare che sapete. Il padrone del pascolo dice che ad Ognissanti scade il fitto e vuole il danaro... Domani lascerò all'ovile l'agnello bianco e la capra nera.

– Va bene, dirai tutto ciò a Pietro, che condurrà dimani al pascolo le pecore. Tu andrai al Vallo.

– E che andrò a fare al Vallo?

– Il compare Francesco ha bisogno di un pecoraro ed io ti ho ceduto a lui a buoni patti per te.

Giovanni alzò il capo e guardò in giro, poi come se avesse mal compreso tornò a dimandare:

– E tornerò dimani sera?

– Ma no: non hai capito che andrai al servizio di compare Francesco?

Allora egli capì che lo si mandava via; mosse le labbra per parlare, ma la parola gli fé nodo in gola; guardò Rosa che gli sedea vicino e che parea tutta intenta ad affettar le patate, ed infine fissò gli occhi neri e lucenti su Santo che continuava a fumare sogghignando.

– Mi scacci dunque da casa tua, massaro Peppe? – mormorò poi lentamente e con voce sorda.

– No, non ti scaccio, tornerai fra un mese, ad Ognissanti, per le nozze di Rosa.

– Ah! Rosa sposerà fra un mese e tu mi scacci? E sei tu, Santo, che mi fai andar via, non è vero?

E si era fatto rosso in viso e guardava il contadino con gli occhi che mandavano sinistri bagliori.

– O io o non io, te ne devi andare, – rispose Santo – perché sei un vagabondo, perché è meglio che te ne vai, altrimenti qualche giorno ti romperò le ossa, capisci?

– Sei tu che mi fai mandar via, – ripeté Giovanni, con voce rotta e soffocata, – sì, perché qui tutti mi volevano bene, Peppe, Filomena, Pietro e... insomma tutti mi volevano bene, e dacché entrasti tu non mi si può vedere. Ma... basta: stamattina il montone ferì l'agnello; ma all'agnello cresceranno le corna ed alla sua volta ferirà il montone.

– Te le romperò io le corna – gridò Santo alzandosi e dando un manrovescio a Giovanni, che saltò in piedi brandendo la scure.

Il sangue era affluito in quel viso terreo; e attraverso le ciocche dei capelli neri che gli scendeano sul fronte, brillavano trucemente gli occhi, ed il lieve tremito delle labbra era indizio dell'ira feroce che ruggiva nel petto di quel selvaggio figlio della foresta.

Ma Santo, invano trattenuto da Peppe, mentre le donne gridavano strappandosi i capelli, si era scagliato su Giovanni ed afferratolo alla vita lo avea stramazzato a terra. Messogli un ginocchio sul petto dopo averlo disarmato della scure, si die' a percuoterlo sul viso, accompagnando ogni schiaffo con una ingiuria.

– Ah! figlio di troia, ed hai il coraggio di alzar la scure, tu, *sacco di mazze*, tu pecora rognosa! a te, ne vuoi più, carogna?

E giù schiaffi e giù pugni, e il poveretto digrignava i denti sentendosi inchiodato al suolo dal ginocchio del contadino. Infine le donne e Peppe riuscirono a liberarlo, egli si alzò barcollando e andò a rannicchiarsi in un angolo mordendosi le dita. Santo tornò al suo posto, riprese la pipa e continuò a fumare come se nulla fosse accaduto.

– Via, perdonalo, – disse Rosa – tu sei forte e coraggioso e lui è un vigliacco; è vergogna per te misurarti con lui.

E gli avea detto ciò con voce carezzevole, inorgoglita della forza e del coraggio del suo fidanzato, che avea osato affrontare un uomo armato di scure.

Ma a quelle parole di Rosa, Giovanni saltò in piedi calmo e freddo in apparenza: raccolse la scure che infilò nella cinta di cuoio e si avviò verso la porta: ivi giunto si fermò e disse:

– A rivederci, Santo, a rivederci.

E disparve: s'intese che scendeva a precipizio la scala, s'intesero i suoi passi nel fango della via e poi più nulla.

Peppe, che in tutto quel tafferuglio era rimasto in silenzio, parlò pel primo.

– Ringrazia Dio che è successo così, Santo: quel ragazzo lì ha più cuore di quel che dimostra.

Santo fe' spallucce in segno di disprezzo.

– Alza le spalle come vuoi, ma questa notte cammina guardingo nel tornare alla tua torre. Capisco che difficilmente oserà affrontarti. Ma se lo sapessi armato di fucile non ti farei uscire questa notte. Non avrò pace finché non lo saprò partito. È impossibile che quel giovane lì non abbia cuore, suo padre è morto in galera per aver ucciso un signore che gli diede uno schiaffo: bada, Santo, bada!

– Ma che mi stai a contare, tata! Aver paura di quello lì è come aver paura di una pecora morta. Eppoi non è la prima volta che prova le mie mani.

– Ti ho avvertito, Santo, e non se ne parli più. Dacci la cena, Rosa.

La cena, che consisteva in una insalata di patate e in un pezzo di lardo, fu mangiata prestamente ed in silenzio: parea che ognuno fosse in preda ad una preoccupazione. Infine si era fatto tardi, e Santo che dovea tornare alla sua torre, si alzò.

– Te ne vai, Santo? – disse Rosa – resta ancora un istante.

– Lascialo partire – fece la madre, che fino allora era rimasta in silenzio.

– Sì, me ne vado, – Santo rispose – dimani all'alba dovrò essere a Rogliano.

– Ti accompagnerà Pietro – disse la fanciulla.

– Ma mi credi un bambino che ha paura degli spiriti forse? Ho due buone palle incatenate nella pistola ed una scure ben tagliente nella cinta; ed ammeno che non mi tirino da dietro una siepe non ho paura di nessuno. Buona sera, tata, buona sera mamma.

– Santa notte – risposero Peppe e Filomena. Santo uscì accompagnato fino alla porta dalla giovinetta: ivi si fermarono: la notte era calma, ma senza luna, solo le stelle brillavano nella volta oscura del cielo: la campagna si stendea silenziosa.

– Addio, Rosa – disse Santo, e traendola a sé la baciò in fronte.

La fanciulla lo vide discendere la scala; lo seguì con gli occhi; e poi, quando ei si confuse nelle tenebre dalla notte, rientrò in casa preoccupata ed oppressa da un sinistro pensiero.

* * *

Peppe, che era uscito, tornò col figlio Pietro, il quale disse a Rosa:

– Domani dovrò alzarmi per tempo ed oggi ho lavorato molto; andrai tu alla casella, io ho bisogno di dormire.

La fanciulla non rispose: prese una delle coltri di stracci, si coprì il capo e uscì dalla torre: i suoi la seguirono con gli occhi.

– Sapete perché ho mandato via Giovanni? – disse Peppe – Perché Giovanni è innamorato di Rosa.

– E Giovanni oggi o dimani ucciderà Santo – mormorò la Filomena spegnendo la lucerna per andare a letto. La stanza rimase al buio ed in quel buio luccicavano le braci del focolare. I due contadini presto si addormentarono; solo la donna non potea prender sonno: era come oppressa da un incubo; le parea di veder Santo, il fidanzato della sua figliuola, steso a terra in un lago di sangue con la testa spaccata dalla scure di Giovanni.

* * *

Rosa era entrata nella casella ed avea lasciato la porta socchiusa.

Si era seduta accanto al fuoco, che riempiva di fumo il recinto, e coi gomiti sulle ginocchia, col capo fra le mani, parea meditasse, mentre il suo sguardo errava per la scura campagna, che ella vedea attraverso la porta socchiusa. Il cielo s'era coperto di nuvole: qua e là fra gli strappi brillava qualche stella; la nebbia che si era alzata dal fiume, le cui onde scrosciavano scorrendo fra i macigni, copriva di una massa bianchiccia il vuoto tra le due colline, in mezzo alle quali si apriva la valle del Jassi. Gli alberi nell'ombra apparivano come scheletri neri che crollassero il capo con un susurro. Lontano lontano sul declivio dei monti tremolava una luce solitaria, che poi spegneasi per accendersi più in là, fra larghi strati d'ombra e fra bianchezze che pareano concentrassero i raggi diffusi della notte. Dietro alla casella, che era attigua alla torre, si ergea la collina con gli alberi neri e giganti, che percossi dal vento mandavano suoni or sordi, or brevi, ora profondi, e attraverso il fogliame correano voci misteriose che si perdeano nello spazio.

Rosa meditava; di tanto in tanto attizzava il fuoco dal quale usciva un fumo bluastro che si spandea elevandosi in alto fino al canniccio. La luce rossa dei tizzi accesi rischiarava il volto delicato della giovinetta, che di tanto in tanto trasaliva tendendo l'orecchio, come se fra le voci della notte, familiari al suo orecchio di campagnuola, udisse qualche cosa di insolito e di sinistro: come se tra quei fremiti dell'ombre udisse un rantolo di moribondo; come se in quell'ora della notte un dramma terribile si compisse in un punto di quella campagna solitaria; e gli alberi ed il fiume e la collina fossero gli spettatori silenziosi ed indifferenti di un delitto di sangue.

L'orologio della chiesa di Malito aveva suonato da un pezzo la mezzanotte; gli squilli portati dal vento erano giunti fino a lei fendendo lo spazio. Avea trasalito come se li udisse per la prima volta. Mezzanotte! l'ora degli spettri, degli assassini, del delitto! Eppure ella avea fatto orecchio ai rumori della vita notturna di quella campagna solitaria. Cercò di addormentarsi per scacciar dal capo certe preoccupazioni sinistre. Riattizzò il braciere: trasse vicino a sé una fascina e vi poggiò il capo; si coprì con la coltre intessuta di stracci e chiuse gli occhi.

* * *

Dormiva di un sonno grave e penoso. Il chiarore rossiccio del focolare ne illuminava il viso delicato e lasciava al buio il resto della persona avvolto nella coltre.

La porta della casella si aprì lentamente come spinta da una mano trepidante, poi restò immota, poi di nuovo girò lieve lieve su i cardini, e infine una testa comparve fra l'uscio socchiuso, una testa livida, dagli occhi fiammeggianti. Stette un poco a origliare, poi la porta fu di nuovo spinta lievemente, ed infine ritto sul limitare dell'uscio comparve Giovanni.

Con la destra brandiva la scure: si appressò pian pianino alla dormente, si chinò su di lei, poi riconosciutola, alzò il capo.

– È Rosa, – mormorò – è Rosa, tanto meglio! –. E badando a non far scrosciare le frasche si assise sulla fascina che serviva a Rosa di guanciale; posò la scure a portata della mano, e coi gomiti sulle ginocchia, facendo delle mani puntello al capo, stette a contemplare la giovinetta che dormiva con gli occhi socchiusi e col capo sul gomito ripiegato.

E stette lì muto, con gli occhi fisi sulla dormente il cui respiro gli carezzava il viso livido, che nella penombra della casella avea una espressione sinistra. Di tanto in tanto le legna che ardeano sul braciere schioppettando, mandavano guizzi di fiamme, le quali come un baleno illuminavano il recinto, e quel rapidissimo guizzo percotea nel volto il contadino e ne mettea in mostra la fisonomia scomposta e le misere vesti e le gambe e il petto nudo e sporco di un fango rossiccio, quasi sanguigno. Ed egli era lì, chino su quella fanciulla addormentata. Come attratto da quel corpo e da quel caldo fiato si chinò vieppiù, fin quasi a toccar con le sue le labbra della giovanetta, che di tanto in tanto si muoveano mormorando un nome. La coltre tratta in giù dagli stiramenti della persona, avea lasciato scoperto il collo e parte dell'omero maravigliosamente bianco per una contadina; e quel collo e quell'omero avean leggieri fremiti, come se alle carezze della luce calda del focolare il sangue sotto la pelle scorresse più vivo e la carne tremasse voluttuosamente.

Egli, chinato su di lei, tenea dietro, direi così, a quel leggiero brividio che dal collo guizzava giù per la persona dell'addormentata, le cui forme si delineavano nettamente sotto la coltre, che già scesa a metà della persona lasciava scoperto il seno bianco fra i lacci allentati del corpetto rosso.

Egli allora non seppe frenarsi, accostò le sue labbra a quelle della giovinetta, lieve lieve dapprima, quasi toccandole appena, poi di un subito, come ebbro di desiderio, premé con forza la bocca su la bocca di lei e le die' un bacio ardente, furioso, e più che un bacio fu un morso, un morso misto di voluttà intensa e di rabbia feroce. La fanciulla trasalì come se un ferro rovente le avesse scottato la bocca; aprì gli occhi spaventata: intese un corpo stretto tenacemente al suo: e sollevando le braccia afferrò pei capelli la testa di quel corpo per allontanarla e poterla riconoscere: e quando la riconobbe, quando alla rossa luce del focolare vide brillare, anche essi ardenti come la brace, gli occhi di Giovanni, con uno sforzo disperato si liberò di quella stretta, die' un grido e balzò in piedi.

La coltre cadde, cadde il fazzoletto che le copriva il capo, e la ricca massa di capelli neri si sparse su per gli omeri; nello sforzo fatto per alzarsi si erano rotti i lacci del corpetto, sicché il seno opulento di vergine e di contadina appariva in tutta la nivea bianchezza nell'ombra e tra il fumo. Egli intanto era rimasto accosciato con gli occhi fisi su di lei, e la guardava come il lupo pria d'avventarsi alla preda.

– Esci! – disse lei con voce soffocata e cercando ricomporsi – esci.

– No, non uscirò – rispose lui a denti stretti.

– Esci, o griderò fino a svegliar Pietro, fino a svegliar tata.

– No, non gridare, Rosa, non gridare, o, per la Madonna! questa notte farò *carne di porco.*

– Esci, – tornava a dir lei – dimani dirò a Santo mio che osasti venir qui di notte.

– A Santo tuo, a Santo tuo, che ieri mi die' un calcio, ier l'altro uno schiaffo; che mi fe' scacciar da casa tua, e che te presente mi calpestò sotto i suoi piedi? Ebbene, e tu diglielo a Santo tuo, quando verrà… dimani.

E rise, un riso sommesso e sinistro.

– Che vuoi tu dire, Giovanni? che vuoi tu dire?

– Nulla, Rosa… parla sommesso. No, non tremare, non farò nulla a te, questa è fede di S. Giovanni. No, non farò nulla a te, quand'anche tu mi schiacciassi il capo fra due pietre: anzi perdonami se dianzi ti ho baciato, se ti strinsi fra le mie braccia, perdonami; ma io non seppi trattenermi, ma io mi sentivo come pazzo, perché… te lo voglio dire ora, e poi non te lo dirò più, mai più… perché io ti amo, perché io per te non ho voluto partire per l'America; ed ho preferito star qui a guardar le pecore e fare il servo a tua madre che mi faceva desiderare il pane, a tuo fratello che mi batteva, a tuo padre che trovava malfatta ogni cosa e mi rimproverava sempre, al tuo innammorato che mi dava calci e pugni e che ieri sera me ne die' tanti, mi ingiuriò tanto; e quei calci e quelle ingiurie in presenza tua mi furono coltellate al cuore; ed io…

– E tu? – disse Rosa con voce tremante – e tu?

– Ed io… nulla. Io ora ti prego di ascoltarmi. Non temere di me: ti giuro sulla Madonna del Carmine che tata buon'anima mi mandò dalla galera, che non ti farò alcun male; ti giuro che dopo non mi vedrai più e che me ne andrò lontano lontano.

– Al Vallo?

– Al Vallo… o altrove. Vieni qui, siedi vicino a me, come quando eravamo piccini, ti ricordi, Rosa?

E si accostò alla fanciulla, la prese per mano e la fe' sedere sulle fascine. Egli sedé per terra dicendo:

– Aspetta che riattizzi, altrimenti Peppe dimani dirà che gli abbiamo mandato a male le castagne.

E calmo, tranquillo raccolse una bracciata di legna e le mise sul braciere, poi si chinò e col soffio cercò ravvivare la fiamma, la quale divampando rischiarò il volto livido di lui e quello preoccupato e pallido della giovinetta.

Ma a quel subito bagliore Rosa avea visto alcune macchie rosse su le vesti del contadino.

– O Giovanni, o Giovanni, tu sei intriso di sangue! – disse ella con un grido.

– Di sangue? No, – rispose Giovanni alzandosi dal focolare e sedendo per terra all'ombra – non è sangue, è fango dei Lupalbi: tu sai che è quasi rosso.

E tacque. La fanciulla rassicurata, gli disse:

– Dunque parla, che vuoi?

– Ah! ecco, – egli rispose dopo un po' di pausa e con accento malinconico e sommesso – ecco, volevo dirti che… Ti ricordi, Rosa, quando eravamo bambini, quindici anni or sono? Tu ora ne hai ventidue, io venticinque, come passa presto il tempo! Ti ricordi? Dormivamo insieme sulla cassapanca presso al focolare, ed io l'estate mi stringevo più che poteva al muro per farti dormire con comodo, e l'inverno ti cedevo tutta la mia parte di coperta e battevo i denti pel freddo: ma tu stavi calda, tu, e mi bastava. Ti ricordi? No, tu non le ricordi certe cose! Tu una volta fosti ammalata ed il medico ti avea ordinato le medicine; al paese non si trovavano e non ci era nessuno che andasse a Cosenza. Tuo padre era ammalato, tuo fratello era piccino: volli andare io, ed avevo dieci anni allora e non sapea la strada, pure andai e ritornai in sei ore, sicché tutti diceano che avevo fatto un miracolo. Quanto corsi quel giorno! Ma mi sentivo fiero di me stesso, e allor che ti vidi sana, quasi quasi credetti che io avessi di molto influito alla tua guarigione. Quando io andava coi maiali sulla montagna, tu venivi a trovarmi ed io ti conservavo le more selvatiche raccolte per te nella mattina. Ti piacevano tanto le more selvatiche! Ed un giorno ne avea visto di nere e di grosse, ma erano in alto, in alto, fra le spine, ed io per raccoglierle mi lacerai le mani, il viso, il petto e caddi giù per la balza e mi ruppi la testa. Ma ero tanto felice perché tu ti mettevi a piangere vedendomi in quello stato, ti ricordi?

– Mi ricordo, Giovanni, ed anche io ti volevo bene.

– Davvero? ti ricordi? e allora ricorderai i nostri giuochi sulla montagna: facevamo tanti bei mulini di creta e tu eri la mugnaia ed io il mugnaio. Come eravamo felici, allora! Ero troppo piccino per guidar le pecore; mi avevano affidato i maiali e mentre essi grufolavano, noi stesi bocconi a terra, giocavamo al castelluccio e guardavamo le formiche che correano trasportando le provviste nei loro buchi. Un giorno ti dissi che avrei voluto tu ed io diventassimo due formichette per scavare insieme un buco come quello e star lì caldi caldi. Poi quando mi affidarono le pecore, c'era fra esse una pecorella bianca bianca, cui io le diedi il tuo nome. La chiamavo Rosa come te, e la pulivo sempre, e la baciavo, e l'accarezzavo, e sceglievo per lei l'erbe più tenere, e non volli mai, mai che le si accostasse il montone, no, non volli, perché... non so perché, ma non volli. Ma tu eri fatta grandetta e non venivi più sulla montagna; stavi alla torre, filavi con tua madre o sarchiavi nei campi, ed io mi annoiavo tanto, aspettando con ansia la sera per tornare alla *torre* per vederti, e ti vedevo da lungi sul ballatoio della casetta, e come affrettavo il passo spingendo le pecore innanzi!

E qui tacque: con la testa fra le mani fissava le braci; la fanciulla anch'essa avea chinato il capo e giocherellava macchinalmente con le frasche della fascina spezzandone i ramoscelli.

Giovanni riprese:

– Non dormivamo più assieme, ma dal mio cantuccio presso al telaio vedevo il tuo letticciuolo, e quante notti passai con gli occhi fisi su te che dormivi! Tu non te ne accorgesti mai, non è vero? Ricordi le sere d'autunno quando si era tutti sull'aia a sfogliare il granturco? E ci venivano le tue amiche delle torri vicine, e ci veniva compare Ignazio con la chitarra *battente*, e noi cantavamo canzoni d'amore; tu facevi da primo ed io interzava. Fra le tante ragazze eri la più bella, la tua voce era la più melodiosa ed avrei voluto star sempre lì a sfogliare il granturco ed a sentirti cantare. E come eran brevi quelle notti! ti ricordi? E fu in una di quelle notti or fa un anno, che venne...

E non poté continuare come se la parola gli facesse nodo: ma si fe' forza e riprese:

– Che venne *lui*, e cantò quella canzone che poi ricantò più volte sotto le finestre della torre:

La luna è janca e vue brunetta siti,
illa l'argientu e vue l'uoru purtati.

e d'allora non mi volesti più bene, non mi guardasti più: ti piaceva *lui* che era ricco, che era vestito sempre di castoro, che avea il cappello con tante fettucce di velluto; *lui* cominciò ad odiarmi perché al par di me era geloso. I tuoi di allora non mi vollero più bene, mi rimproveravano sempre, perché io non avevo più capo a nulla. Tuo fratello mi batteva, ed io pazienza; tuo padre mi batteva, ed io pazienza; tua madre mi rimproverava quel po' di pane che mi dava la mattina pria d'andare al pascolo, ed io pazienza. E mi batteva anche lui perché più forte, ed io pazienza quantunque più volte avessi deciso di appostarlo e di spaccargli il cranio; ma sarei andato in galera come tata e ti avrei perduta; ed io non volevo perderti, io volevo soffrir tutto per vederti; eppoi speravo che lui non ti avesse sposato, e rimandavo al giorno in cui si avesse abbandonato la mia vendetta, per vendicar te e me insieme. Ed è perciò che soffrivo in pace i suoi schiaffi, e tu sai che tata ad uno schiaffo rispose con una schioppettata e morì in carcere. Intanto tutti mi schernivano, mi chiamavano *sacco di mazze*, mi chiamavano pecora, vigliaccone, ed io pazienza. Un giorno, ti ricordi? vi sorpresi al passo di Jassi; ei ti baciava... io era dietro a voi ed avrei potuto di un colpo di scure spaccargli il cranio, ma non so qual santo mi tenne e fuggii. Credi, Rosa, non potevo più; e certe volte sulla montagna mi rotolavo per terra, mordendomi le mani, piangendo e chiamandomi vigliacco, perché non sapevo rispondere alle ingiurie ed agli schiaffi, come aveva risposto la buon'anima di tata, con un colpo di scure o con una schioppettata! E tata certo mi disprezzava e non mi voleva più per figlio; e tutti, quando io passavo con le pecore, rideano, chiamandomi pecora e *sacco di mazze*. Ieri sera in fine anche tu mi chiamasti vigliacco, ed io fuggendo su per la montagna mi sentivo inseguito dalla tua voce; e gli alberi e il vento e le pietre che rotolavano parea che ripetessero quella parola, vigliacco, vigliacco, vigliacco! Infine avrei dovuto perderti; tu mi scacciavi, i tuoi mi scacciavano, a che mi valeva più la pazienza?

Ero stato tanto tempo pecora, e questa notte finalmente dovea diventar lupo.

– Che vuoi dire, Giovanni? per carità, Giovanni, che vuoi dire? – gridò la fanciulla levandosi in piedi e guardando spaventata il contadino.

– Nulla: soltanto che or fa un'ora al passo di Jassi ho ammazzato Santo.

– Assassino, assassino! – gridò la fanciulla strappandosi i capelli.

– Sì, per la Madonna, – egli rispose raccogliendo la scure e saltando in piedi – sì, sapevo che dovea passare per Jassi. Colà egli ti aveva baciato, ti ricordi? Smossi la tavola che serve di ponte e mi appiattai nel canneto. Dopo poco egli venne. Cantava quella canzone: *La luna è janca e vue brunetta siti.* Come mise piede sulla tavola sdrucciolò e cadde, io gli fui sopra e gli diedi un colpo di scure: cercò trarre fuori la pistola, ed io un altro colpo di scure sulla mano... credo gliela troncai. Poi gliene diedi un altro e poi un altro e poi un altro. Questo per lo schiaffo, questo pel calcio, questo pel pugno, questo per la tirata d'orecchio. «Ah!» gli diceva «ah! ora sei tu la pecora, io sono il lupo, e muori come una pecora, figlio di troia!». Egli gridava proprio come un porco che si scanna, ed io giù colpi di scure finché non gridò più e non si mosse più! Ed ora è là, sul margine del fiume che ne porta via il sangue, e dimani le lavandaie di Malito troveranno l'acqua rossa, troveranno.

E rideva di un riso terribile, mentre gli occhi gli luceano come tizzi accesi, e stringeva convulsivamente il manico della scure, il cui ferro intriso di sangue al chiarore della brace mandava lampi rossicci.

– O Madonna mia! assassino! o Santo, o Santo mio! – balbettava Rosa torcendosi le mani e strappandosi i capelli.

– Sì, chiamalo, che venga a pigliarmi a schiaffi, che venga a tirarmi le orecchie; ora non mi chiamano più pecora, ora son lupo, non è vero, Rosa? E va, di' a tutti che ti ho ammazzato il tuo Santo e se mi vogliono, son là, sulla montagna...

E si slanciò verso la porta: ivi giunto fermossi; tornò con un passo presso la fanciulla, la prese tra le braccia, la baciò furiosamente sul fronte, sui capelli, sulla bocca, mentre ella cercava di svincolarsi gridando:

– Assassino, assassino, assassino!

E poi egli fuggì; s'intese il rumore dei suoi passi su pel sentiero della montagna; le pietre smosse rotolavano: i cani della mandra svegli dal calpestio latravano, ed ai latrati altri latrati rispondevano da lontano, fin che tutto tornò nel silenzio e solo continuavano a stormire, scossi dal vento, i castagneti del monte.

La fanciulla tornata in sé, uscì dalla casella, salì la scaletta della torre e picchiò e ripicchiò alla porta gridando:

– O mamma, o tata, o Pietro, svegliatevi, ché Giovanni ha ucciso Santo a colpi di scure.

* * *

La mattina fu trovato il corpo di Santo sulla sponda del fiumicello, e proprio presso al rozzo ponte di tavole che si vedea smosso. Santo era ferito al petto, al viso, ed avea una mano troncata; un colpo di scure vibrato con più forza, gli avea fesso il cranio; il sangue scorrendo dalle ferite si mesceva con le acque del fiume.

Giovanni divenne brigante. Taccio degli altri suoi delitti, essi non furono che una conseguenza del primo. Chi avesse vaghezza di saperne di più chiegga, come feci io, al Procuratore del Re presso il Tribunale di Cosenza il permesso di sfogliare i processi del Brigantaggio: troverà quello di Giovanni alla casella 13ª – lettera B.

So poi da un testimone oculare, che dopo aver scorazzato con la banda Palma la campagna per più anni, caduto in mano della Giustizia, la sua causa fu discussa avanti le Assisi di Cosenza. Nel dì del giudizio egli sedea sullo sgabello muto ed impassibile; né valsero a scuoterlo il racconto dei suoi delitti e la vista degli abiti intrisi di sangue delle sue vittime. Ma quando comparve Rosa, citata come testimone, il viso di lui livido e scarno si animò e stette ad udirla attentamente e senza far motto. Quando ella attraversò la sala per andarsene ei la seguì con gli occhi, e poi quando più non la vide scoppiò in pianto. Dopo 5 anni piangeva per la prima volta.

Fu condannato a morte: per grazia sovrana gli fu commutata la pena in quella dei lavori forzati a vita.

COLA IL LUPO

I

La luna piena in quella notte di luglio spandeva una luce bianca tinta d'azzurro sulle campagne silenziose: i campi, allora allora mietuti, si stendeano con dolce declivio fin giù nella vallata dove scorre il Jassi. Gli alberi coperti di foglie con la loro ombra macchiavano di nero la bianchezza della campagna; e sull'alto delle colline si stendeano, come una linea oscura tagliata qua e là da strisce di luce. Sul declivio le case coloniche, a breve distanza l'una dall'altra, apparivano come macchie di una bianchezza più viva. Più al basso fra i macigni e la pietre serpeggiava il Jassi, sulla cui superficie dai riflessi metallici tremolavano i raggi della luna; e i salici immobili e silenziosi orlavano quella lunga striscia d'acciaio brunito. La campagna dormiva; ma di tratto in tratto un grido, un fruscio di foglie secche, uno insomma di quei rumori indefiniti della notte, facea pensare con vaga apprensione alla vita misteriosa che s'agitava in quel condensamento d'ombre, sotto le erbe dei prati ed il fogliame degli alberi.

La *torre* di massaro Antonio, ricco contadino di Paterno, era posta proprio nel basso della collina: innanzi alla casa era l'aia e poco discosto l'ovile. Si salia nella torre per una scaletta dai gradini di legno, che finiva in una specie di loggiato, ove le donne di casa erano use a serenar filando. Giù al basso la stalla pei buoi; a destra della torre il forno e l'appollatoio delle galline. In quell'ora della notte la torre in alto dormiva, ma in basso s'udiano i sordi grugniti dei maiali ed il ruminar dei buoi.

Nell'orologio di Malito erano scoccate cinque ore di notte, che corrispondono all'una a.m. Gli squilli aveano attraversato l'aria, e le onde sonore si erano sparse per le silenziose campagne fioche e malinconiche come gemiti lontani; quando dal mezzo di un gruppo di salici uscì un contadino, che giunto presso al fiume ristette per iscegliere il guado. Era vestito di una camicia di tela greggia serrata ai fianchi da una larga fascia di cuoio, nella quale era infilata una scure dal ferro rilucente: le brache di traliccio gli scendevano al ginocchio; e gli copriva il capo un tondo cappelluccio di feltro logoro e bucherellato. Era un contadino dei più poveri, uno di quei figli della gleba, che hanno il colorito livido della terra nel cui fango vivono immersi, e le membra tozze e muscolose, dalla epidermide aspra e secca come i tronchi rugosi della foresta.

Quel contadino era giovanissimo, contava al più 25 anni, quantunque i patimenti, gli stenti, i duri inverni l'avessero invecchiato di molto. Nell'aspetto avea qualche cosa di sinistro, ma i marcati lineamenti di quella fisonomia rivelavano a prima vista un carattere. Gli occhi un po' infossati, aveano certi sguardi duri ed acuti, che davano a quel viso un'espressione di tristezza e di ferocia insieme. Aveva nelle movenze qualche cosa di elastico e di strisciante, e nel camminare quel non so che di incerto e di sospettoso proprio ai lupi ed alle volpi.

Scelto il guado passò all'altra sponda del fiume ed arrestossi presso un salice; poi volti gli occhi alla finestra della torre fece sentire il grido del cuculo sì bene imitato che dall'altra sponda un cuculo gli rispose. Egli tre volte ripeté quel grido, e poi zittì con gli occhi sempre fisi alla finestra della torre. Dopo pochi istanti la porta di essa girò lieve lieve su i cardini e fe' capolino una giovine donna, che stette immobile come chi origlia. Il cuculo cantò di nuovo, e allora la giovine uscì sul ballatoio della torre; tese l'orecchio verso l'interno di essa, poi ne rinchiuse pian pianino la porta, scese la scaletta ed appena giù nella via si diresse verso il forno, che, come ho detto, era a destra della *torre*, dalla quale veniva separato da un'alta e folta siepe di spine e di ortiche.

Il contadino anche esso mosse verso quel luogo, avendo cura di camminare all'ombra della siepe.

– Sei tu, Cola? – disse con voce soffocata la giovinetta.

– Sì, – rispose il giovane con voce sommessa – son partito mentre l'orologio di Malito batteva tre colpi, ed ho corso, ho corso tanto. Alla scesa di Mangone rotolai giù per un dirupo e son vivo per miracolo.

– Sono stata ben pazza a darti ascolto! Se tata si sveglia e ci sorprende ce la farà pagar cara. Io però son venuta per dirti che non mi ci porrò mai più a tal rischio, e che oramai bisogna finirla.

Egli l'ascoltava sorpreso ed indispettito.

– È una bella accoglienza che mi fai! – disse dopo un istante di silenzio. – Sono stato tutt'oggi con le pecore sulla montagna, tornai nella torre all'avemmaria, chiusi le pecore nell'ovile, e per andar presto a letto non volli il mio piatto di minestra. Era stanco e gli occhi mi si chiudevano: ci sentivo come delle spine dentro, ma mi tenni sveglio e partii appena gli altri si addormirono. Ora mi toccherà rifare la strada e chi sa non precipiti in qualche burrone! E tu intanto mi accogli con brutte parole?

– Devi essere ragionevole, Cola: *tata* ti odia, che speri tu dunque?

– Ragione ne ho pur troppo, – rispose lui – ché altrimenti a quest'ora mi sarei pagato con buona moneta. Ma dovrà venire il mio giorno ed allora vedrai di che sarà capace Cola il Lupo!

– Io so che da gran tempo tu mediti qualche brutta cosa, – disse la contadina – e vuoi che tel dica? quando ti son vicina ho paura.

– Paura di me, tu? – rispose lui. – No, sta tranquilla: vicino a te mi sento vile come una pecora, tremante come quel giunco in mezzo al fiume, e tu lo sai, tu! La vecchia Orsola ti avrà insegnata qualche arte diabolica! Quando sono sulla montagna ti ho sempre davanti agli occhi e ne ho rabbia e piacere insieme. Vorrei dimenticarti, ma tu non vuoi perché tu m'insegui ovunque! A capo della via che mena a Malito ci è una cappelluccia con una immagine della Madonna del Carmine, che ti somiglia a capello; io ogni giorno, quando conduco le pecore al pascolo, mi fermo a contemplarla e poi la bacio fra occhio ed occhio, così...

Il contadino prese fra le mani la testa della giovanetta e le scoccò un bacio ardente fra i due occhi.

– Lasciami, lasciami, – ella diceva dibattendosi, e cercando liberarsi da quella stretta – te l'ho detto che non le voglio queste cose, e se non smetti ti lascio e me ne risalgo.

Egli non rispose; sedé sul trugolo presso la siepe e chinò la testa fra le mani, stettero un po' in silenzio; poi la contadina le si fe' più dappresso e con voce meno aspra gli disse:

– Come ti trovi con massaro Santo?

– Bene – rispose lui.

– M'han detto però che sei sempre taciturno, che fuggi ogni compagnia e giustifichi così il nome che ti han dato di lupo!

– Lupo, sicuro, lupo! – esclamò lui senza alzar la testa e con voce sorda per ira compressa. – Sì, certe volte ho voglia di mordere come un vero lupo e allora veggo tutto rosso e il sangue mi monta alla testa. Ma non son lupo no, ché altrimenti me ne andrei libero e solo su la montagna e tremerebbero tutti al vedermi. Quando son solo, lassù, nel bosco, gli alberi che mi circondano si mutano in nemici, ed io mi do a percuotere, a percuotere, finché per la stanchezza la scure mi sfugge di mano. Ma non son lupo, no, ché altrimenti ti piglierei in braccio e ti porterei meco nei boschi e saprei nasconderti così bene che nemmeno Dio ti vedrebbe. Ma pazienza; il mio giorno dovrà venire e allora...

E terminò il suo dire con un ghigno sinistro che gli contorse la bocca.

– Sei sempre lo stesso, Cola, non ti mutasti in nulla! Faresti bene a cambiar vita, tel dico per tuo meglio.

– Sì, dici bene, tu, ma perché dunque mi scacciano come un cane rognoso? perché debbo lavorare dall'alba al tramonto e morir di fame e di stento? Perché d'inverno debbo tremar dal freddo e l'està bruciar dal caldo? Quando nel vespero delle domeniche, ti ricorda? s'andava in chiesa ad udir spiegare la dottrina cristiana, il parroco ci diceva che il Signore ci aveva creato tutti eguali; e intanto lui, il parroco, avea mangiato pane di maiorica e carne di bue e bevuto vino dei Marzi, ed io era digiuno dal giorno innanzi, e tremava dal freddo accoccolato presso l'altare, mentre il parroco era avvolto in un grosso manto di lana! Quando vo a portar le ricotte al padrone, lo trovo a giorno alto sdraiato e ancora sonnacchioso su di un letto con quattro materassi di lana con coperte di seta, in una stanza parata come la chiesa quando è la festa di S. Francesco; ed io intanto per portargli le ricotte mi alzo ad un'ora di mattino dal giaciglio di paglia fradicia, cammino per tre ore a piedi nudi per balze e per monti e spesso senza un pezzo di pane per sfamarmi! E perché il padrone, che non fa nulla, mi piglia a calci se non l'ubbidisco a puntino? E perché massaro Santo, cui tocca un terzo del terzo del ricolto e lavora appena due ore al giorno, dà a me, che lavoro dall'alba al tramonto, soltanto un pezzo di pane ferrigno e dei pugni spesso, delle male parole sempre, per companatico? E perché son povero e non ho padre, non fratelli, non amici, mi chiamano lupo, bastardo, figlio di mala femmina! Ma, – continuò il giovane eccitato vieppiù dalle sue stesse parole – dovrà venire il mio giorno! Lo so che debbo finire in galera, lo so, ho giurato a mamma, e...

E qui tacque scrollando il capo.

– Che hai giurato a tua madre? – chiese con ansia la giovinetta.

– Nulla: non badarmi, alle volte non so che mi dica. Tu, del resto, fai bene a trattarmi con asprezza. Un giorno credetti che io avessi qualcuno a questo mondo che mi volesse bene, ma m'ingannai! A te piacciono il cappello infettucciato e la giacca di velluto coi bottoni d'argento di Giovannuzzo il figlio del guardiano. Ma digli che se la deve giuocare la montagna; perché se l'incontro nel bosco, lo scanno, come è vero Dio.

– Ma chi te le dice tali cose? se non amo te, credi pure che non amo nessun altro.

– Oh sì, mi hai in conto di uno scimunito? Credi tu che non mi accorgevo di nulla quando ti vedevo far la smorfiosa con Giovannuzzo? Credi tu che dormivo quando egli la notte cantava sotto le tue finestre:

Mmienzu a stu piettu tuo ci hai due funtàne
chi viernu e state l'acqua frisca vene.

– Tu sei malato, Cola, – disse la giovinetta – il medico l'ha detto a tata che sei un po' guasto di cervello. Povera la donna che sposerai!

– Cola non avrà né moglie né figliuoli. Cola è nato per uccidere ed essero ucciso. Mamma morendo mi disse: «Mantieni affilato il taglio della scure, verrà giorno che dovrai spaccar la testa a chi tradì tuo padre. Quell'uomo ti dirà egli stesso il suo nome: mantieni affilato il taglio della scure...». Ed io aspetto.

Tacque: gli occhi gli lucevan sinistramente fra le aspre e nere ciocche che gli cadevan sul fronte basso e stretto. Era rimasto immobile, con gli occhi fisi nel vuoto tenebroso della notte, non tradendo l'interna agitazione che con i movimenti nervosi delle dita e con l'aggrottar delle sopracciglia. La giovinetta, preoccupata, intese come un senso di tenerezza per quell'uomo, e facendogli più d'appresso gli accarezzò l'arruffata capellatura. A quella carezza parve calmarsi come per incanto l'orgasmo del giovane, che alzò la testa lentamente, fissò un istante la giovanetta, poi coll'inflessione più dolce che seppe dare alla sua voce aspra le disse:

– Che vuoi, Anna?

– Dillo a me, Cola, che ti cruccia. Ti conosco da sette anni e ti ho visto spesso così, come ora. Tu hai sempre meditato qualche cosa di triste, qualche cosa di brutto.

– Io? no, – rispose lui alzandosi – non badarmi, ti ripeto. Quando servivo i padroni in Cosenza appresi di molte cose, fra le altre che ognuno nasce con una cattiva o con una buona stella, ed io nacqui con una stella cattiva!

In quello l'orologio di Malito squillò sette volte.

– Parti, – disse Anna – c'è appena un'ora a far giorno.

– Mi scacci?

– No, non ti scaccio; ma hai tempo appena per farti trovare all'alba nell'ovile.

– Sì, hai ragione: addio, Anna!

– Addio, Cola!

Cola il Lupo si mosse per partire; poi ristette: tornò indietro di repente, prese fra le sue braccia la giovanetta e la baciò in bocca.

– Il cuore mi dice che è questo l'ultimo bacio. La Madonna del Carmine mi faccia bugiardo.

E partì. Giunto presso al fiume entrò nell'acqua, e varcando di un salto il greto s'internò fra i salici.

La giovinetta, rimasta sola, stette per un istante immobile come preoccupata da un sinistro pensiero; poi mormorò:

– Sì, è vero, tata ha ragione, Cola il Lupo finirà in galera.

II

Dopo un mese da quella notte, massaro Antonio, padre dell'Anna, era sull'aia tutto intento ad intrecciare un graticcio di vimini. Anna filava sul ballatoio della torre, e presso alla siepe alcuni contadini merendavano ciarlando.

Era un mattino splendidissimo d'agosto; il cielo di un azzurro cupo, era macchiato qua e là di bianco: il sole covriva della sua luce immobile le campagne, che si stendeano come stanche e sonnacchiose sotto quelle carezze di fuoco. Le acque del fiumicello scorrevano lampeggiando giù per la valle; e da lungi le colline, i monti, i burroni rivestiti di boschi erano come avvolti in una nuvola azzurrina, fra la quale spiccavano i bianchi paeselli. Quel silenzio veniva rotto di tanto in tanto dal grido di un uccello che fendeva l'aria o da una sorda schioppettata in lontananza, cui tenevano dietro lontani latrati. Nei campi mietuti pascolava zoppicando qualche giumenta impastoiata; e presso i salici del fiume grufolavano alcuni maiali guardati da un contadinello, che di tratto in tratto da un fischietto traeva certi suoni monotoni e pur dolci, discordi e pur piacevoli.

Massaro Antonio era un uomo in su i cinquanta. Una folta e grigia barba gli incorniciava il volto, raso al mento ed al labbro. Era alto e robusto nella persona; vestiva una camicia di tela greggia stretta alla cinta da una larga fascia di cuoio che sosteneva anche un paio di mutande: nella fascia era infilato un coltello ricurvo per potare gli alberi. L'Anna, che filava sul muricciuolo della loggetta, vestiva il pittoresco costume delle contadine agiate: corpetto rosso, gonna azzurra e tovagliuolo bianco che le copriva la testa e le scendeva fin sugli omeri. In un piattello pieno d'acqua intingeva le dita per svolgere il filo della rocca, il quale ravvolgeva intorno al fuso, macchinalmente quasi; e come assorta in gravi pensieri, avea lo sguardo fiso nella campagna lontana.

– Anna, – disse massaro Antonio – sarebbe tempo di far la pasta per le lasagne: compare Santo sarà qui a momenti.

La ragazza si alzò; raccolse lentamente il filo intorno al fuso, ed entrò in casa.

– Dunque, massaro Antonio, – disse uno dei contadini che merendavano – a quando le nozze?

– In novembre, dopo le castagne. Aspetto oggi Santo che si è posto in mezzo per combinare il matrimonio.

– Giovannuzzo è un buon figliuolo; alla morte di Peppe il guardiano ereditò più di quattrocento ducati.

– Io ne do duecento a mia figlia, più il letto, il corredo e l'oro che appartenne a mia moglie buonanima. Vedete bene che anche lui non fa un magro affare.

– E la piccina che dice? Tempo fa Cola il Lupo le avea messo gli occhi addosso.

– Chi? Quel figlio di mala femina? Sì, me ne ero accorto, ma lo mandai via con due buoni calci. Se l'avea fatti bene i conti quella faccia d'impiccato! Ma la mia figliuola non era pecorella per le zanne di quel lupo.

E continuò nel suo lavoro, poi riprese:

– Del resto non so nemmeno di chi sia figlio. Or fan quindici anni a Cosenza in un dì di mercato un ragazzo lacero e malaticcio mi chiese l'elemosima, io, ch'avea comprato un paio di buoi ed avea bisogno di chi li guidasse, gli offrii di pigliarlo quel giorno al mio servizio. Poi, perché attento e lavoratore, lo tenni con me circa due anni. Mi lasciò per andar in Cosenza a servire i figli del padrone, e poi tornò da me svogliato, taciturno, maligno come la peste. Gli affidai le pecore e me ne azzoppò parecchie a colpi di pietra: lo tolsi dalle pecore e gli affidai l'asino pel trasporto del concime, e un giorno a furia di bastonate ruppe una gamba all'asino. Intanto m'ero accorto delle sue intenzioni sull'Anna e lo mandai via con due buoni calci. Ora è con compare Santo, ma durerà poco. Quello lì un giorno o l'altro morrà ammazzato o ammazzerà, ne sono sicuro.

– E non vi ha detto mai nulla dei suoi? – chiese uno dei contadini.

– Mai nulla: quando gliene domandavo era come parlare al ciuco. Sarà figlio di qualche pezzente cosentino.

– Quando si parla del lupo se ne sente l'ululato – disse l'altro contadino che guardava in giù verso il fiume. – Non è Cola quello con compare Santo?

I contadini si volsero verso il luogo additato dal loro compagno. Infatti videro a poca distanza della torre massaro Santo a cavallo di un asino, e dietro a lui, tenendosi alla coda della bestia, Cola il Lupo.

– Che c'era bisogno mi portasse quella carogna a casa! – disse massaro Antonio. – Compare Santo non ne fa mai una di buono! – poi gridò, facendo portavoce colle mani:

– Ehi, compare Santo, ben venuto!

– Ben trovato, compare Antonio, – gridò l'altro – l'ho fatta tardi forse?

– E sì, t'aspettavo da un pezzo.

Intanto l'asino avea guadato il fiume ed in breve fu sull'aia. Massaro Santo, vecchio e grasso contadino, die' la cavezza a Cola e smontò pesantemente.

– Digli dove ha d'attaccar l'asino, compare.

– Egli lo sa – rispose Antonio, poi voltosi a Cola: – Guidalo in istalla e dagli da mangiare.

Ma l'asino si era fermato a brucar certe erbe presso la siepe, ed invano Cola cercava rimuoverlo da quel luogo: allora vedendo che gli *arri* riuscivano vani, si die' a bestemmiare tempestando l'asino di calci e pugni.

– Sempre lo stesso, – disse massaro Antonio – vorrei vedere se si dessero a te quei calci e quei pugni!

Cola il Lupo non rispose: guardò di sbieco il suo antico padrone e continuò a percuotere l'asino, che finalmente prese la via della stalla, seguito da Cola, il quale borbottava non so quali bestemmie fra i denti.

– Quello lì t'ucciderà gli animali, compare Santo – disse Antonio rivolgendosi al nuovo venuto.

– Non me ne parlare: glielo dico tutto il giorno, ma non vuol sentire. Se dura così lo manderò a mille diavoli. Via, parliamo d'altro. Comara Anna sta bene.

– Bene sì, ora la vedrai: è tutta intenta alla cucina. Anna, Anna – si die' a gridare il contadino.

– Lasciala stare, la vedrò poi. Son venuto per quell'affare: ne hai parlato a tua figlia?

– Sì, gliene ho parlato.

– E che ha detto?

– Mia figlia non ha altra volontà che la mia. Se conviene a me converrà anche a lei.

– Va bene, dunque: ora venghiamo al serio. Quanto le dai di dote.

– Senti, compare, io debbo andare qui presso al vivaio per trapiantare certi gelsi; accompagnami e ne parleremo per via.

– Volentieri.

– Anna, Anna – gridò il contadino.

La giovinetta comparve sull'uscio della torre.

– Buon giorno, comarella, – disse Santo – stai bene?

– Sì, grazie, compare; e comare Rosa?

– Bene: ti saluta e ti manda a dire che fra un mese vuol venire a sprimacciarti il letto da sposa.

– E va, va, compare, quante ne dici!

– Sì, fai finta che non ci hai gusto, come se non si sapesse che la gallina vuole il gallo! Ma ci vedremo più tardi: ti avverto che ho una fame da lupo.

– E tu prepara, Anna, – disse massaro Antonio – saremo qui fra un'ora –. Poi volgendosi ai contadini:

– Andate a lavorar voi altri.

I contadini partirono; Anna rientrò nella torre e i due compari si avviarono verso il vivaio.

Poco dopo uscì dalla stalla Cola il Lupo; vestiva nello stesso modo come lo vedemmo la prima volta. Si guardò intorno, e vedendosi solo, si diresse verso la scaletta della torre. Salì col capo basso, fermandosi ad ogni scalino: la sua fisonomia avea qualche cosa di più truce del solito; attraverso le aspre e nere ciocche che gli cadevano sul fronte, splendevano sinistramente gli occhi piccoli ed infossati.

Giunto presso all'uscio della torre fermossi; poi risolutamente con voce bassa, resa più roca dall'ira che gli bolliva dentro, chiamò:

– Anna, Anna.

La giovinetta corse all'uscio: trovandosi all'improvviso faccia a faccia con Cola, trasalì e cercò ritrarsi.

Egli l'afferrò pel braccio.

– Tu qui, – disse lei – che vuoi? Vattene Cola, per carità, vattene.

– Son venuto con massaro Santo e non me ne vo. Dimmi, tu sposerai Giovannuzzo?

– E che ne so io? vattene.

– Te lo dicevo, Anna, te lo dicevo!

– Ma che t'avevi posto in capo? Tata non ti può vedere: tu non hai nulla, né arte né parte. Poi tutto il vicinato parla male di te: non si sa nemmeno di chi sei figlio!

Egli si scosse come colpito da una frustata in pieno viso: divenne più livido dell'usato, e i suoi occhi lampeggiarono sinistramente.

– Ah, – mormorò a denti stretti – si vuol sapere di chi son figlio? lo sapranno ben presto per la Madonna!

– Vattene dunque, vattene – disse la fanciulla. E cogliendo il momento in cui il giovane contadino non badava a lei, tutto assorto nei suoi pensieri, i quali, a giudicare dai moti del viso, doveano essere ben tristi e feroci, chiuse violentemente l'uscio della torre.

Allo sbatter della porta Cola si scosse, fe' un atto come per slanciarsi, ma si frenò.

– Va bene, – disse borbottando – va bene; ora son due, uno lo conosco, si chiama Giovannuzzo, l'altro... si farà conoscere da sé, mi disse mamma morendo.

E scese la scala mordendosi a sangue le labbra, e andò a sedere col capo fra le mani all'ombra della siepe presso il forno.

III

Poco dopo i due massari tornarono dai campi: discorrevano ancora quando giunsero a pie' della torre. Era quasi mezzogiorno: come un immenso lenzuolo gialliccio sulle campagne silenziose si stendea la luce del sole. I salici in riva al fiume s'ergeano immobili: non una nota d'uccello per l'aria, non una voce d'uomo pei campi. Il fiumicello mormorava sordamente, svolgendo le sue acque limpide e luccicanti lungo il greto petroso.

– Dunque ci siamo intesi, non è vero, compare? – disse Santo.

– Io non ho che una sola parola, – rispose massaro Antonio – dò duecento ducati, il letto ed il corredo, e Peppe il guardiano farà donazione del suo fondo. Parmi che non bisogna aggiungere altro, e a novembre faremo le nozze. Ma intanto saliamo sulla torre. Anna avrà apparecchiato la mensa. A proposito chi andrà a chiamare i due miei vanghieri?

E visto presso alla siepe Cola, si volse a lui.

– Ehi tu, va alle *Forcelle* e di' a Peppe ed a Mico che vengano a mangiare.

Cola non si mosse.

– Hai inteso, brutta bestia?

– Io non sono un tuo servo, – disse Cola, alzando la testa – vacci tu se vuoi.

Massaro Antonio alzò la mano come per percuotere il giovane, che non mostrò badargli.

– Ti lascio stare, perché non ho intenzione di perdermi teco. Lo vedi, compare Santo, che brutta carogna ch'è quel Lupo!

– E che ci vuoi fare, compare mio? Bisogna aver pazienza.

– Dunque non vuoi andare? e va bene, oggi non voglio far parola per riguardo del compare, ma un giorno o l'altro ti romperò le ossa.

Poi fattosi all'orlo dell'aia, si die' a gridare facendosi portavoce delle mani:

– Ohi, compare Mico.

Da lontano un altro grido rispose.

– Saliamo intanto, ché essi verranno da qui a poco –. E massaro Antonio mosse per salire.

– Di', un po', compare, – disse Santo additando Cola – lo lasceremo qui ad arrostire? Via, in questo giorno fa d'uopo mostrarsi generoso: lascialo venir sopra con noi.

– Che venga pure: mi curo tanto di lui, quanto d'un riccio di castagna.

– Cola, – disse Santo, volgendosi al giovine – vieni su con noi.

– Grazie, massaro, sto bene qui.

– Ma guarda che mulo testardo! andiamo, via –. E prendendolo con modo tra l'affettuoso e l'irato per un orecchio, lo costrinse ad alzarsi.

Cola non fece più il restìo; salì dietro i due massari ch'entrarono nella torre, ed egli si assise sullo scalino dell'uscio.

Trovarono Anna in faccende. Sul focolare sostenuto dalla fuliginosa catena del camino, alla vampa d'un fuoco di sarmenti bolliva un calderotto: una casseruola di ferro incoperchiata era posta in caldo sulla cenere.

Sul letto del massaro, coperto da una tovagliuola bianca, vedeansi sparse ad asciugare le gialle lasagne, cibo di rito.

La torre era arredata come s'addice ad agiato contadino; un letto largo quanto lungo occupava tutto il lato della stanza; vicino al focolare il letticciuolo dell'Anna dalle lenzuola rimboccate su di un copertino di cotone. In un angolo un canterano nero e polveroso, sulla cui tavoletta eran disposti in bell'ordine quattro bicchieri ed una zuccheriera di porcellana greggia, una caffettiera di rame ed un mulinello pel caffè; e l'un sull'altro due libracci dalla coperta di pergamena rosa dai tarli: erano i *Reali di Francia* ed il *Guerino detto il Meschino*, lettura favorita dei contadini ch'hanno appreso a compitare, e col *Barbanera*, oracolo, regolatore, consigliere, formavano la biblioteca della torre. Attorno al focolare alcuni sgabelli di legno, sotto il letto due casse d'abete, e presso al canterano una cassapanca; nelle pareti del focolare una rastrelliera con due padelle, una casseruola, alcuni piatti ed un gran bacile di terra cotta compivano il mobilio e le masserizie della torre.

Nella parete corrispondente al capezzale del letto, fra una immagine polverosa e barocca d'una Madonna del Carmine e di un S. Francesco di Paola, cui facea di cornice un ramoscello d'ulivo benedetto, era appeso per la correggia un fucile a doppia canna dal calcio intarsiato d'argento e maestrevolmente scolpito, dalle canne damascate di fabbrica inglese; presso al fucile una cartucciera di cuoio dai fermagli di argento. La ricchezza dell'arma facea contrasto con i modesti arredi della casetta ed attirava gli sguardi d'ognuno.

I due massari accesero le corte pipe di creta, e tratti due sgabelli presso al desco, si assisero.

Anna era tutta in faccende: di tanto in tanto guardava sottocchi Cola assiso sullo scalino dell'uscio; poi con una scrollatina di spalle, come se rispondesse a se stessa tornava alle sue incombenze.

Dopo un poco, quasi con un atto di familiarità affettuosa volesse farsi perdonare le brutte parole dette pocanzi, si avvicinò al giovane, e porgendogli un mortaio di legno gli disse:

– Tè, Cola; aiutami: devi aver fame anche tu, pesta un po' di sale.

Cola prese il mortaio senza guardare in viso la giovinetta e si die' a pestare macchinalmente, ma ben si scorgeva che il suo pensiero era altrove. Quando il sale fu ridotto in polvere, Cola si alzò:

– Ho finito, – disse – dove debbo metterlo?

– Portalo qui e grazie, sai.

Egli si accostò alla ragazza, la quale china sul calderotto ove cuocevano le lasagne, rimestava la minestra con un cucchiaio di legno, e le porse il mortaio. Ella ne raccolse il sale e ne versò parte nel calderotto. Poi voltasi al giovane e parlando sottovoce per non farsi udire dai due massari, gli disse:

– Non mi fare il muso lungo, Cola! Voglio che restiamo amici. Io ti vorrò sempre bene, ma capisci che non poteva oppormi a tata!

– E chi ti rimprovera? – rispose lui – hai fatto bene; soltanto...

– Soltanto?

– Nulla... vuoi altro?

– Ecco, ora che ti ci sei messo, grattuggia il formaggio. Non dirai di no, n'è vero?

– Tu sai che io sono un vile a te dinanzi e perciò ne abusi! Grattuggerò anche il formaggio!

– Ma se non vuoi, non intendo obbligarti – rispose lei con una smorfietta da contadina civettuola.

Egli non rispose: sedé sulla cassa presso al letto e si die' a grattuggiare il formaggio.

– Guarda come è servizievole Cola – disse massaro Santo.

– Eh sì, mia figlia l'ha sempre comandato a bacchetta, e per amor di lei sarebbe capace di qualunque cosa.

Intanto arrivarono i due contadini che si assisero presso l'uscio. Si discorreva del tempo, delle piogge, del ricolto che in quell'anno prometteva assai. Il caldo, accresciuto dalla vampa del focolare, era soffocante. Anna avea rimboccate le maniche della camicia che lasciavano a nudo le braccia grassocce e muscolose: avea slacciato il sommo del corpetto e le gocce di sudore le scendeano giù pel seno ricolmo. La falda anteriore della gonna, rialzata ed annodata alla cintola, lasciava veder la camicia che le scendeva fin giù alla caviglia, e si appiccicava al corpo fino a delineare le forme pingui e robuste della giovinetta, il cui viso, rosso pel caldo, imperlato di sudore, con le ciocche nere dei capelli sparsi sul fronte, e sulle guance, avea un'impronta di bellezza forte e insieme selvaggia. Ella apparecchiava la mensa su di un basso tavolinetto di abete. Andava e veniva dal focolare al desco, or chinandosi a rimestare nel fumante calderotto, or disponendo il pane ferrigno, la brocca col vino e le forchette di legno sulla tovagliuola di tela greggia. Cola, seduto sulla cassa, con la testa fra le mani la seguiva con gli occhi ed ella mostrava non badargli. Infine prese col mestolo un filo di lasagna, l'assaggiò per darsi conto del grado di cottura e poi si rivolse a Cola:

– Vien qua, Cola, aiutami a levar dal fuoco il calderotto.

Il giovane si alzò senza far parola: prese con mano robusta, che avea rivestita di un cencio, il calderotto e lo posò fumante sullo zoccolo del focolare. La fanciulla avea tolto dalla rastrelliera un gran bacile di creta;

e accoccolata sul pavimento versò prima nello scolatoio la minestra, poi quando ne fu uscita l'acqua versò le lasagne dallo scolatoio nel bacile. Nel chinarsi avea messo in mostra le rosate bellezze del seno, sulle quali Cola ritto in piedi fissava i suoi sguardi ardenti. Poi dalla casseruola prese a grandi cucchiaiate il sugo nericcio dello stufato e lo versò sulla minestra incaciata ben bene; e quindi sollevando a due braccia il bacile, disse, rivolgendosi agli uomini che ciarlavano fumando sull'uscio:

– Chi ha fame venga a mensa.

Il bacile fumava sul desco: i contadini si assisero d'intorno, e impugnata ognuno una forchetta di legno incominciarono a giocar di ganasce, accompagnando ogni imboccata con quel succhiamento proprio alle genti volgari. Ognuno badava a sé, nessuno a Cola che se ne stava in disparte; quando Anna gli disse:

– E tu non vieni tu?

– Non ho fame – rispose lui con gli occhi bassi.

– Vieni a sedere, vieni, – disse massaro Antonio – non fare lo smorfioso!

– Non ho fame.

– Fa come vuoi; chi non accetta, non merita.

E si rimise a mangiare. In breve il bacile fu vuoto: nel sugo nericcio galleggiavano poche lasagne che uno dei contadini cercava pescare col manico della forchetta; poi ognuno di essi v'intinse un pezzo di pane, che addentato lasciava un cerchio grasso e rossiccio nel mento e nel labbro. Dopo le lasagne e mentre Anna versava in una grande scodella la carne di capra, Antonio die' di piglio alla brocca del vino e la porse al compare.

– È dell'anno scorso; ne ho una botticella; che ne dici?

Santo la portò alle labbra e ne mandò giù parecchie sorsate.

– Buono, – rispose, forbendosi con la manica della camicia la bocca – è proprio di quello! –. La brocca andò in giro: quando tornò ad Antonio era vuota per due terzi: egli finì di vuotarla.

– Vuoi almeno un sorso di vino? – poi disse volgendosi a Cola.

– Non ho sete.

– E va là, mulo, ché non meriti ti si badi!... Anna, dammi l'altra brocca.

– Tata, sta accorto; tu sai che il vino ti fa male.

– Bada ai fatti tuoi: non sono una femminuccia io!

Anna portò l'altra brocca. I contadini intanto avevano addentato la carne ed alternavano sorsate e bocconi. In breve massaro Antonio, acceso in viso più degli altri, ebbe una insolita parlantina. Anna sedeva poco discosta dal desco coi gomiti sulle ginocchia e la testa fra le mani. Sotto al tavolo un grosso mastino rosicchiava le ossa che gli gettavano, e presso al letto Cola il Lupo, semisdraiato sulla cassa, parea indifferente a quel vocio.

– Dimmi un po', compare, – disse Santo – ho dimenticato sempre di chiederti come mai venisti in possesso di quel fucile: non credo che tu lo comprasti?

– Quello lì? – rispose massaro Antonio – è un ricordo.

– Un ricordo!

– Sì, un ricordo: è una storia lunga.

– Narra su, dunque.

– Tata, – disse Anna – bada che il vino ti fa ciarlar troppo!

– Eh! lasciami in pace! Volete che vi racconti l'istoria di quell'arma? Volentieri: ma badiamo, deve restar fra noi.

– Ti pare! – risposero ad una voce i contadini – Puoi star sicuro di noi.

– Ebbene, ascoltate – disse Antonio riempendo la corta pipa di creta. – Avevo 20 anni e lavoravo nella *difesa* di D. Gerolamo Scelzi presso il *Gariglione*, ed avevo a compagno un contadino di Pedace, forte e coraggioso come un toro. Quel contadino avea un'amante che ogni sabato veniva lassù nella montagna a portargli il pane ed il companatico. Si volevano un gran bene; egli per lei sarebbe stato capace di qualunque sacrifizio. Avevano un figlioletto, che la giovine portava in braccio e che il padre mangiava di baci ogni qualvolta, dopo otto giorni, lo rivedeva; e lo palleggiava, lo accarezzava, se lo metteva a cavalluccio, ridendo con lui con tenerezza profonda. Per la sua donna non ebbe mai uno sgarbo, una mala parola; era buono con lei come il pane, come il pane era necessaria quella donna a lui. Un giorno la ragazza venne a noi piangendo; trasse in disparte il mio compagno e gli parlò a lungo sottovoce. Non so che gli disse, ma quando egli tornò al lavoro era cupo, preoccupato. La mattina seguente partì e non fe' nemmeno i conti col guardiano. Dopo due giorni si seppe che D. Girolamo Scelzi era morto di un colpo di scure al capo, e che l'uccisore era...

– Il tuo compagno? – domandò Santo.

– Hai indovinato, il mio compagno che vendicò in tal modo una brutta ingiuria alla sua donna. Poi si seppe che inseguito dai carabinieri e dai parenti dell'ucciso s'era fatto brigante.

– Ma, – saltò su a dire Mico, uno dei contadini, – come c'entra questa storia col tuo fucile a due colpi?

– Un po' di pazienza e vedrai. Dunque s'era fatto brigante: in breve il suo nome divenne famoso per ricatti ed uccisioni. Il governo adoperò tutti i mezzi per catturare la banda, ma invano. Allora si formò una squadriglia di gente del paese, di coraggio provato, esperta dei luoghi e addentro in tutte le malizie brigantesche. Il ricolto era stato scarso, il lavoro mancava, ed io mi feci squadrigliere.

– Tata, – disse Anna – compare Santo deve partire: racconterai un'altra volta la tua storia.

– No, lascialo continuare – fece Cola, che fino a quel punto avea ascoltato attentamente e senza far motto.

– Toh! anche tu stai ad ascoltare? – disse Antonio, volgendosi al giovine; e vedendolo tutto animato in viso e cogli occhi fissi su lui, soggiunse:

– Guarda un po' il lupacchiotto, come si interessa ad udir parlare di briganti!

– Continua dunque, compare Antonio, – esclamò Santo – vedi che siamo tutt'orecchi.

– Mi feci squadrigliere. Si andava su e giù, di giorno e di notte, mentre fischiava la tramontana o bruciava la vampa del sole, per boschi, per valli, per burroni. Si camminava in silenzio, colla mano al fucile, l'occhio che esaminava ogni impronta di passi, ogni pietra smossa, ogni ramoscello spezzato per iscoprire le tracce della banda. Si camminava ad uno ad uno in silenzio, ora fermandoci ad ogni lieve rumore, ora gettandoci rapidamente dietro un albero spianando il fucile nella direzione sospetta; ora acquattandoci dietro un masso o un cespuglio col cuore palpitante, ma pronti ad uccidere per non essere uccisi. La notte si andava alla posta sulla montagna: ci stendevamo bocconi sull'erba lungo i margini boscosi del sentiero, pel quale si sospettava dovesse passare la banda, alla distanza l'un dall'altro un trar di pietra, col fucile pronto a far fuoco, colla cartucciera aperta, col pugnale fuori della guaina, immobili, silenziosi, trepidanti. Talvolta un fischio attraversava l'aria, era il capo che ci raccomandava di stare svegli; tale altra un grido sinistro risuonava lontano nella tenebra densa della boscaglia, e ci gelava il sangue nelle vene. L'acqua certe notti veniva giù a torrenti, e noi la ricevevamo tutta addosso, senza muoverci, senza fiatare, avendo cura soltanto di preservar dall'acqua il fucile e la cartucciera. Tale altra il vento fischiava furiosamente per le nere cime degli alberi e sollevava un nembo di foglie secche; e noi, intirizziti dal freddo, lottando col sonno, colla stanchezza, colla fame, ma sempre vigili, sempre pronti a saltare in piedi, a dare od a ricevere la morte, giacevamo fino all'alba nel fango agghiacciato, e poi si tornava al paese stanchi e fradici per incominciar daccapo nella notte appresso.

– Ma la tua istoria, compare?

– Ecco. Si seppe un giorno che la banda da noi inseguita, una delle più terribili che avessero mai percorso la Sila, era stata vista nel bosco di S. Antonello. Ci fu dato l'ordine di partire per combatterla. Partimmo di notte, col cuore tremante, perché eravamo sicuri che i briganti avrebbero venduto ben cara la vita. A mezzanotte fummo sui margini del bosco. I capi ci assegnarono le poste, che non dovevamo abbandonare pria dell'alba. All'alba, ad un segnale dovevamo muovere tutti e convergere verso il centro del bosco per stringere in un cerchio la banda. Come passai quella notte non so; ero sicuro che all'alba avrei ucciso o mi avrebbero ucciso. Appena giorno fu dato il segnale: ci facemmo la croce, poi, dando in un grido che echeggiò pel monte e per la valle, movemmo all'assalto del bosco. In breve si udirono le prime schioppettate; il monte risuonò di grida, di spari, di bestemmie; i briganti scovati rispondevano da dietro gli alberi con bestemmie, con grida, con colpi di fucile. Noi eravamo cinquanta, essi dodici.

– Vigliacchi! – esclamò Cola, che ascoltava coi pugni chiusi e gli occhi scintillanti.

– Hai detto vigliacchi? – gridò massaro Antonio – chi vigliacchi?

– Nulla, continua, non badarmi, massaro.

Ed il massaro continuò:

– In breve, dietro un gruppo d'alberi nel mezzo del bosco scorgemmo i briganti, che tiravano giusto e bene, sicché dei nostri qualcuno era morto, qualch'altro ferito; ma anche molte delle nostre palle aveano colpito nel segno. Si capiva che quello era il momento decisivo; e che i briganti avrebbero con ultimo sforzo tentato di rompere il cerchio che li stringeva. Infatti, dopo una scarica che ferì un paio dei nostri, saltarono in piedi, e col pugnale fra i denti, la pistola in pugno, ci piombarono addosso. L'urto fu terribile: io avea esaurito le cartucce e non mi restava per difendermi che il pugnale e la pistola. Fui assalito da un brigante che mi fe' fuoco addosso; io risposi ed egli cadde. Quando gli fui sopra, riconobbi in lui il mio compagno d'altra volta.

– Proprio lui? – esclamarono i contadini.

– Proprio lui. Lo avvinsi strettamente fra le mie braccia; egli si dibatteva con sforzi disperati, ruggendo di rabbia e bestemmiando come un turco. In fine sopraggiunsero gli altri miei compagni e diedero tutti in un grido di gioia: senza saperlo io avea sotto i miei ginocchi il terribile capo della banda che per tre anni avea sparso il terrore nella Sila. Quell'uomo che colla schiuma alla bocca, con gli occhi iniettati di sangue come quelli d'una bestia feroce, ferito nel petto e nella gola, steso a terra grugniva come un porco che si scanna, era niente meno che il capo brigante Pietro Grillo!

A tal nome Cola il Lupo balzò in piedi. Terribile a vedersi, avea gli occhi accesi e rossi che si fissavano truci e minacciosi su massaro Antonio. Gli altri non gli badavano intenti com'erano ad ascoltare il racconto; ma quando il giovane balzò in piedi, Anna, che avea gli occhi fisi su di lui, si alzò anch'essa e lo afferrò violentemente pel braccio, esclamando:

– Che hai, Cola? Dio mio! che hai?

– Nulla, – rispose lui calmandosi a poco a poco, ma non lasciando di fissar massaro Antonio – nulla... prosegui, massaro.

– Ho poche cose da aggiungere. Nella divisione della taglia mi toccò la parte più grossa e per maggior premio il due colpi e la cartucciera che aveano appartenuti al capo banda.

Tutti gli occhi si rivolsero al fucile appeso al capo del letto: Cola vi stese la mano e non sapeva distaccarne gli sguardi; in lui doveva ruggire una tempesta d'affetti diversi, ed era in viso livido come un cadavere. Il massaro intanto, dopo d'aver bevuto una sorsata di vino, si puliva la bocca col rovescio della manica. I contadini discorrevano fra loro.

Anna accostossi al padre e gli disse con voce sommessa:

– Tata, vedrai che questa storia ci porterà sventura!

– Sta zitta, scioccarella! – rispose Antonio. Poi voltosi a Cola, che ritto in piedi contemplava l'arma del bandito, gli disse: – Che pensi, Cola?

– Ecco – rispose Cola, voltandosi lentamente e figgendo gli occhi in quelli del massaro – penso che nella tua storia c'è qualche cosa di sbagliato.

– E che ne sai tu? eri presente, forse?

– No, ma una zingara mi disse che Pietro Grillo il capobrigante fu tradito da un suo amico.

– Tu menti, lupo del diavolo! – gridò massaro Antonio balzando in piedi.

– E perché andate in collera, massaro? – rispose Cola incrociando le braccia, mentre uno strano ghigno gli torceva la bocca.

– Io? No, – balbettò il massaro confuso, ricadendo di peso sulla sedia – io dico soltanto che la zingara ha mentito.

– Ma insomma, compare, a te che importa? – osservò massaro Santo.

Anna se ne stava in disparte pallida e muta e fissava lo sguardo su Cola, il quale con le spalle al muro e le braccia conserte parea assorto nei suoi pensieri.

– Dunque, Cola, – proseguì Santo – narra che sai della morte di Pietro Grillo.

– Ecco: Pietro Grillo aveva un amico. A lui fidava i suoi progetti, a lui svelava i suoi nascondigli, a lui raccomandava la sua donna e il figliuoletto. Quell'uomo aveva un nome, che poi cambiò in un altro, poi, dopo il tradimento. Era squadrigliere e teneva avvisata la banda del suo amico delle imboscate che le si tendevano. Un giorno va alla montagna, chiamato dal brigante, il quale gli mostrò il luogo dove avea nascosto cinquecento ducati che destinava a sua moglie ed al suo figliuoletto. Dopo tre giorni, l'amico dalle squadriglie fa accerchiare il bosco nel quale si trovava la banda: egli va innanzi. Pietro Grillo, che fidava in quell'uomo come in se stesso, di nulla dubitando, a braccia aperte gli muove incontro. Di repente si vide assalito... Non è vero, massaro Antonio?

Massaro Antonio non rispose; stringeva convulsivamente il manico d'un coltello e tracciava segni sul tavolo.

– Pietro Grillo – continuò Cola con un fremito nella voce e nella persona – lottò disperatamente, poi cadde. Dei suoi alcuni morirono, altri furono arrestati. Ad uno solo venne fatto di fuggire. Corse dalla moglie del suo capo e le narrò l'accaduto, ma non seppe dirle il nome del traditore. Poi si seppe che Pietro Grillo dovea essere fucilato. Ecco ciò che mi narrò la zingara.

– La zingara ha mentito – balbettò con gli occhi bassi massaro Antonio.

– Il resto poi, – continuò Cola, senza badare all'interruzione del massaro – l'ho visto coi miei occhi. Ero in Cosenza con mamma ed aveva otto anni allora. Mamma mi prese in braccio e mi portò a veder fucilare Pietro Grillo, al vallone di Rovito, venti passi di là dal ponte. Vi era tanta gente, carabinieri, soldati, guardie; tanta gente! infine comparve Pietro Grillo incatenato come una bestia feroce. Quando fu in mezzo alla spianata, gli ordinarono di inginocchiarsi: non volle. Guardava la folla, guardava i soldati fino in faccia. Infine il suo sguardo si fissò su due persone e non lo rimosse più da quelle: erano una donna ed un bambino. Mamma mi alzava al disopra della folla per veder meglio. Udii il comando di far fuoco, poscia lo scoppio di dodici fucili... Quando il fumo si diradò, vidi Pietro Grillo boccone a terra: dalla testa e dal petto gli uscivano certi rivoli di sangue nero e fumante. La folla a poco a poco andò via. Mamma mi prese per la mano e ci accostammo a quel morto, la cui bara d'abete era aperta per riceverlo. Quando i becchini ne sollevarono la testa, vidi che aveva qui, in mezzo al fronte, un buco rosso dal quale usciva il sangue fumante.

E il giovane con l'indice teso, con gli occhi fisi su Antonio, che si era alzato e l'ascoltava pallido e tremante, si avvicinò al contadino che retrocedeva sbigottito, e toccandogli con la punta del dito il mezzo della fronte, ripeté:

– Qui!

Massaro Antonio piegò la testa come sotto un colpo di mazza. Gli altri contadini non osavano fiatare, ché nell'aspetto del giovane ci era qualche cosa di terribile e di solenne. Anna, in un canto, pallida, tremante, lo seguiva con gli occhi. Quando lo vide muovere verso il padre e poi restar dritto con l'indice teso, si scosse, balzò in piedi, e:

– Vattene da questa casa, vattene; tu vuoi uccidere tata!

– Ah! sei tu, Anna, – rispose Cola con voce cupa – sei tu, Anna, la figlia di quell'uomo, e mi scacci per la seconda volta! Per la Madonna non mi scaccerai più, te lo giuro –. E uscì ghignando dalla torre. Quando fu fuori, massaro Santo si rivolse ad Antonio:

– Che sia lui il figlio di Pietro Grillo? Credi, compare, quel giovane mi fece paura quando ti mise il dito in fronte! Non lo voglio più al mio servizio.

– Stanotte intesi cantar la civetta: brutto segno! – mormorò Antonio.

IV

Erano corsi tre mesi da quel giorno. Cola il Lupo non si era fatto più vedere nella contrada. Alcuni dicevano che messosi al servizio di un mercante girovago, era emigrato in America; altri che aveva accresciuto le fila della banda Le Piane, la quale in quel tempo scorazzava per la Sila.

Né Anna, né massaro Antonio pensavano più a lui. Il matrimonio della giovane contadina con Giovannuzzo, il figlio del guardiano, dovea celebrarsi dopo il ricolto delle castagne, e la ragazza aspettava con ansia quel giorno benedetto. Di tanto in tanto il ricordo di quel primo amore le tornava a mente e la preoccupava non poco; ma come più imminente faceasi il dì delle nozze, le memorie dolorose dileguavano per far luogo a quella apprensione vaga, mista di dubbi, di speranze, di gioie, di timori, propria alle fidanzate.

Il matrimonio dovea celebrarsi in Paterno che distava un due ore dalla torre di massaro Antonio. In una domenica di novembre verso il mezzogiorno, i contadini delle torri vicine, invitati ad accompagnar la sposa, vestiti dei loro migliori abiti, col cappello a cono infettucciato, si erano radunati sull'aia, ove massaro Antonio, per far le cose alla grande, avea messo su un deschetto quattro orciuoli di vino, che i convenuti accarezzavano spesso. Le contadine aveano fatto sfoggio delle gonne nuove di panno blu, dei corpetti rossi ricchi di nastri e di trine, delle massicce e gialle collane di quell'oro così detto napoletano; e mettevano in mostra con contadinesca civetteria le dita coperte fino alla prima falange di grosse anella ed il petto lucente di spille e di medagliette.

Lo sposo, un grande e bel contadino dal viso abbronzato e dalle membra robuste, era vestito di una giacca di velluto nero coi risvolti verdi, i cui bottoni di ferro luccicavano al sole; e di brache di grosso panno nero, che gli scendevano fino al ginocchio. Le gambe erano coperte di grosse calze di filo blu, e grossi scarponi di cuoio greggio ne calzavano i piedi larghi e massicci. Il largo collare della camicia di tela si riversava fin su gli omeri; ed al corpetto di panno verde-scuro abbottonato fino al mento erano appese alcune medagliette raffiguranti S. Francesco di Paola e la Madonna del Carmine. Si appoggiava ad un nodoso randello, compagno inseparabile dei contadini nei dì di festa, e ascoltava ridendo i volgari motteggi degli amici e dei parenti.

Infine comparve la sposa. Vestiva anche essa come le altre ricche contadine, col petto corazzato di spille, di collane, di medagliette, fra le quali rosseggiava un grosso filo di corallo, ambito adornamento delle nostre donne di contado. Mentre scendeva la scaletta della torre le amiche le venivano aggiustando ora la gonna, ora il bianco fazzoletto che ne copriva le spalle e si incrociava sul seno, ora le collane per metterle meglio in mostra. Quando furono sull'aia, gli uomini fecero loro largo, e le donne, con a capo la sposa in mezzo alle due più prossime parenti, si avviarono per la volta di Paterno, seguite dagli uomini che andavano discorrendo dei loro affari.

L'aia rimase deserta. Quando per la distanza affievolì il vocio del corteggio nuziale, la campagna tornò silenziosa e malinconica. Poi la porta di legno che chiudeva il forno si aprì lentamente come spinta da una forza interna. Dalla nera apertura comparve la testa di un uomo, che guardò intorno con l'orecchio teso al più lieve rumore. Rassicurato, strisciò fuori e balzò a terra.

Era vestito del tradizionale costume brigantesco: dalla sacca destra delle brache sporgeva l'elsa di osso filettata di argento di un pugnale, e dalla larga fascia di cuoio che gli cingeva i fianchi, il calcio d'avorio di una rivoltella.

Se massaro Antonio avesse visto sbucar dal forno quell'uomo ed in lui riconosciuto Cola il Lupo, sarebbe rimasto sbigottito dalla feroce espressione dei lineamenti di lui. Fra le ciocche nere ed aspre che gli scendevano fin sul fronte e sulle guance, brillavano gli occhi neri, piccoli, orlati di rosso. Sicuro d'esser solo, mosse verso la torre, ne salì gli scalini fermandosi di tratto in tratto per tender le orecchie e guardarsi intorno. Quando fu sul ballatoio, trasse un largo e lungo pugnale mormorando:

– Essi son là e non ho che dare un grido per vedermeli vicini. Volevano che avessi rimandato le cose a stasera durante il festino, per intervenire anche essi al ballo; allora sì che ci saremmo divertiti, e quasi quasi…

E stette un momento pensoso.

– No, – riprese dopo un istante – si direbbe che ho avuto paura; e poi mamma mi disse: Tu solo devi vendicar Pietro; ed io solo so dove colpirò il traditore… qui, in mezzo al fronte. Andiamo dunque.

E con la punta del pugnale si die' a forzare la toppa e con le larghe spalle a spingere la porta, che di repente spalancossi.

Cola il Lupo entrò nella torre: rinchiuse la porta che appuntellò con una grossa sbarra, e si diresse con passo sicuro verso la parete, ove erano appesi il fucile e la cartucciera. Staccò l'uno e l'altra, ed a quel contatto sentì come un dolore acuto nel cuore e tutta la miserevole scena, cui egli bambinello, avea assistito in braccio alla madre, gli comparve innanzi agli occhi.

Restò immobile a fissar quell'arma, poi:

– Povero tata mio, – esclamò con voce tremante – tu sai che non ho dimenticato mai quel che ti lessi negli occhi pria che tu cadessi ucciso. Ora che so il nome del traditore, ora gli farò un buco in fronte come fecero a te, non dubitare.

E si die' a pulire dalla polvere il fucile con cura minuziosa, soffiando a più riprese nelle canne e facendo giocar la molla del grilletto. Poi tolse dalla giberna due cartucce.

– Una per conto tuo, tata, l'altra per conto mio, e perdona se alla tua unisco la mia vendetta. Ah! – proseguì a denti stretti e ghignando – ah! tu mi scacciasti, Anna, tu la figlia della spia, del traditore di mio padre, mi scacciasti due volte da casa tua, ed io ora, io scaccerò tuo padre e tuo marito da questo mondo. Tu stamattina avevi al collo la collana di oro, alle dita le anella comprate col prezzo del tradimento, e camminavi pomposa come una principessa. Tu stasera avresti ballato la tarantella sull'aia, al suono della chitarra battente, e i parenti e gli amici ti avrebbero cantato le canzoni d'amore; avresti mangiato i maccheroni di casa, la carne di capretto ed il pane bianco e bevuto il miglior vino di Rogliano; e poi saresti andata a letto per dare a lui tutti i baci che a me negasti, mentre io sulla montagna, inseguito come un lupo arrabbiato, debbo lottar col freddo, con la fame, sempre in pericolo di rotolar giù da un burrone e cadere ucciso da una palla in fronte. Hai fatto male i conti, per la Madonna!

E calcò con forza le cartucce nelle canne, adattò le capsule e poi cinse la cartucciera, mise in ispalla il fucile, e, fattosi all'uscio, fe' capolino per assicurarsi di non esser visto; indi uscì rinchiudendo la porta.

In breve guadagnò la collina e si perdé fra i castagni.

V

Poco discosto dalla torre, il sentiero stretto e dirupato si svolgeva lungo la base di due collinette, i cui fianchi erano rivestiti di una rigogliosa vegetazione di roveti e di querciuole. Al sommo del sentiero biancheggiava una cappelluccia con un'immagine della Madonna del Carmine baroccamente dipinta nel muro fiancheggiato dalla via. Ivi i contadini eran soliti fermarsi e, togliendosi il cappello, biascicar qualche ave divotamente. Innanzi ad essa giorno e notte ardeva una lampada, alimentata a cura dei fedeli contadini del dintorno.

Era l'avemmaria. L'ombra della notte a poco a poco scendeva sul sentiero, che appariva come una striscia cenericcia fra le due collinette.

A capo della via la lampada della cappelluccia spandeva una luce gialliccia e tremula. Il luogo era deserto, il silenzio solenne.

In quella un uomo, sbucando fra le querciuole ed i roveti, venne ad appiattarsi dietro un cespuglio a dieci metri circa dalla cappelluccia; e tolto il fucile a due canne dalla spalla, piegò i ginocchi e sedé su i calcagni, tenendo fisi gli occhi in quel breve tratto del sentiero illuminato dalla lampada. Stette così buon tratto, senza dar segno di impazienza o di stanchezza. Di tanto in tanto a lui d'intorno guizzavano le lucciole, saltavano zirlando i grilli; e qualche uccelletto, incerto ancora del ricovero, volava di cespuglio in cespuglio. Però nulla turbava il silenzio solenne e malinconico di quel luogo: solo ad un trar di fucile udivasi il mormorio del Jassi, e qualche canto lontano di contadino, fioco come un sospiro, triste come un gemito.

Dal sommo della collina risuonò un fischio acuto e modulato stranamente. L'uomo appiattato si riscosse, armò il fucile e lo spianò in direzione del sentiero, appoggiandone le canne su i rami del roveto, ed attese mormorando:

– Essi son là e mi avvisano.

In quella un vocio, che man mano cresceva, ruppe il silenzio della campagna; il corteggio nuziale tornava dal paese, e dalle voci alte ed allegre si arguiva che il buon vino non era mancato.

Massaro Antonio in mezzo ai due sposi precedea il corteggio, che scendeva alla rinfusa giù pel sentiero. Giunto al tratto di via illuminato dalla lampada, il massaro fermossi cavandosi il cappello. In quell'istante un uomo si alzò diritto fra i roveti e le querciuole a pochi passi del massaro, che gridò:

– Chi è là?

Un lampo illuminò il sentiero, una schioppettata fragorosa echeggiò per valli e per burroni; massaro Antonio cadde riverso al suolo, colpito in fronte da una palla.

– E uno! – disse una voce.

Un grido acuto tenne dietro al colpo. Anna smarrita si chinò gemendo sul corpo del padre, mentre lo sposo guardava intorno perplesso, e i contadini si affollavano presso al cadavere.

– E due! – ripeté la voce.

Rimbombò un altro colpo di fucile. Colpito al cuore, il giovane sposo cadde presso al suocero come fulminato. I contadini sgomenti e smarriti fuggirono per l'erta trascinando per mano le donne, che piangevano invocando Maria Vergine. Anna rimase sola presso i due cadaveri. È impossibile ridire ciò che le usciva di bocca; era un misto di gemiti, di preghiere, di singhiozzi, in cui s'univano i nomi del padre e del marito, giacenti immobili al suolo, illuminati dalla luce gialliccia e tremolante della lampada.

L'omicida era rimasto fermo al suo posto: ai piedi gli era caduto il fucile, ed egli immobile e pensoso contemplava le sue vittime. Un fischio venuto dall'alto lo riscosse; si passò una mano sulla fronte, chinossi a raccogliere il fucile, ed a passi lenti si avviò per l'erta. Giunto al sommo della collina si voltò di nuovo. A lui giungevano i gemiti dolorosi della giovinetta, che singhiozzava curva su i due cadaveri, mentre già da lontano i contadini del dintorno rispondevano, come è uso nelle nostre campagne, con schioppettate ai due colpi dell'omicida.

Un altro fischio si intese più lungo, più acuto, più insistente.

– Sì, – disse Cola il Lupo – sì, lo so che mi aspettate per finire, oggi o dimani, con una palla in fronte come quei due là abbasso!

Poi sottovoce, quasi temesse d'essere inteso, mormorò:

– Povera figlia!

E scendendo a gran passi per la collina, in breve si perdé fra l'ombre della notte.

VI

Anna per più mesi fu pazza; poi guarì, guarì per ricordare e piangere.

Cola il Lupo in uno scontro coi bersaglieri cadde colpito al cuore da una palla.

MARCO

I

Era notte e piovigginava. La nebbia densa e pesante avvolgeva il paesello di Albi, in quel di Catanzaro, e si stendea su le cime degli abeti che lo circondano. L'acqua cadea silenziosa, rendendo lucido l'acciottolato delle vie, sulle quali qua e là splendea qualche striscia di luce, proiettata dalle lampade appese al muro innanzi una Madonna. Dritti, immobili, ischeletriti si ergeano gli alberi: per le campagne non un soffio di vento, non una voce d'uomo, non un latrar di cane.

Poco discosto dal paesello, a ridosso di una collina biancheggiavano le mura di una casa di campagna anche essa silenziosa. Ma chi avesse ben guardato avrebbe visto tra le fessure delle chiuse imposte brillare una striscia di luce; chi avesse ben teso le orecchie avrebbe inteso come un vocio confuso e soffocato, un cozzar di bicchieri, uno scoppiar di risa, repente frenato, sicché tutto ad un tratto la casa tornava buia, fredda, sinistra sotto la densa nebbia bianchiccia che l'avvolgeva.

D'innanzi alla casa stendea il terreno piano qua e là diviso da siepi e fra le siepi serpeggiava il viottolo che menava al paesello. La casa era abitata da una famigliuola di contadini; moglie e marito, che godeva fama di buona gente. Non si era mai dato che ad alcuno di quegli accattoni in veste d'eremita, i quali van girovagando per le nostre campagne, si fosse mai rifiutato l'elemosina di un po' di olio, di un quarto di patate o, in mancanza d'altro, di un po' di minestra. Di tanto in tanto quei devoti contadini facevano anche qualche regaluccio al parroco, un paio di capponi al Natale, un capretto a Pasqua, un paniere di frutta nella domenica, dopo la messa, che ascoltavano in ginocchio pregando con gran fervore; ed il parroco ne avea ricevuto di bei soldi per messe e litanie.

Però, caritatevoli e religiosi come erano, avevano l'abitudine di chiudere la porta di casa appena imbruniva, e cadesse il mondo, non l'aprivano che al mattino. Una sera Giovanni il mulattiere s'ebbe un calcio dalla sua mula, proprio vicino a quella casa, un calcio che gli ruppe una gamba. Non poteva trascinarsi al paese e chiamò a gran voce massaro Giuseppe; ma massaro Giuseppe, caritatevole e generoso come era, fece il sordo. L'aveva detto più volte: di giorno quel che volete, ma di notte non aprirei nemmeno al papa.

I maligni, e ce ne sono ovunque, diceano che in fin dei conti tutta quella carità nascondea delle brutte cose. Diceano d'aver visto di notte uomini armati aggirarsi intorno alla casa di massaro Giuseppe, poi entrar dentro, poi uscir pria dell'alba e pigliar la via della montagna. Ma il parroco dava sulla voce ai maligni, e sosteneva che nessuno della sua parrocchia poteva vantare costumi più illibati e onestà più sicura; e che se massaro Giuseppe teneva chiusa di notte la porta di casa sua, faceva bene. La notte è fatta pei lupi.

Se i maligni fossero entrati in quella casa in una notte del gennaio 1868, avrebbero visto una scena che giustificava il brutto concetto in cui tenevano massaro Giuseppe. La porta di strada era chiusa, buia la scaletta, buie le stanze del davanti; ma in quella più rimota, le cui finestre guardavano alla collina, sedeano intorno ad una mensa imbandita con profusione dieci individui, dalle fisonomie sinistre; dal viso coperto di folta barba, e vestiti di velluto nero alla brigantesca. Sulla mensa, rischiarata da tre lumi ad olio posti ai due capi, eran disposte in larghi piatti le vivande. In grandi caraffe il vino, che si mesceva da un barile posto a pie' della tavola: appoggiati al muro, ma a portata della mano, i fucili a due canne e le cartucciere.

A capo della mensa sedeva un uomo in su i trent'anni, vestito anche esso, ma più riccamente degli altri, alla brigantesca; la sua fisonomia, se aveva tutta l'impronta di energia e di audacia dei figli della montagna, non aveva degli altri commensali né la durezza dei lineamenti, né la ferocia dello sguardo. A lui vicino, e quasi all'ombra, come se sentisse vergogna trovarsi in quella compagnia, sedea una giovinetta su i venti anni, di una delicatezza di forme non comune fra le contadine. Da sotto il tovagliuolo bianco che le copriva il capo, uscivano certe ciocche morbidissime di capelli castani, che lambivano un fronte bianco e levigato, e ombreggiavano due grandi occhi neri, dallo sguardo dolce e malinconico. Nell'insieme della persona aveva un non so che di candido e di delicato. Portava quasi macchinalmente il cibo alla bocca, come chi ha lo spirito altrove, e di tanto in tanto volgea uno sguardo dolce e timido all'uomo che le sedea vicino. Anche egli era triste: beveva a lunghi sorsi e parea non prestasse ascolto al vocio confuso e sommesso dei suoi compagni.

Alcuni già erano brilli: quello che più degli altri aveva alzato il gomito era un brutto ceffo su i cinquanta, dalla persona tozza e muscolosa, dal viso sinistro, butterato dal vaiuolo, e incorniciato da un'ispida e sporca barbetta, rasa al labbro, i cui peli duri ed aspri pareano setole di cignale.

– Sissignore, – dicea con la voce balbettante dell'ubriaco – quel Torchia era proprio uno di quelli... Ora non ce ne sono più, siamo femminelle noi altri! Ero con lui quando gli capitò in mano il sindaco del suo paese. Gliel'aveva giurato da gran tempo. Il sindaco avea imbrogliato per salvar suo figlio dalla coscrizione e avea fatto partir Torchia in cambio; e Torchia al ritorno avea trovato suo padre e sua madre morti: eran morti di fame e di freddo sulla montagna. Allora Torchia per vendicarsi si fe' brigante. Un giorno seppe che il sindaco doveva passare pel Gariglione. Lo apposta, lo sequestra e lo porta nel bosco in mezzo a noi. Se aveste visto come tremava e pregava quella carogna del sindaco, e si era inginocchiato piangendo a singhiozzi! Torchia gli siede vicino, afferra pei capelli il suo nemico... e dopo un'ora il sindaco era ancor vivo, ma non si riconosceva più. Io ne ebbi pietà e lo uccisi di un colpo di pistola. Torchia sì che era un uomo!

– Anche io fui con la sua banda, – disse uno della comitiva – e ricordo che era il più matto ed allegro compagno. Un giorno avevano sequestrato certi signori; ebbene, che propone Torchia per divertirci? Indovinate! Propone di spogliarli e di attaccar loro al di dietro un fascio di sarmenti accesi e obbligarli a correre. Ci divertimmo tutta una giornata. Eravamo morti dal ridere.

– Bella pensata! – esclamarono quei della banda – ce ne ricorderemo appena ci capiterà in mano qualcuno.

Il capo, quel forte e bel giovane, coi gomiti in sulla tavola e la testa fra le mani, se ne stava muto e pensoso. Di tanto in tanto volgea uno sguardo alla giovinetta, che parea come turbata da quei discorsi.

– E tu non parli, Maria – disse un brigante, il più giovane della banda. – Ebbene, ascolta, vo' farti un brindisi.

– Sì, sì, un brindisi – gridarono gli altri.

– Ecco, state attenti.

E si alzò col bicchiere in mano; poi rivolgendo la parola alla giovinetta:

La luna è janca e vue brunetta siti
illa l'argientu e vue l'uoru purtate;
illa nun ha sblennure e vue l'avite,
illa nun ha la luce e vue la date:

eu ccu stu vinu e ccu nu gran cuntientu
fazzu brinnisi a tia luna d'argientu.

– *Fazzu brinnisi a tia, luna d'argientu* – ripeterono a coro gli altri, toccando i bicchieri.

Solo il capo rimase muto; la giovinetta confusa si trasse più indietro, all'ombra.

– Ora mo', dobbiamo farne uno alla massara Giovanna – disse un brigante.

La massara Giovanna, ospite della banda, sedeva fra il vecchio malandrino ed un altro della comitiva.

– Sì, sì, alla massara Giovanna.

Ed il giovane che aveva fatto il brindisi alla Maria, e che era il poeta della banda, si alzò.

– Udite, – disse:

Stu vino è lu migliure de l'annata,
Fazzu brinnisu a tia, vecchia sgangata.

Grandi scoppii di risa accolsero i versi del giovane.

– Voi siete tutti tante facce d'impiccati, – gridò la contadina indispettita – se non mi portate rispetto vi chiudo la porta in faccia, avete capito?

– Non fare la pazza, Giovanna, – disse massaro Giuseppe, che le sedea dirimpetto, – questi amici scherzano.

– Ci chiudi la porta in faccia, brutta vecchia? – saltò su a dire un brigante.

– A me brutta vecchia! a me che rischio d'andare in galera per voi?

– Tu che rischi, la megera che sei? Per chi noi esponghiamo il petto alle palle, per chi noi erriamo come lupi per la montagna? Chi è che si piglia tutto quello che noi pigliamo ai galantuomini, rischiando la vita? Chi è che ci fa pagare cento quel che vale uno, che ci vende a peso d'oro l'acqua, l'aria, il fuoco? Non sei tu e tuo marito e quella carogna di D. Ciccio, nostro compare, che spende e spande ed è riverito e stimato? E ci minacci pure, e non permetti che scherziamo un po'! Per la Madonna, ti voglio tagliare quella brutta gola di carta pecora!

– Ha ragione! Ha ragione! – gridarono i compagni che si erano alzati. Il vino in quei cervelli fumava. Gli occhi accesi si erano iniettati di sangue; qualche pugnale erasi sguainato e scintillava agli occhi spaventati di massara Giovanna e del marito, che balbettavano, tremavano come smarriti. Il vocio, sommesso in fino allora, s'era mutato in grido confuso ed assordante. Si bestemmiava, si rideva, si davano pugni sulla tavola e si scagliavano a terra piatti e caraffe; quando una voce imperiosa gridò:

– Silenzio!

Come per incanto cessò il tumulto. Il capo si era alzato.

– Per la Madonna, – disse – il primo che alzerà la voce andrà a fare i conti col diavolo. Non sapete che rischiamo d'essere sorpresi da un momento all'altro? Finiamola dunque.

I briganti, come soggiogati da quella voce, tornarono a sedere. Qualcuno continuava a borbottare volgendo bieche occhiate agli ospiti. Il capo riprese:

– Stanotte ho un brutto presentimento; state qui voi, io andrò alla vedetta. Che nessuno alzi la voce: mangiate, bevete, ma zitti, altrimenti sapete che non ho le mani corte. Vieni, Maria – disse poi rivolgendosi alla giovinetta che si era alzata e si era stretta a lui. Prese il fucile, e seguito dalla fanciulla entrò nella stanza appresso, della quale dietro a sé rinchiuse la porta. La finestra che guardava la campagna era aperta, egli andò ad assidersi sul davanzale: volse in giro lo sguardo per la campagna silenziosa, poi, rassicurato, prese per mano la giovinetta.

Ella piegò la testa nel petto di lui e scoppiò in un pianto sommesso.

II

– E perché piangi? – egli le chiese con voce dolce e carezzevole stringendosela al petto – Perché piangi?

– Non so, – rispose lei – non so; quei tuoi compagni mi fanno paura.

– Paura? No, tu non devi aver paura. Sei tu il mio cuore, ed il mio cuore non ha mai tremato. Quella gente, che affronterebbe per giuoco cento pericoli mortali, trema a me dinanzi: l'hai visto. Eppoi mi amano anche, e ti rispetteranno come una santa. Sarai tu la nostra santa! – continuò sorridendo e carezzandole i capelli.

Ella gli si strinse al petto con tenerezza, ma non cessava di singhiozzare.

– Ma non piangere, via, – disse egli, cercando di farle alzare la testa per guardarla negli occhi, – non piangere. Tu forse sei pentita d'avermi seguito? ebbene, sei libera di tornare ai tuoi, non voglio averti per forza: voglio che tu sii mia per tua volontà; voglio che se tu dovrai affrontar pericoli orrendi e disagi atroci, l'onta, la galera o la morte con una palla in fronte, io baciandoti per l'ultima volta, non debba dire a me stesso: sono io che l'ho chiusa tra le fredde e tetre muraglie di una prigione, io che l'ho esposta alla palla dello squadrigliere. Rispondi dunque; vuoi tu di tua spontanea volontà dividere la mia sorte, di', vuoi tu?

Ella si tergeva gli occhi col grembiule e si stringeva al petto del giovane.

– Pria che tu risponda, – continuò questi – fa d'uopo che tu conosca chi fui, chi sono e verso quale abisso muovo ogni giorno il passo. Tu hai due vie da scegliere: ancora, sei a tempo. L'una è piana, dolce, tranquilla, ed è quella che hai lasciata: l'altra è irta di spine; ad ogni passo un pericolo, un delitto, un assassinio; ad ogni passo una scena di sangue od una ruberia: in fondo il boia col capestro che ci aspetta, o lo squadrigliere col fucile spianato; nel più triste caso la galera... Scegli.

Ella rispose sommessamente:

– Quale è la tua strada? Scelgo la tua.

– Ebbene, ascolta, perché fa d'uopo che io ti dica tutto, chi io fui e perché ora sono... quel che sono.

S'interruppe per volgere nuovamente lo sguardo alla campagna. La pioggia veniva giù fine, silenziosa.

– Mio padre, – riprese – era un galantuomo. Capo urbano sotto i Borboni, aveva reso parecchi servizii alla sicurezza pubblica. Mia madre era una santa donna, mia sorella una dolce e delicata creatura. Io avevo studiato in Cosenza con gli Scolopi, ne avevo riportato premii più volte e speravo molto nel mio avvenire. Quando mi riveggo col pensiero giovinetto modesto e tranquillo seduto su i banchi della scuola non puoi comprendere di quanta amarezza abbia pieno l'animo! Poi venne il 60: mio padre, perché borbonico, fu destituito. Fortunatamente io avevo lasciato gli studi ed ero a bottega d'armaiuolo e guadagnavo tanto da bastare a me stesso ed ai miei. Amavo molto mio padre e mia madre, adoravo mia sorella; ma odiavo anche, odiavo i galantuomini del mio paese, i quali non risparmiavano insulti a noi perché borbonici, ma anche perché mio padre sapeva molte delle loro vergogne. Il sindaco era una antica spia: nel 60 si proclamò e fu proclamato martire, ed odiava mio padre che era un onesto uomo, innanzi al quale egli sindaco, egli ricco, egli liberalone doveva chinar la fronte. Il figlio del sindaco era un giovinastro superbo e manesco. Geloso della mia perizia in trattar le armi, della mia destrezza nella caccia, della mia forza e del mio coraggio, congiurava a mio danno per avvilirmi e si dichiarò nemico di chi mi fosse amico, rimasi solo, solo fra quella gente che ci odiava. In chiesa la domenica, nella piazza, nelle vie si rispondeva al mio saluto con sogghigni, con mezze parole; e dallo speziale, ove convenivano i galantuomini, mi si dava del borbonico, come al ladro si dà del ladro. Io sentiva dentro ruggir mille tempeste: più di una volta corse la mano al calcio della pistola, ma l'amore pei miei mi facea soffocar dentro l'odio e sopportare in pace gli insulti. Che sarebbe stato d'essi se io avessi ucciso, o se mi avessero ucciso? La sera tornavo a casa stanco dal lavoro, e trovavo i miei cari tristi per un novello insulto; ora mia sorella piangeva per una oscena parola a lei rivolta per via da qualche signore; ora mio padre, seduto presso al fuoco con le mani che abbracciavano le ginocchia, contemplando la sua vecchia carabina, borbottava bestemmie e male parole. I contadini, vigliacchi e ligi ai padroni, non ci salutavano più, essi che a paro dei signori un tempo ci riverivano umili o sommessi: alcuni ci fuggivano, altri al vederci ci venivano incontro per sogghignarci in viso... La notte, sotto le nostre finestre, i giovinastri cantavano sconce canzoni. Io balzavo dal letto e afferrando la carabina mi slanciavo al balcone; ma accorreva mia madre e mia sorella e piangendo mi impedivano di vendicar le offese. Mio padre in disparte, muto, cupo, non dicea parola: di tanto in tanto si mordeva a sangue le mani!

Al ricordo di quelle offese gli occhi del brigante scintillavano. La giovinetta l'ascoltava col capo sulle ginocchia, e con lo sguardo fisso negli occhi di lui. Egli guardò per poco la campagna che si stendea tetra e silenziosa. Continuava a piovere. Era sorta la luna dietro le nuvolacce divenute plumblee. Nella stanza contigua l'orgia tumultuava sommessa: di tanto in tanto scoppiava una risata o una bestemmia, cui tenea dietro un lungo silenzio.

– Continua, – dicea la giovinetta – continua, Marco. Quando mi parli par che il mio cuore si apra per ricevere tutta l'anima tua.

Egli volse un'altra volta lo sguardo alla campagna, ne scrutò ogni cespuglio, ogni burrone, ogni gruppo d'alberi. Il paesello era silenzioso; la nebbia pesava su i tetti. Rassicurato, seguitò il suo dire.

– Quel paesello non faceva più per noi; pure io sentivo in cuore come uno schianto al pensiero di doverlo abbandonare, ed anche oggi penso ad esso con tenerezza. Mia madre, che sapendo a pruova quanto io fossi insofferente d'insulti, si aspettava qualche guaio e sbigottiva ad ogni rumore giù nella via, temendo di vedermi portar su di una sedia ferito e morente, o stretto in ceppi in mezzo ai carabinieri, voleva ad ogni costo spingerci ad abbandonar quel paesello. Ma dove andare? Colà avevamo la nostra casetta, il nostro orto, e bene o male con quel che guadagnavo si viveva. Mia sorella tesseva dall'alba fino a tarda ora, ed io ogni sabato andavo a vendere la tela a Cosenza. Mia madre filava. Le riveggo tutte e due, quella vecchia canuta e quella cara e gentile giovanetta, al lume della lucerna lavorar silenziose, volgendo di tanto in tanto uno sguardo a mio padre che sedeva presso al focolare muto, pensoso, senza muoversi per ore ed ore! Egli non usciva di casa per non affrontar gli insulti e i motteggi: passava le lunghe giornate rifacendo non so quante volte il giro della sua stanza, borbottando, bestemmiando e carezzando con gli occhi e con la mano la carabina, sua compagna fedele per tanti anni!

Aveva la nostalgia della montagna, della libertà, della vita piena di pericoli e di emozioni dell'uomo dei boschi, e si era fatto burbero, insofferente, egli che, lupo su i monti, era stato agnello in casa. Chi aveva potere di allietarlo e di farlo sorridere era la Filomena, la mia cara e dolce sorellina. Povera Filomena! Povera e delicata creatura! Quanto doveva piangere essa che non aveva mai fatto male a nessuno! Ma perdio, per ogni stilla del suo pianto corse un fiume di sangue; e, senti, Maria, quando ora mi imbatto in qualcuno dei miei nemici, e me lo metto sotto alle ginocchia, e col pugnale vo frugando nel suo petto per colpire la fibra più dolorosa, e veggo a me dinanzi quella santa giovinetta che essi vituperarono, io mi sento più feroce del lupo che addenta e sbrana la carne viva.

In ciò dire il viso del brigante era orrendo a vedersi: con le narici aperte pareva odorasse il sangue: le labbra tremavano scoprendo i denti bianchi ed aguzzi. La giovinetta ne fu spaventata: si alzò in piedi, prese la testa di lui fra le mani e baciandolo in fronte gli disse:

– Calmati, Marco, e non mi dir nulla se devi soffrir tanto. Che mi importa di quel che fosti e di quel che sei? So che son tua, so che dove sei tu c'è l'anima mia. Che mi importa del resto?

– No, – rispose lui tornando calmo – no, mi fa bene il discorrere del passato.

E dopo un istante di silenzio riprese:

– Tu la ricordi la mia cara sorellina, la ricordi, non è vero? Aveva la tua età. Era gentile come sei tu. Andavate insieme alla maestra, e se le altre compagnuzze, figlie tutte di galantuomini e liberali, non l'ammettevano ai loro giuochi tu le volevi bene tu, che eri di nostra condizione, ma meno misera di noi. Povera Filomena! l'ho sempre qui, nel mio cuore, coi suoi grandi occhi neri e granati, col suo visino di Madonna addolorata: l'ho sempre qui quella angioletta di casa mia, che gli infami violarono e fecero morir pazza e disperata!

E due lagrime scorsero giù per le guance abbronzate del brigante, che ripigliò dopo un istante il suo dire e dopo aver rivolto un altro sguardo alla campagna, su cui la luna, filtrando attraverso le nubi, disegnava alcune ombre nere, fra le quali più neri si ergeano gli abeti delle colline.

L'orgia nell'altra stanza continuava: a bassa voce si cantava una oscena canzone, al cui suono la vecchia massara ed un brigante ballavano la tarantella.

Marco riprese:

– Una domenica la Filomena tornò dalla messa piangendo: invano le chiedemmo la causa del suo pianto. Poi si asciugò gli occhi e tornò ilare, ma non sapeva dissimulare e ben si vedea lo sforzo. La domenica appresso non voleva andare alla chiesa, ma la mamma, che era religiosissima, la obbligò ad accompagnarla. Tornarono entrambe tristi. La notte fu cantata sotto la nostra finestra una canzone d'amore: riconobbi la voce di quel giovinastro figlio del sindaco e di alcuni suoi amici. La mattina lo vidi gironzare intorno la mia casa. Lo guardai bieco ed egli andò via borbottando. Così passarono due mesi. Mia madre e mia sorella, assalite da subite paure, non andavano più a messa, né uscivano più di casa. Comprendevo che mi si celava qualche cosa. Un giorno, in sull'imbrunire, tornavo a casa dal lavoro: con le spalle al muro dirimpetto alla mia finestra era quel giovine che non mi vide, ma vide la Filomena, la quale in quell'ora era solita affacciarsi per aspettarmi, e le mandò un bacio. Mia sorella si ritrasse tutta confusa e rossa dalla vergogna. Io intesi il sangue affluirmi al cuore: balzo su quell'uomo, l'afferro per la gola, lo riverso a terra, e coi ginocchi sul petto di lui mi dò a tempestarlo di colpi. Accorsero due guardiani, che tentarono di togliermelo dalle mani: io guadagno ad uno di essi il bastone e mi dò a picchiare e ripicchiare padrone e servi: spezzo ad uno il braccio, all'altro rompo la testa, e poi corro a casa. Trovo i miei piangenti: mio padre freddo, muto, sull'uscio con la carabina armata, la cartucciera al fianco ed il pugnale fra i denti. Al vedermi mi dà la carabina, mi cinge la cartucciera, mi mette in sacca il pugnale e mi dice: «Va, va sulla montagna: ti vogliono lupo, e tu sii lupo...». Stringo al petto mia madre e mia sorella piangenti: bacio in fronte mio padre, poi mi slancio fuori la via. C'era tanta gente assembrata. Al vedermi mi si fa largo, che se il figlio del sindaco era molto temuto, era anche molto odiato, eppoi nel mio viso si leggeva la risoluzione di aprirmi il passo ad ogni costo. Solo mi si avvicina un giovane, figlio di una antica guardia urbana, e mi dice sommesso: «Va, Marco, veglierò io su i tuoi». Io gli stringo la mano e senza affrettarmi piglio la via della montagna.

– Povero Marco – diceva sommesso la giovinetta, stringendosi vieppiù al petto di lui.

– No, non compiangermi ora, perché poi, in appresso, non sapresti trovar parola per esprimere tutto il tuo raccapriccio. Ora udrai qualche cosa di infame, di nefando e tale che tutto il sangue da me versato finora non basta a farne vendetta.

E ripigliò, dopo un istante di silenzio:

– Il sindaco mi denunciò ai carabinieri che mossero sulle mie tracce, ma io ero al sicuro su i monti. Però la vendetta non compiuta su me, colpì un'altra vittima, mio padre fu denunziato come borbonico in relazione con Roma. La nostra casa fu assalita di notte, frugata, messa sossopra: non si trovò di sospetto che una coccarda bianca, una medaglia d'argento con l'effigie di re Ferdinando e una giberna con lo stemma borbonico. Bastarono per far credere vera la denuncia, quantunque si sapesse che da più di venti anni quella giberna e quella medaglia appartenevano a mio padre.

Fu arrestato, messo in ceppi e condotto in Cosenza. Attraversando le vie del paese, alcuni monelli pagati dal sindaco, lo fischiarono e l'accompagnarono lungo la via con sberleffi: ingiuriavano vigliaccamente quel vecchio dai capelli bianchi che era stato un agnello coi buoni ed un leone coi tristi!... Egli, mi dissero, camminava con la testa alta e si era raddrizzato di tutta la sua persona. Non pianse nemmeno quando baciò la moglie e la figliuola, che lasciava sole, disperate, senza pane, in balia dei suoi nemici. Non pianse: eppure sapeva che il carcere l'avrebbe ucciso. Mia madre, per sostenerlo e per mandare a me qualche po' di soldi incominciò a vendere le poche masserizie. Ma i nostri nemici non erano contenti ancora, restava a compiere un'altra vendetta, agognata da essi, atrocissima per noi. Il figlio del sindaco, per una donnicciuola, alla quale io, or fa un anno, tagliai la lingua, mandò ad offrir a mia sorella di desistere ad ogni persecuzione, di far liberare mio padre, di far ritirare il mio mandato di cattura, e di regalarle cento piastre purché ella assentisse alle voglie di lui. Le offerte furono sdegnosamente respinte. Una notte mia madre e mia sorella, svegliate da un gran picchio alla porta di strada, balzarono dal letto e corsero trepidanti a chiedere che si volesse. Una voce da fuori rispose che si doveva consegnar loro una mia lettera di gran premura. Da otto giorni quelle poverette non avevano mie nuove; l'amore per me fu superiore alla diffidenza; eppoi, anime candide e buone, non concepivano l'idea di una infamia superiore ad ogni infamia. Aprirono. Mia madre fu afferrata ed imbavagliata; mia sorella presa in braccio è portata svenuta sul suo letto. In casa mia era entrata la vergogna. Mia sorella al mattino era pazza!

– Infami, infami! – esclamò la giovinetta.

Marco si coprì il volto con le mani. Taceano entrambi, egli perché assorto nel doloroso ricordo del passato, ella per rispetto alla solennità di quel dolore. Le nubi si erano un po' diradate e attraverso di esse la grande e fredda luna di gennaio mandava i suoi raggi fiochi. Nella stanza attigua un brigante cantava:

Sti ucchiuzzi tui mi paranu brillanti,
quannu mi guardi mi pierci lu cori;

e gli altri teneano bordone battendo coi coltelli su i bicchieri e ripetendo a coro i versi della canzone.

– Hai pianto, Maria, finora, non è vero? hai pianto, ma ora riderai – proseguì Marco. – Mia madre, la mattina di quella turpe notte, corse a Cosenza, e denunciò il fatto piangendo ed invocando giustizia. Le fu risposto che essa calunniava la gente più proba e liberale del suo paese; che la sua era una vendetta; e che sua figlia infine era una donnaccia. Così le fu risposto, ed ella tornò a casa maledicendo gli uomini e Dio. Voleva tenere occulta l'infamia al marito in carcere, ma le male nuove le porta il vento, ed egli seppe tutto da un suo compagno di prigione, nostro compaesano. Dopo quindici giorni mio padre era agonizzante. Non pianse, non disse una parola, non volle confessarsi, e avea creduto sempre in Dio! Al prete che l'esortava, rispose con una bestemmia, esalò l'ultimo respiro. Mia sorella era pazza: lo spirito angelico di quella giovanetta stava a disagio in un corpo profanato. Anche essa morì dopo un anno. Venne un giorno sulla montagna quell'amico che mi aveva promesso di vegliare su i miei, e mi raccontò il tutto piangendo. Quel che intesi in cuore non so; compresi la voluttà del lupo che dilania la carne viva! Non pensai né a mio padre, morto come un cane e seppellito nella fossa comune dei carcerati, né a mia sorella disonorata e pazza, non a mia madre, i cui tre dolori valsero bene i sette della Madonna addolorata; non pensavo che alla vendetta, e la volevo terribile, la volevo atroce, la volevo infame. Seppi un giorno che il sindaco ed il figlio di lui dovevano passare per un luogo solitario ed acconcio alle imboscate. Mi appostai ed attesi. Sapevo bene che non li avrei sbagliati. Con una palla colpisco una rondine al volo, ero sicuro quindi d'aver nelle canne del fucile la vita dei miei due nemici. Verso l'imbrunire il sindaco ed il figlio a cavallo ed armati passarono per la stretta gola ove io li aspettava. Presi di mira il primo e lo colpii in fronte; mirai ad una coscia all'altro e gliela ruppi. Cadde e gli fui di sopra. Finora hai pianto, o Maria, ridi ora, ridi come io rideva quando ebbi sotto le mie ginocchia quell'infame. Egli piangeva, il vigliacco! Me lo presi in braccio e lo portai in una grotta che mi aveva prestato più volte asilo. Legai fortemente quella carogna, poi accesi il fuoco e mi assisi vicino al mio nemico. Egli piangeva, supplicava, egli strisciava come un verme alle mie ginocchia: io rideva. Quella notte passata meco valse bene quella che egli aveva passata con mia sorella: le mie carezze valsero bene le carezze che egli le aveva prodigato. Mia sorella la mattina era uscita dalle braccia di lui disonorata e pazza; egli all'alba uscì dalle mie mani… come avreste riso se l'aveste visto!… uscì dalle mie mani ancor palpitante, ma con ogni membro rotto. Mi ci era divertito tanto!…

E in ciò dire rise. La giovinetta retrocesse inorridita e si covrì il volto con le mani. Egli non le badava, assorto nel ricordo di quel dramma terribile. A un tratto però, guardando nella campagna, trasalì: balzò dal davanzale nella stanza ed afferrò il braccio della giovinetta esclamando:

– Taci!

E stette immobile, col corpo dietro il muro della stanza e la testa fuori dalla finestra.

– Mi fai paura, Marco: che hai? – chiese sbigottita la giovinetta.

– Taci! – ripeté lui stringendole più forte il braccio, e non lasciando di figger gli occhi nella campagna.

La giovinetta tremava ed erasi fatta smorta in viso. Nella stanza attigua i masnadieri, stanchi ed avvinazzati, russavano col capo su i gomiti. La massara ed il marito discorrevano a bassa voce con un brigante che ancora resisteva al sonno.

– Che guardi, Marco? per carità, dimmi che guardi?

– Nulla; mi sono ingannato, mi era parso veder delle ombre scender dalla montagna ed altre muovere dal paese. Mi sono ingannato, è un giuoco degli alberi mossi dal vento. Però è tempo d'andar via: fra due ore è giorno. Ma pria vo' dirti tutto quel che ti aspetta restando meco.

E volgendo un altro sguardo alla campagna continuò:

– La famiglia del sindaco promise un premio a chi mi consegnasse morto o vivo; inoltre patteggiò con la banda del Guercio la mia morte. Ma il Guercio pretendeva mille piastre, i parenti del sindaco ne offrivano cinquecento. Seppi tutto da quel mio amico che facea da guida alla banda del Guercio. Compresi che se avessi continuato a vivere solo sulla montagna, avrei finito col cadere o in un modo o nell'altro in mano dei miei nemici. Tanto, mi odiavano, io odiava gli uomini: io contro tutti, contro di me tutti. Seppi anche che il Guercio era odiato dai suoi compagni: ad essi era giunta la fama del mio coraggio, della mia forza e della mia destrezza nel maneggiar le armi: la mia terribile vendetta mi aveva ingigantito ai loro occhi. Mi fu indicato il ricovero della banda ed un giorno mi presentai all'improvviso. La mia audacia sbigottì quella gente audace. Svelai al Guercio ciò che sapeva delle trattative con la famiglia del defunto sindaco. Il Guercio che era forte e coraggioso, trasse il pugnale; io l'afferro per la gola e lo scanno in mezzo ai suoi. Mi proclamarono loro capo. Ecco come divenni quel che sono!

La giovinetta l'aveva ascoltato attentamente e dissimulando un fremito d'orrore. Lo guardava tra il tenero ed il compassionevole. Egli però era come distratto. Talvolta s'interrompeva per aguzzar gli occhi e scrutar la campagna; tal'altra tendeva con trepidanza le orecchie, poi tornava a discorrere a balzi, come dominato da una grande preoccupazione. Infine parve rassicurato e riprese:

– Ora che sai quel che fui e quel che sono, ora ascoltami. Io ti ho sempre amato. Ero un giovinetto quando ti conobbi bambina. Eri l'unica compagnuzza della mia sorellina, ed ebbi per te sempre una gran tenerezza. Quando, or fa un anno, ti incontrai sulla montagna, tu non avesti spavento di me, eppure mi sapevi un brigante: ti dissi che ti amavo ed arrossisti. I tuoi volevano darti marito e tu rifiutasti senza dire il perché del rifiuto. Poi ti rividi e mi confessasti l'amor tuo. Quelle notti in cui mi era concesso di venire sotto le tue finestre per vederti, erano attese da me con trepidanza angosciosa. Sfidavo mille pericoli: per arrivare fino a te mi avrei aperto la via fra cento squadriglieri; avrei bruciato tutto un paese per guadagnarmi un tuo sorriso. Se nessuno avesse tentato di rapirti a me, ti avrei amato tanto da lasciarti tranquilla a casa. Un giorno ti avrebbero detto che ero rotolato con una palla in fronte giù da un dirupo, o che il boia mi aveva tagliato il capo: tu mi avresti pianto di nascosto... e poi ti saresti rasserenata. Ma se tutto sfidavo per vederti, non avrei saputo sopportar le torture di saperti altrui. Non voglio che tu sii d'altri me vivo, e perciò ti ho invitata a seguirmi. Quel che ti aspetta con me lo sai. Il bosco aspro di spine, la neve, il gelo, la pioggia, i fiumi straripati da guadare, i sentieri alpestri su pei dirupi ove ad ogni passo si rischia di rotolar giù e di spezzarsi il cranio; le notti vegliate col dito al grilletto del fucile: le vampe del sole di luglio, le lunghe marce riarsi dal sole e dalla sete; il sonno interrotto da un grido d'allarme; i silenzi angosciosi rotti da subiti gridi di morte, da bestemmie, da colpi di fucili: la lotta accanita, mortale per aprirsi il passo; le scene di sangue e di rapine; l'orgie tumultuose finite a colpi di coltello; un nome maledetto ed obbrobrioso; non un'ora di pace, di riposo, di oblio; e in fondo a tutto ciò lo squadrigliere col fucile spianato, il boia col capestro o la mannaia: nel peggior caso, il secondino della galera con lo staffile. Scegli.

– Io son tua, – ella rispose cingendogli con le braccia il collo – son tua; tutto per te, sempre con te.

E lo baciò in bocca; fu un bacio lungo ed ardente. Egli con le labbra sulle labbra di lei stette un pezzo come assorbito nella voluttà di quel bacio. La giovinetta volgeva le spalle al davanzale: egli dietro a lei vedeva la campagna stendersi silenziosa e scura.

Ma ad un tratto si liberò violentemente dalle braccia di Maria: poggiò con forza le mani sugli omeri di lei e la costrinse ad accasciarsi: poi le si inginocchiò vicino, elevando la testa in modo da poter guardare fuori.

– Ah! per la Madonna! – mormorò con voce soffocata – non mi ingannava. Sono essi... sì, non c'è dubbio. Taci, Maria... Eccoli... scendono ad uno ad uno... eccoli là... si fermano.

– Ma chi sono, Dio mio? – chiese sbigottita la giovinetta.

– Essi, i carabinieri, le squadriglie, la forza pubblica... Orsù, non c'è da perder tempo.

E si slanciò nell'altra stanza.

III

Col capo su i gomiti, coi gomiti sulla tavola i briganti dormivano. Marco si die' a scuoterli.

– Su, via, svegliatevi, perdio. Siamo in trappola, qualche traditore ci ha denunziato!

E andava dall'uno all'altro, impaziente, ma non smarrito. Essi si fregavano gli occhi senza capir nulla; ma leggendo nel viso del loro capo qualche cosa di terribile, e sentendosi minacciati da un pericolo imminente, balzarono in piedi.

– Che c'è? – esclamarono.

– C'è che siamo perduti; c'è che siamo circondati dalle squadriglie.

I briganti corsero ai loro fucili: l'imminenza del pericolo aveva fatto sparire l'ubriachezza. La massara Giovanna ed il marito, anche essi svegliati da Marco, si torcevano le mani piangendo.

– Zitti voi – gridò il capo. – Bisogna ora che si pensi al da fare. Venite qui tutti. A te, Volpe, – disse poi volgendosi al vecchio brigante butterato dal vaiuolo – che credi si debba fare?

I briganti, che avevano già preso i fucili e stringevano ai fianchi la cinta della cartucciera, si fecero intorno al capo. Il vecchio interpellato, dopo aver meditato un po', rispose:

– Non v'è che un sol mezzo.

– Quale? – chiesero ad una voce i briganti.

– Ecco. Ma, badate, qualcuno di noi resterà di certo. Bisogna essere audaci e risoluti. Essi avran di già circondato la casa: fra poco picchieranno. Bisogna scender giù nel cortile: al primo picchio spalancheremo la porta; faremo fuoco su i primi e poi ognuno si raccomandi alla Madonna. Chi ne uscirà con le ossa sane andrà ad aspettar gli altri nel bosco di Montenero. Questo è il mio avviso.

– E questo è anche il nostro. Orsù si vada.

– E Maria, – disse Marco – come farà a venir con noi?

– Maria, – rispose il vecchio brigante – Maria… resterà qui… se la caverà con un paio d'anni di carcere. Infine non è ora questa di intenerirsi per le femmine. Andiamo, Marco.

Marco restava immobile.

– Insomma, non ti muovi? Non è tempo di meditazioni questo.

– Andate, – disse Marco, con subita risoluzione, – andate, io resto.

– Oh! – fecero i compagni.

– Sì, io resto: infine è meglio così.

I briganti si guardavano meravigliati.

– Ma ti uccideranno! – esclamarono.

– Non importa: io ho perduta quella poveretta, vo' perdermi con lei.

– Le femmine han sempre rovinato gli uomini! – sentenziò il vecchio brigante.

In questo entrò spaventata la giovine seguita dai due massari.

– Marco affrettati: han circondato la casa: fra poco picchieranno.

– No, – rispose lui come trasognato – no, tu non puoi venir meco, ed io resto qui, con te.

– No, Marco, no; infine a me che farebbero? Va, fuggi, Marco.

– Disgraziati noi, disgraziati noi! – diceano singhiozzando i due massari.

–Tacete voi! – disse un brigante. Poi volgendosi a Marco: – Per un tuo capriccio, caro mio, non dobbiamo morir tutti qui. Non vuoi venire? Peggio per te. Andiamo, compagni.

Egli non l'ascoltava: addossato al muro, contemplava come fuori di sé la giovinetta che piangeva.

I briganti già muovevano per partire.

– Aspettate, aspettate – disse il vecchio masnadiere, che aveva una tal quale tenerezza paterna per Marco. – Non precipitiamo le cose. Abbiamo tempo: so come son lenti quei signori. Credo che si possa salvar capre e cavoli. Ascoltami, Marco. Maria resterà qui: massara Giovanna dirà che è una sua nipote. Noi la legheremo strettamente come se avessimo voluto... capisci? Essa piangerà, ci maledirà, dirà che l'abbiamo vituperata, dirà quel che vuole insomma, per me non ci tengo. I massari diranno che col coltello alla gola li abbiamo forzati a darci ricovero e che volevamo goder della nipote. Essi, io li conosco, berranno grosso in sulle prime, e daranno tempo a Maria di raggiungerci nel bosco.

– Ben pensato – esclamarono i briganti.

– Orsù, Marco, deciditi.

Il vecchio brigante intanto aveva tolto una corda dal carniere e si accingeva a legarne la giovanetta.

– Che fai, Volpe? – esclamò Marco, uscendo da quell'atonia.

– Salvo te e lei, lasciami fare.

I briganti si erano fatti intorno al loro capo e cercavano persuaderlo a seguirli.

Maria, smarrita, si lasciava stringere dalla corda. I due massari in un canto guardavano come inebetiti.

Il vecchio brigante si volse a questi ultimi:

– Avete inteso? Da voi dipende l'uscirne salvi.

I due contadini si guardarono.

– Ma... – fece massaro Giuseppe.

La moglie lo toccò col gomito e gli troncò la parola.

– Sì, credo anche io che sia un buon mezzo – disse poi con premura. – Presto dunque, si è già perduto molto tempo.

Marco si era lasciato persuadere, ma ancora esitava. Si accostò alla giovinetta, seduta su di una sedia e fortemente avvinta, e le disse:

– E tu, Maria, vuoi tu che ti lasci qui?

– Sì, va, – rispose lei – ti raggiungerò stasera. Va, non perder tempo.

Allora egli l'abbracciò fortemente; la baciò negli occhi e nella bocca, poi, cedendo alla violenza dei suoi compagni, si staccò da lei.

– Andiamo, Marco, – gli diceano i suoi – torna Marco il terribile, andiamo.

Egli, preso il fucile, sciolse i lacci della cartucciera; e poi volgendo un ultimo sguardo alla giovinetta, uscì dalla stanza e scese coi suoi giù nel cortiletto. Si schierarono silenziosi lungo il muro, e con l'orecchio teso e il dito nel grilletto del fucile attesero.

I due massari rimasero soli con la giovinetta: la stanza era fiocamente rischiarata da una lucerna appesa al muro.

La donna si avvicinò al marito che se ne stava in disparte.

– Giuseppe, – gli disse a bassa voce – noi siamo salvi.

– E come? – rispose lui.

– Ecco. Volpe ebbe una buona idea. Quella ragazza passerà per nostra nipote, è vero? ma per far credere vieppiù alla favola, non debbono trovarla legata... Quella è una ragazza e se Marco è arrestato essa parlerà... Bisogna che muoia... diremo che ce l'hanno uccisa i briganti e saremo salvi... capisci?

– Capisco... ma.

– Non mi fare il bimbo: ne va di mezzo la nostra libertà, la nostra riputazione. Pensa che ci aspetta la galera. Se troveranno una nostra nipote uccisa non potranno dirci manutengoli. Capisci una buona volta?

– Sì, capisco adesso.

I loro sguardi s'incontrarono.

– Eccoti un pugnale – disse la donna traendo di sotto al grembiale un lungo e affilato coltello. – Appena sentirai giù a basso le grida e le fucilate, colpirai. Io smorzerò la lucerna.

– Va bene.

La giovanetta non badava a loro: con l'orecchio teso cercava spiegarsi i lievi rumori che a lei giungevano dalla scaletta.

S'intese un picchio alla porta di strada e una voce che gridava:

– In nome della Legge, aprite.

IV

A quel picchio ed a quella voce tenne dietro un silenzio solenne. Nella stanza di sopra s'intese come un grido di dolore che finì in un gemito sordo.

– Udisti, – disse Marco trasalendo – udisti, Volpe? Qualcuno ha gridato… mi è parsa la voce di Maria.

– No, non ho inteso nulla. Badiamo a noi adesso. Andiamo, Marco, al secondo picchio, tutti fuori. La Madonna del Carmine ci aiuti.

Un altro picchio più forte fe' tremar l'uscio; di nuovo la voce gridò:

– In nome della Legge, aprite.

Allora la porta spalancossi. Da dieci petti uscirono dieci gridi, dieci colpi di fucile scoppiarono. La gente assembrata innanzi la casa fu urtata violentemente da quei dieci uomini. Le squadriglie a quell'urto improvviso si scompigliarono in sulle prime, poi si strinsero intorno ai briganti. S'impegnò una lotta terribile, mortale. Del tumulto echeggiava la montagna e il bosco. Invano avresti cercato di distinguere gli assaliti dagli assalitori. Non si lottava più in un punto solo, ma in dieci punti; ogni brigante era alle prese con cinque squadriglieri. Da lontano, gli uomini della forza pubblica rimasti in agguato accorrevano in aiuto dei compagni. Dei briganti alcuni avevano rotte le poste e correvano verso la montagna inseguiti a colpi di fucile, altri ancora lottavano. Marco era stato riconosciuto e intorno a lui si era stretto il maggior nerbo dei squadriglieri. Egli lottava da disperato; colpiva di coltello, mordeva, ruggiva come un cinghiale fra una muta, or di un colpo di testa liberandosi da un aggressore, or di un colpo di coltello ferendone un altro. Grondava sangue da più parti; ansava, emettendo gridi rochi di rabbia; tentando, ma invano, di liberarsi dai quattro squadriglieri, che l'avevano afferrato pel petto e per le gambe, mentre altri due lo tenevano per le gambe e per le braccia. Lottò anche per poco, poi cadde e su lui gli avversarii, che giunsero con sforzi disperati a legargli strettamente i polsi ed i garretti. Quando non fu più capace di muoversi lo lasciarono steso sul terreno, ansante e fremente. Gli altri briganti erano riusciti a fuggire favoriti dalla confusione per esser vestiti alla stessa guisa dei squadriglieri ed anche perché il maggior numero di questi chiamato dalle grida di quei che lottavano con Marco, era corso a prestar loro aiuto. La campagna, fino allora silenziosa, echeggiava di gridi lontani e di fucilate. Intanto era sorta l'alba, un'alba triste e piovigginosa. Il capo delle squadriglie, bel giovane dalla fisonomia maschia e fiera, si accostò a Marco, e dopo averlo guardato sdegnosamente gli disse:

– Ed eri tu il terrore di queste contrade, tu, vigliacco?

E gli die' un calcio. Il bandito rispose con un ruggito di rabbia impotente. Tentò rompere le corde che gli stringevano i polsi, ma riuscendo vani i suoi sforzi, tornò calmo, fiero, impassibile.

– Ora a quei di sopra – proseguì il capitano. Poi rivolgendosi a due squadriglieri: – Accompagnate costui in Albi e chiudetelo in carcere. Vita per vita. Animo, – proseguì spingendo Marco col piede – alzati e cammina.

Il prigioniero non rispose; i due squadriglieri lo presero per le braccia e lo tirarono su: appena in piedi, le gambe gli si piegarono e cadde.

– È ferito ad un fianco, – disse uno degli squadriglieri – ed ha una gamba rotta, non può camminare.

– Portatelo sopra una sedia – ordinò il capitano. In questo uno della squadriglia si affacciò alla finestra della casetta.

– Accorrete, capitano, accorrete; quegli assassini han fatto qui l'ultima festa.

Un altro squadrigliere che era corso dentro, uscì fuori con una sedia.

– Brigante, assassino, – esclamò volgendosi a Marco – che vi aveva fatto quella poveretta? infami!

Marco trasalì, ma non rispose. Fu preso in braccio e adagiato su di una sedia; ma quantunque soffrisse molto per la ferita del fianco e per la gamba rotta, non diede un grido. Volse un ultimo sguardo alla finestra di quella casetta, uno sguardo lungo, angoscioso, in cui si leggevano le mille torture del suo animo, poi due lagrime gli scorsero giù per le guance.

– Orsù, portatelo via! – disse il capitano; e seguito dai suoi entrò nella casetta. Da tutte le parti tornavano a gruppi gli squadriglieri che avevano inseguito i briganti; al veder Marco ferito e legato, lo insultavano con gridi di gioia e con isconce parole. Marco parea non li ascoltasse né li vedesse; era calmo e cupo: due lagrime gli tremolavano sul ciglio.

V

Nel mezzo d'una stradetta lurida e scoscesa del paesello d'Albi, era un casolare basso e screpolato, ridotto provvisoriamente a prigione. L'interno, di una unica stanza, aveva le mura scalcinate ed il pavimento di terra battuta tutto a fossette: alla angusta finestruola che dava sulla via, due sbarre di ferro poste a croce. La porta, di castagno massiccio, era chiusa da solidi e grossi catenacci.

Colà avean chiuso Marco, che si era trascinato nell'angolo più lontano dalla porta e dalla finestra, e tutto rannicchiato in se stesso, soffrendo per le ferite e per le corde che gli segavano i polsi ed i garretti, se ne stava immobile e silenzioso come lupo in trappola. Di fuori gli squadriglieri faceano la guardia comentando il fatto in mille guise.

– Perdio, – diceva un vecchio, ma ancor vigoroso squadrigliere, – perdio, ha tenuto testa a dieci di noi, e se non l'avessi ferito al fianco se la sarebbe svignata. Pure ha lasciato qualche ricordo: Giovanni e Tonno son feriti e Beppe ha una costola rotta.

– E il capitano intanto è furioso perché abbiamo fatto scappare gli altri.

– Vorrei vedere un po'... – rispose il vecchio montanaro, e finì la frase borbottando non so che parole.

– Non son mai contenti costoro! – esclamò un altro – Marco solo valeva tutta la banda.

– Lo fucileranno, non è vero?

– E che vuoi ne facciano?

– Povero Marco! Via, bisogna convenire che ne ha cuore in petto, e che oramai non ce ne è, né ce ne saranno più di quello stampo lì.

– No, non ce ne saranno più – disse un altro con un tal quale rammarico. – Dove sono ora i Tallarico, i Mazza, i Parafanti, i Benincasa, i

Palma? Quelli sì che eran lupi, gli altri son pecore. Marco era degno di nascere in altri tempi.

– Sì, ma non so perdonargli l'assassinio di quella poveretta. Pugnalare una femmina! Un uomo, passi, si sa… chi di noi non ha dato un colpo di coltello in vita sua? L'avete vista, compagni? Ha un viso di Madonna addolorata.

– Io non credo che sia stato Marco a pugnalarla. Del resto, quando il sangue è montato in testa… sapete il proverbio. Intanto la morte di quella ragazza ha salvato massaro Giuseppe. Bisogna davvero credere che i briganti l'obbligarono col coltello alla gola a ricoverarli, altrimenti, che diavolo! avrebbero ucciso la nipote? ti pare?

– Io però non gliela sapeva questa nipote. Volete che parli schietto? Non la veggo liscia come vogliono dirla. Basta, se la vedrà il giudice.

– Il giudice, – interloquì un altro allora sopraggiunto – il giudice ha fatto arrestare i due massari ed a mio credere ha fatto bene. Stasera il cadavere della giovinetta sarà portato qui.

– Qui?

– Sicuro! lo metteranno nella prigione di Marco.

– Oh! oh! – fecero gli squadriglieri – è ben crudele il giudice!

– No, il giudice fa bene: sapete che penso?

E bassò la voce; gli altri si fecero intorno premurosi ed attenti.

– Penso, – continuò lo squadrigliere – che il giudice voglia fare una pruova.

– Una pruova?

– Già. Egli non crede a quel che narrano i massari. Quella nipote scesa giù dal cielo proprio ieri notte… capite che è strano. Eppoi si sono raccolti altri indizii. È un gran volpone, il giudice! Egli starà in ascolto e di sicuro Marco in presenza di quel cadavere dovrà dire qualcosa.

– Ben pensato, ma crudele. Io affronterei venti briganti, ma non starei un istante solo con un cadavere. Morirei dallo spavento!

Gli squadriglieri continuarono a bassa voce i comenti. Uno di essi si era accostato alla finestruola e attraverso le sbarre guardava nell'interno della prigione.

– Che fa Marco? – domandò uno della squadriglia.

– Lo discerno appena. È là, nell'angolo più lontano: non si muove. Par che dorma.

– Domandagli se vuole qualche cosa.

– Marco, – gridò l'altro – vuoi qualche cosa?
Marco non si mosse e non rispose, come se non avesse inteso.
– Che anima dannata! – esclamò uno squadrigliere.

VI

Le ombre della notte erano scese sul paesello di Albi. La nebbia fitta e pesante avvolgeva le case che dormivano come sotto un funebre lenzuolo.

Nella prigione di Marco avevano acceso un fioco lumicino ad olio, riparato dagli sporchi vetri di una lanternetta appesa vicino all'uscio. Essa illuminava tetramente l'alto della stanza, e qualche raggio fioco scendeva al basso, ingiallendo il davanti della prigione, mentre il fondo rimaneva al buio e nel buio spiccava più nera la figura rannicchiata ed immobile del prigioniero. Attraverso le sbarre della finestruola si vedeva un lembo di cielo nero, in mezzo al quale, fra gli strappi della nebbia, scintillava una stella rossiccia.

Con un sinistro cigolìo di catenacci e di cardini si aprì la porta: entrarono quattro squadriglieri cha sostenevano pei piedi e per le spalle un corpo di donna morta e stecchita. Silenziosi lo deposero sotto la luce della lanternetta che ne delineava confusamente le forme, e ne illuminava il viso a metà coperto da un panno bianco macchiato di rosso.

Il prigioniero si scosse: poi si rialzò su i ginocchi: nel buio si vedevano scintillare le sue pupille fise su quel cadavere. Gli squadriglieri senza far motto si ritrassero. La porta si rinchiuse con l'istesso cigolìo sinistro.

Il prigioniero stette per poco immobile: poi mormorò con voce soffocata:

– Oh no, no, no!

E si mosse trascinandosi su le ginocchia, appuntellandosi, per non cadere, su le mani fortemente legate. Dietro a sé lasciava una striscia di sangue. Quando fu in mezzo alla stanza, si fermò appoggiandosi al muro. Avea i capelli irti, gli occhi fiammeggianti, il volto livido.

– Oh Dio, oh Dio, oh Dio! – mormorava. Con un ultimo sforzo si trasse innanzi. Quando fu presso al cadavere, ne alzò il panno bianco macchiato di rosso che copriva parte del viso.

Echeggiò un grido terribile…

Al mattino gli squadriglieri trovarono Marco boccone presso al cadavere di Maria, con le labbra sulle labbra della giovanetta. Quando ne alzarono il capo, retrocessero sbigottiti. Il viso del brigante era orrendo a vedersi, gli occhi sbarrati e quasi fuori dell'orbita, i lineamenti stravolti e lividi.

Forse nel punto istesso era stato colpito dalla pazzia e dalla morte.

ROCCO LO SCEMO

I

Poco lungi dalla vallata del Savuto, nel sommo di un colle, biancheggiava fra i verdi castagni una bella casetta, ove io andava ad estivare verso il settembre di ogni anno.

Giungevo colà, di notte, dopo un faticoso viaggio parte a piedi su per sentieruoli e burroni, parte a cavallo. Ero accolto da quei contadini, qualcuno dei quali mi era venuto incontro con fiaccole di legno resinoso, con la cordialità ossequiosa e schietta della gente di contado. Poi tutti, donne e fanciulli, giovani e vecchi, mi accompagnavano nella mia stanza, ove trovavo il letto sprimacciato con le lenzuola odorose di bucato e di spicanardo, e le poche masserizie spolverate ed a posto. Dalla cucina giungeva a me l'odore della cena preparata da una vecchia, ma pulita massaia, e lo stridio dell'olio che friggeva nella padella. Svestendomi, discorrevo con i contadini assembrati innanzi la porta della mia stanza, e domandavo a ciascuno di essi qualcosa dei fatti suoi, del nipote in America, del figlio soldato, del ricolto, delle liti coi vicini, ed accarezzavo i bambini che sporgevano il capo fra le gambe dei loro parenti, pizzicandosi il naso e guardandomi coi loro grandi occhi aperti e vivi.

Poi andavo a cena apparecchiata sulla tavola della cucina; e intorno a me invitavo a sedere i più vecchi, ai quali offrivo un po' di vino per iscioglier loro la lingua ed ottenerne il racconto di qualche bella fiaba, narrata col loro linguaggio immaginoso ed efficace dall'accento aspro e duro. Dopo cena entravo nella mia stanza: udivo per poco nella cucinetta l'acciottolio dei piatti che la vecchia contadina rimetteva in ordine sulla rastrelliera: poi mi si gridava un "buona notte" da dietro la porta, e rimanevo solo. Il silenzio era profondo. Dal basso della casa giungeva a me il ruminar dei buoi chiusi nella stalla e gli sbuffi del cavallo che, legato alla mangiatoia, masticava la biada. Mi affacciavo alla finestruola, e vedevo giù, nel declivio della collina, ergersi immobili e silenziosi gli alberi, il greto del fiume stendersi cenericcio, solcato dalle acque qua e là luccicanti, e lontan lontano delinearsi confusamente le masse nere dei monti. Un latrato di cane, una folata di vento, qualche subito gracidio di ranocchia, interrompevano per poco il silenzio della notte, poi tutto tornava tranquillo e silenzioso: le stelle scintillavano nel firmamento e un sottil velo bianchiccio si distendea su la vallata, nella quale il fiume silenzioso svolgeva le sue acque.

La mattina si picchiava per tempo alla porta della mia cameretta: era la vecchia massaia che mi svegliava per darmi il caffè. Sull'aia mi aspettava massaro Pietro, vecchio ed esperto cacciatore, che sedeva sul trugolo, tagliando del pane a due grossi bracchi, i quali ritti su i piedi deretani con le zampe anteriori sulle ginocchia del padrone, guaiolando e dimenando la coda, aspettavano il pezzo di pane che abboccavano e mandavano giù in men che nol dico. Vedevo tutto ciò dalla finestruola, per la quale con l'aria fresca del mattino, penetravano i primi raggi azzurri dell'alba in lotta con la fiammella della lucerna, presso alla quale vestivo gli abiti da caccia. La chicchera col caffè fumava sulla tavola, fra la fiaschetta con la polvere, la borsa col piombo, gli stoppacci ed il carniere, e di tanto in tanto ne bevevo un sorso, mentre la vecchia contadina toglieva da sotto il letto gli stivali che spalmava di sego. Sull'aia i cani s'impazientivano, ed abbaiando saltellavano intorno al vecchio cacciatore che spiccava in nero fra l'azzurro bianchiccio dell'alba nascente. La luce del giorno faceva impallidire la lucernetta e illividiva i nostri volti. Da lungi, su per le colline a poco a poco vedeva farsi più distinto il bianco dei paeselli e delle casine, e giù al basso azzurreggiava il fiume che si frangeva nei massi, mentre la brezza mattutina agitava con lieve sussurrio le cime degli alberi imperlate di rugiada.

Infine scendevo sull'aia e col vecchio cacciatore muovevo per la campagna, preceduto dai cani, che or spiccando un salto si davano a corsa precipitosa, or si fermavano a guardarci abbaiando festosamente, per poi spiccar nuovi salti e dimenando la coda correre pei campi mettendo in iscompiglio le galline che razzolavano presso le aie e nei fossati. Intanto il sole, che sorgeva come un gran disco d'oro lucente, incoronava le creste dei monti, e un fremito di luce e di vita correva per la campagna.

E si vagava per valli, per burroni o lungo le melmose sponde del fiume, fra i giuncheti e le pinete, aprendoci il passo a fatica, col dito al grilletto del fucile, seguendo con gli occhi i cani che braccavano fra le alte erbe, ed or restavano immobili, or si davano a correre abbaiando per poi di repente tornare donde erano partiti; or si fermavano col muso in aria, con gli occhi fisi su noi, quasi ci avvisassero di stare attenti. E quando l'anitra selvatica scovata alzava il volto dai giuncheti, o la beccaccia con gran battito d'ali usciva dai cespugli, o la pernice dalle balze fuggiva trillando, per la valle rimbombava la schioppettata, echeggiava il grido d'avviso, gli allegri latrati, e poi di nuovo silenzio, quel silenzio solenne della campagna, che ti fa pensoso e raccolto.

E la sera si tornava a casa stanchi, spesso fradici e col carniere vuoto: talvolta la ricca preda ci compensava delle durate fatiche, degli abiti, del viso e delle mani laceri dalle spine e dagli sterpi. Si trovava il pranzo bell'e pronto e una gran fiammata sul focolare, presso al quale si accucciavano i cani col muso e colle zampe e con gli occhi socchiusi, mentre la vecchia domestica era tutta in faccende dal focolare al desco. I contadini, seduti sulla cassapanca presso al fuoco, mi narravano storie di briganti o bieche tradizioni, e il vecchio cacciatore mi dava dei consigli avvalorati da mille esempi, sul modo di cacciare la lepre o la pernice. Nelle pareti affumicate della cucinetta, la fiamma del focolare, scoppiettando allegramente, proiettava lampi di luce e faceva tremolare le ombre, or grandi e nere, or piccole e sbiadite; e la lucerna appesa al gancio della cappa, ora impallidiva vinta dalla gran fiammata, or restava essa sola a rischiarare le affumicate vetuste pareti, come gli affetti calmi e dolci vinti per poco da passioni divampanti, restano, allor che queste si spengono, essi soli a dar luce fioca ma duratura all'anima nostra.

* * *

Ero solito, in quelle quotidiane partite di caccia, a battere un sentieruolo, che salendo per un colle costeggiava un campicello coltivato a giardino, in mezzo al quale s'ergeva una casetta dalle persiane verdi. Avevo scorto più volte dietro le invetriate una figura gentilissima di donna giovane e bella, che ricordavo d'aver visto in altri tempi e in altri luoghi. La incontravo spesso al tramonto del giorno, mentre io saliva ed ella scendeva il sentieruolo, accompagnata da una contadina e da un terriere armato, ed ella rispondeva al mio saluto con un lieve, ma cortese chinar del capo. Vestiva un abito scuro che ne delineava le belle e delicate forme. Era alta e slanciata; la testa piccola, dai lineamenti fini, dalla pelle bianca, lievemente rosata e dai grandi occhi neri, ombreggiati da lunghe ciglia. Non era certo nella prima giovinezza: qualche ruga ne solcava la fronte, e negli angoli delle labbra avea le brevi piaghe di chi ha molto sofferto e molto pianto. La gran massa dei capelli castagnini le scendeva divisa in due trecce morbide e larghe su gli omeri. Incedeva lentamente, fermandosi di tratto in tratto per appoggiarsi al muricciuolo fiancheggiante il sentiero e figger gli occhi nella campagna lontana. Non andava più oltre della cappelluccia che al basso della collina segna il principio del viottolo; e quasi si fermava mormorando una preghiera innanzi l'immagine della Madonna, mentre la contadina ne riforniva d'olio la lampada. Poi risalivano: ella silenziosa e raccolta; dietro a lei di pochi passi la contadina ed il terriere discorrendo sottovoce.

Usato ad incontrarla ogni sera, quel non so che di dolcemente malinconico che era nel viso di quella donna, quel non so che di stanco che era nella sua persona mi faceva desideroso di conoscerne i casi. Il vecchio Pietro, mio compagno di caccia, incontrandola le facea di cappello con un "buona sera, signorina"; ella rispondeva "buona sera" con molta dolcezza e passava oltre. Pietro se discorreva con me, s'interrompeva per seguirla cogli occhi, poi ripigliava il discorso con un "ah!" che forse era fine di una frase pensata, ma non proferita.

Una sera, dopo una faticosa giornata di caccia, mi assisi, pria di ripigliar l'erta per riedere a casa, sul muricciuolo della cappelluccia a pie' della collina.

Ero stanco sì, ma ero anche desideroso di aspettar colà quella giovane signora, della quale avevo saputo il nome ed il casato, Giulia Scervoni. Sapevo inoltre che apparteneva a ricca famiglia di gentiluomini, e che dopo aver vissuto molto tempo in città, erasi ritirata in quel suo villino coi fratelli, due giovani molto temuti e molto rispettati, i quali, tutti intesi alla coltura dei campi, partivano per tempo la mattina e riedevano in sul tardi la sera.

Anche il vecchio Pietro si era seduto sul muricciuolo e col fucile sulle ginocchia fumava la corta pipa di creta. I cani, accosciati, ci guardavano come per chiederci il perché di quella insolita sosta. Era la dolce e malinconica ora del tramonto, allor che non è ancor notte e non è più giorno. Su di un salice in riva al fiume cinguettava uno stormo di passeri: da lungi giungeva a noi la squilla dell'avemmaria, al cui suono il vecchio Pietro, scoprendosi il capo e togliendosi la pipa di bocca, si faceva il segno della croce mormorando una preghiera. Su per le colline le campanelle delle greggi reduci all'ovile, tintinnavano dolcemente.

Poco dopo la giovane signora comparve al sommo del sentiero: in breve mi fu vicina. Al vedermi si fermò come confusa; mi salutò con un lieve chinar del capo, poi sedé poco lungi dal muricciuolo con gli occhi fisi sulla immagine della Madonna; ma non profferiva parola, ma non muoveva le labbra. Forse pregava: dall'animo suo forse la preghiera si elevava a Dio leggiera leggiera come profumo di fiore, ma a par del profumo invisibile e pura. La contadina che la seguiva versò da una bottiglietta un po' d'olio nella lampada, ne accese il lucignuolo che scoppiettò per poco, indi brillò una rossa fiamma, ma non tanto viva da vincere la penombra; e poi la contadina, mormorando un'avemmaria, baciò quell'immagine ed accostossi alla giovane signora, che si alzò, mi fe' col capo un cenno di saluto e riprese la via della collina col passo lento e con l'inceder stanco che avevo sempre notato in lei.

Rimasi solo col vecchio Pietro che non aveva tralasciato di fumar la sua pipa di creta.

– È stata sempre così triste quella signora? – gli domandai.

– No, anzi, or fa qualche anno, ella era la più allegra signorina del dintorno e le nostre contadine facevano festa quando la sapevano arrivata. Venivano qui dalla città molte altre signore e si facevan partite di caccia sulla montagna e di pesca nel fiume. La sera tutti i suonatori di chitarra erano invitati alla casina, e le giovani del contado ballavano fino all'alba per divertir quei signori. Si regalavano soldi, vino e buoni cibi: una vera provvidenza per tutti.

– Ed ora?

– Ora non più: ora in quella casa è entrata la disgrazia, signorino mio.

– La disgrazia? quale disgrazia? Tu, Pietro, ne sai più di quello che mi conti. Io son curioso di sapere quale segreto cova nell'animo quella donna, perché c'è un segreto, n'è vero?

– Ci è un segreto – rispose Pietro dopo avere esitato un po'.

– E naturalmente un'istoria?

– Sì; c'è anche un'istoria.

– E narrami dunque questa istoria.

– Sentite, – disse il contadino alzandosi e con accento risoluto – non voglio intrigarmi negli affari altrui, scusate, signorino mio, specialmente quando il giudice potrebbe ficcarci il naso.

– Il giudice? ma dunque c'è un delitto? – esclamai.

– No, non dico questo – rispose lui quasi spaventato. – Voi sapete che noi contadini non sappiamo esprimerci, e perciò spesso in Tribunale ci fan dire quel che noi non vogliamo dire. Io non so altro di quella signora che questo: or fan due anni era fidanzata ad un ricco e giovine signore dei Marzi, che quasi ogni giorno veniva a visitarla. Li incontravo sulla montagna a braccetto, e quando io era alla posta, spesso i loro scoppi di riso avevano spaventato il lepre o fatto volar fuori tiro la pernice, perciò li mandavo di cuore a mille diavoli. Egli però mi voleva un gran bene: un giorno anzi mi regalò certa polvere, una magnificenza; punto meno di piombo e l'uccello cadeva freddo. Che polvere!

– Non divagare, torna ai fidanzati.

– Si era già stipulato il contratto di nozze e dovevano sposare in settembre. Eran venuti da Napoli gli abiti ed i gioielli regalati dallo sposo, che adorava la sua promessa. Eran giovani, lieti e meritevoli di un prospero avvenire. Quando li incontravo pei campi, a braccetto, mi rideva il cuore. Ogni sera dopo il passeggio andavano a sedere su di un gran masso che sporgeva fuori dal fianco di una collina, a cento passi da qui. Un giorno, mentre il giovane, sceso come era solito per il primo, porgeva la mano alla giovinetta per aiutarla a discendere, il masso si staccò dal suo alveolo e precipitò col giovine, che fu trovato morto fra le pietre del fiume.

– O disgraziato! E lei?

– Lei fu salvata.

– Salvata? e da chi?

– Da un pastore che si trovava lì presso e che ebbe il destro di afferrarla pei capelli.

Disse ciò sottovoce, con gli occhi bassi e tutto intento a riempir di tabacco la pipa di creta.

– Povera donna – dissi io. – Ma in tutto questo come c'entra il giudice?

– Chi ha mai parlato di giudici? – esclamò Pietro alzando il capo e figgendo i suoi nei miei occhi. – Voi altri signori fate dire a noi poveri ignoranti ciò che non abbiamo mai sognato di dire?

Poi riprese, alzandosi:

– Andiamo, signorino, è tardi.

– E non sai più nulla?

– Mi guardi Gesù Cristo, nulla so, soltanto che la signorina per sei mesi fu gravemente ammalata. Poi risanò, ma non fu vista ridere mai più.

– E quel pastore cui ella deve la vita, immagino, fu ben ricompensato dai parenti di lei. È sempre al loro servizio?

– No, andò via dopo un mese... Ma dunque, su, signorino, che è tardi.

Fischiò i cani, rimise in ispalla il fucile e si avviò per l'erta. Io lo seguii pensoso: il vecchio Pietro doveva saperne più di quello che mi aveva narrato, ma era testardo, e, più che testardo, diffidente come ogni contadino, e per quanto l'avessi interrogato non gli avrei cavato di bocca il segreto che di sicuro voleva celarmi.

* * *

Quantunque desideroso di veder da vicino il dirupo, dal quale quel povero giovane era precipitato, per tre giorni, a causa di una pioggia fine e continua, non potei uscir di casa e me ne stetti chiuso in camera, tentando invano di divertire con la lettura la noia di quelle ore uggiose. Il vecchio Pietro era partito per Rogliano: i contadini chiusi nei loro tuguri attendevano ad intrecciar graticci o ad aguzzar pali per le viti.

La mattina del terzo giorno la vecchia domestica venne a dirmi che fuori ci era Rocco il capraio, altrimenti detto lo scemo, che voleva parlarmi.

– Chi è questo Rocco? – le chiesi.

– È un capraio di Figline. Forse ha saputo che avete bisogno di un pastore e viene ad offrirsi. Lo fo salire?

– Fallo salire.

Ero sdraiato sul letto e leggevo. Misi da parte il libro e volsi gli occhi alla porta. Dopo un poco comparve sull'uscio un contadino, tutto chiuso in una coperta intessuta di stracci, logora ed impregnata di acqua, che a rivoletti si spandeva pel pavimento.

– Scostumato che sei, – gridò la contadina strappandogli la coperta – mi farai un lago qui. Non te la sapevi togliere prima d'entrare?

E gettò quella roba cenciosa fuori, sul ballatoio della scaletta.

Il contadino non rispose: si tolse il cappello a cono, ammaccato e bucherellato, e stette immobile sull'uscio. Era in su i trenta anni: una massa arruffata di capelli rossicci gli covriva il capo e la fronte bassa e stretta. Non aveva barba, ma nel mento e sulle guance un'aspra peluria rossa e rada: fra la ciglia socchiuse appariva appena un po' di pupilla verde, dallo sguardo smorto e duro. Vestiva una logora giacca di panno nero, un paio di brache di felpa che gli scendevano fino a mezza gamba, strette alla vita da una larga fascia di cuoio, nella quale era infilata una scure. Fra lo sparato della ruvida e sporca camicia di traliccio si vedeva il petto dalle costole sporgenti, la cui pelle coriacea era qua e là macchiata di larghe chiazze rosse.

– Che cosa vuoi? – gli chiesi dopo averlo guardato con un senso istintivo di ribrezzo.

– Mi hanno detto che avete bisogno di un capraio. – rispose lui con voce gutturale e senza alzar gli occhi.

– Sì, avrei bisogno di un capraio. Ma tu chi sei?

– Mi chiamo Rocco.

– Già, Rocco lo Scemo – disse massara Carolina, la domestica, che filava presso la finestra.

Fra le palpebre socchiuse del capraio vidi girar le pupille verso la donna; poi tornarono a fissare il pavimento.

– E di dove sei?

– Di Figline. Ora sono con un signore di Rogliano, che alla fine dell'anno venderà le capre.

– Hai servito altri?

Egli esitò: fe' passare il cappelluccio da una mano all'altra, poi alzò il capo, mi lanciò uno sguardo rapido:

– Sissignore, – rispose – per cinque anni la famiglia Scervoni.

– Ah! – feci io balzando dal letto e correndo a lui – sei tu dunque che salvasti la signorina Giulia?

– Sì – rispose come spaventato: poi rispose balbettando:

– Sissignore.

– E perché poi ti mandarono via?

Mi lanciò lo stesso sguardo smorto e duro, poi di nuovo abbassò gli occhi.

– Non lo so – rispose.

– Come? non lo sai?

– Non lo so.

– Ma fa d'uopo io sappia perché abbandonasti il servizio di quella famiglia, altrimenti non posso pigliarti al mio.

– Ecco, – rispose lui sempre con gli occhi bassi e con un certo sforzo nella voce, come se ingoiasse le parole, – non mi potevano più vedere!

– Perché?

– Non lo so.

– Eppure tu avevi salvata da morte sicura la signora Giulia.

– Già.

– E dunque perché non ti si poteva vedere?
– Non lo so.
– Ma da chi non ti si poteva vedere? dai padroni o dagli altri contadini.
– Dagli altri contadini.
– Ah, capisco, eran gelosi dei vantaggi che a te venivano per aver salvata la signorina.
– Non lo so.
Lo guardai attentamente: egli se ne stava immobile: di tanto in tanto alzava gli occhi per lanciarmi uno sguardo acuto e fuggevole.
– Va bene, – gli dissi – va, bene; torna fra tre o quattro giorni e ti darò la risposta.
Mi voltò le spalle senza salutarmi. Appena sul ballatoio, prese la coperta, se ne avvolse il capo ed il petto e scese la scala appoggiandosi al muro e quasi lunghesso strisciando.
– Perché lo chiamano Rocco lo Scemo? – chiesi alla vecchia domestica.
– Quello! quello, signorino mio, fa lo scemo, ma... basta, mi intendo io! Del resto, io non so nulla. Miele in bocca mia, miele, signorino mio.

* * *

La mattina del giorno appresso il tempo si era rimesso al buono. Quando aprii la finestra, il sole già alto sull'orizzonte versava i suoi raggi gialli e caldi sulla campagna, mutando in ispecchi scintillanti le larghe pozzanghere ed in gemme risplendenti le gocce di brina. La natura si era rinverdita. Giù nella vallata il fiume torbido e largo spumeggiava frangendosi fragoroso ai massi petrosi del greto.
– È venuto massaro Pietro? – chiesi ad un contadino che governava i maiali sull'aia.
– Eccomi, signorino – rispose il vecchio Pietro; e poco dopo lo vidi uscir dalla torre attigua alla casa, armato per la caccia e in mezzo ai due cani che gli facevano festa.
– Ebbene, si va?
– Sono ai vostri ordini. Di certo non torneremo col carniere vuoto.
In breve fui pronto. Scesi la scaletta e mi unii al contadino insieme al quale presi la via della campagna. Si affondava nel fango: dalle foglie degli alberi scosse dalla brezza pioveano su noi le scintillanti

gocce d'acqua onde erano impregnate. Camminavamo nei viottoli attraverso i campi, e ci dirigevamo verso le colline sovrastanti al fiume. Di là saremmo scesi nella vallata ove di sicuro avremmo fatto spiccare il volo a più di un'anitra selvatica. I cani con la testa bassa e la coda al vento, correvano fra le alte erbe: di tanto in tanto si fermavano a guardarci alzando il muso impregnato di rugiada, poi si rimettevano a frugar nei cespugli, d'onde qualche uccelletto spiccava il volo trillando, inseguito dai cani che gli abbaiavano dietro.

Il contadino, che si era allontanato da me di un cento passi, si era fermato presso il ciglione di una collina e mi aspettava: in breve lo raggiunsi.

– È questo il luogo – mi disse.

– Di là, proprio di là precipitò il fidanzato della signorina Giulia. Vedete laggiù presso a quel salice una croce? Segna il luogo preciso ove lo trovarono morto.

Guardai con uno stringimento di cuore. Per breve tratto la collina scendeva con declivio facile al passo: poi si apriva un incavo che addentravasi di un due metri nei fianchi di essa; di là la collina era come tagliata a picco per un'altezza di trenta metri, ma la superficie, anziché liscia ed uguale, era aspra, di pietre sporgenti, di sterpi e di solchi prodotti dagli scoscendimenti e dalle alluvioni. Al basso, un tre metri al di là della base e presso ad un salice, nereggiava una croce.

– Vedete quell'incavo? – continuò Pietro – era l'alveolo di quel gran masso che poi precipitando rotolò laggiù, in mezzo al fiume.

Infatti nel mezzo del fiume si ergeva un gran masso di pietra calcarea, reso liscio e lucente dagli spruzzi d'acqua e dalle pioggie: qua e là certi strati di muschio gli davano una tinta verdastra.

– Su quel masso, che sporgeva a forma di sedile, venivano a riposar dopo il passeggio quei due giovani fidanzati. Egli leggeva in un libro ed ella col braccio intorno al collo di lui, china anche essa sul libro, ne ascoltava la lettura. Di tanto in tanto s'interrompevano per guardarsi negli occhi. Io, uso a vederli ogni sera, sentivo una grandissima tenerezza per entrambi. Sapete come avviene: senza volerlo ci affezioniamo a qualche cosa, e quando ci è tolta ne risentiamo una gran pena, anzi poi ci maravigliamo di soffrir tanto per dolori altrui. Eran tanto belli e tanto felici! Ora egli, poveretto, è sepolto nella chiesa dei Marzi, ella da quel giorno non ride più!

Ed il vecchio contadino col rovescio della manica si asciugò una lagrima. Io contemplava pensoso quel dirupo. Dirimpetto a quella ove noi eravamo seduti, lontano un trar di pietra, altre colline facevano ala al fiume. In una di esse, in quella proprio di contro a noi, vedevo pascolar tranquillamente alcune capre inerpicate su per le balze e le sporgenze.

– A proposito, – dissi io dopo un istante di silenzio – sai tu, Pietro, chi ier l'altro venne ad offrirmisi per capraio?

– Chi?

– Rocco lo Scemo, quel capraio che salvò la signorina Giulia.

– Lui, – esclamò Pietro trasalendo – lui! quell'as... –. E non proseguì. Poi simulando indifferenza:

– E che gli avete risposto?

– Che al primo dell'anno l'avrei preso al mio servizio.

Il contadino impallidì.

– Voi non vi metterete in casa un serpente, – esclamò poi – no, se i giovani rispettano ancora i capelli bianchi siano pure di un contadino, e se apprezzano i consigli di un vecchio.

– Ma perché non vuoi? Parla chiaro dunque: tu devi saper qualcosa?

– Io non so nulla, io, ma quello lì non mi piace, ecco non mi piace.

– Se è un capriccio o una ingiustificata antipatia che ti fa parlare così, non posso secondar l'uno o divider l'altra – dissi io per metterlo in puntiglio. – Vediamo, che hai da dirmi sul conto di quel capraio?

Egli lottava ancora con se stesso, infine rispose:

– Ripeto non so nulla. Non vorrei che dimani fossi chiamato dal giudice per dir cose che non so, come capita spesso a noi contadini. So soltanto che la signorina Giulia aveva una invincibile paura di quel capraio: so che egli la seguiva dovunque, so che egli la guardava con sinistra persistenza; so che al vederla i suoi occhi verdi si accendevano di una luce sinistra; so infine che un giorno il fidanzato della signorina Giulia lo bastonò perché l'aveva sorpreso in atteggiamento poco decente contemplare la giovinetta. Anche io, nella collina a noi di contro, aveva sorpreso quel capraio appiattato fra i cespugli guardar con certo sorriso feroce, che ne torceva la bocca, quei due giovani seduti e stretti l'un l'altro su quel masso; e quando essi partivano egli balzava dal suo covo con i lineamenti stravolti, e dava di gran colpi di scure agli alberi, ai cespugli, ridendo, bestemmiando, mormorando non so che parole fra i denti...

In quel giorno fatale, egli non aveva guidato la gregge al pascolo assegnatogli, ma era venuto qui rischiando d'aver sequestrate le capre dal padrone di questo fondo. La notte precedente, io, reduce da una posta al lupo, l'avevo visto ronzar qui presso; al riconoscermi fuggì spaventato. Quando, verso la sera di quel triste giorno, quei due fidanzati furono qui giunti, il giovane scese per il primo, come era solito, sul masso; quando porse la mano alla giovinetta per aiutarla a discendere, sentì per il peso del suo corpo inchinarsi il masso, già fuori a metà dal suo alveolo. Si afferrò ad una grossa radice sporgente dai fianchi della collina e chiamò al soccorso; alle sue si unirono le grida della giovinetta, che si era chinata su lui e invano tentava tirarlo su pel colletto dell'abito. A me, reduce della caccia, giunsero da lungi le grida disperate, e corsi. A cento passi da qui intesi un gran rumore come di un masso che precipiti e batta ad altri massi e rimbalzi, trascinando dietro a sé e terra e pietre con gran rovinio, poi un grido di dolore, poi più nulla. Quando trafelato arrivai qui, trovai la giovinetta svenuta e stesa sull'erba, e Rocco a lei vicino che la contemplava appoggiato al suo bastone da capraio. Era pallido e tremante. La scure affilata e lucente era a terra presso al ciglione della collina: Rocco al vedermi si scosse.

– Che è stato? – gli chiesi.

Con voce soffocata e balbettante, senza alzar gli occhi, rispose:

– Ho preso pei capelli la signorina che stava per andar giù con l'altro rotolato nel fiume.

Corsi al ciglione, proprio qui, dove siam noi. Vidi l'alveolo dal quale qualche po' di terra smossa continuava a cadere: vidi il masso là, nel mezzo del fiume dove è ancora, e presso a quel salice, nel luogo ove piantarono una croce, nereggiava in un lago di sangue il corpo dell'infelice giovane!

Ed il vecchio contadino stette per poco con la testa bassa, come assorto in quel doloroso ricordo; poi ripigliò.

– La povera donna dagli accorsi contadini fu portata a casa. La nuova del disastro corse in breve tutta la contrada. I fratelli della signorina, gente che ne ha del cuore in petto e del cervello nel capo, mandarono in cerca del capraio, e quando questi fu alla loro presenza non seppe spiegar come e perché si fosse trovato là, vicino a quella rupe, proprio in quell'istante fatale. Pure fu lodato e regalato generosamente. Nel giorno appresso venne il giudice; visitò il luogo e attribuì la disgrazia ad una frana prodotta dalle acque cadute in abbondanza nei giorni precedenti. Io, dopo il giudice, per appagare una mia curiosità e per chiarire un mio sospetto, la mattina di buon'ora, quando il luogo era deserto, andai ad osservar da vicino l'alveolo del masso e credetti scorgere nel margine inferiore i segni di certi colpi di zappa che avevano dovuto allargarlo, sicché l'enorme pietra restasse in bilico e precipitasse sovrapponendole un peso. Osservai la radice che usciva fuori dai fianchi della collina ed alla quale quel povero giovane si era afferrato gridando al soccorso, e la vidi tagliata di netto di un colpo di scure. Ne sapevo abbastanza e mossi per andarmene. A pochi passi da quel luogo, seduto dietro un albero, scorsi il più giovane fratello della signorina Giulia: al vedermi si alzò.

– Pietro, – mi disse – hai visto?

– Sì ho visto – risposi.

– Ebbene, tieni per te i tuoi sospetti e le tue osservazioni. Hai capito?

– Ho capito.

Ci guardammo negli occhi, poi ognuno andò per la sua strada, né da quel giorno scambiammo altre parole su quello che era avvenuto. Ecco, signorino mio, quel che so! Poca cosa, vedete bene. Ora io non vorrei aver gatti a pelare con la Giustizia, e se non ho saputo tenere a freno la lingua voi certo non me ne farete pentire, non è vero?

– Sta sicuro – risposi. – Ma tu dunque credi ad un delitto?

– Ad un delitto! No, non dico questo... Non credo a nulla io; credo a quello che ho visto.

– Ma i fratelli della signorina Giulia debbono aver fatto lo stesso sospetto. Perché non han denunciato il capraio alla Giustizia?

Il contadino sorrise.

– Quelli lì la giustizia presto o tardi se la faranno da sé: ma non vogliono provocar comenti e dicerie, non vogliono che il nome della sorella corra in bocca di giudici e di avvocati e sia soggetto di ciarle nei caffè e nelle farmacie. Ma un giorno o l'altro...

E s'interruppe per guardar con occhi minacciosi verso la collina a noi di fronte: poi mormorò:

– Sì, sì, tu stai lì a spiarci, brutta carogna! Hai compreso che parliamo di te? Ma un giorno o l'altro non ti potrà mancare una palla nello stomaco, assassino!

Volsi gli occhi anche io alla collina dirimpetto e vidi Rocco lo Scemo ritto in piedi sul vertice del colle. Era avvolto nella logora coperta di stracci; si appoggiava al lungo bastone da capraio, e la sua figura spiccava in nero nell'azzurro limpidissimo del cielo. Le sue capre con un monotono e dolce tintinnio di campanelli, brucavano le erbette a lui d'intorno.

* * *

L'anno appresso tornai su quei monti e ripresi le escursioni e le partite di caccia in compagnia del vecchio Pietro. Un giorno, mentre i cani avendo odorato una lepre la cercavano fra gli arbusti e le felici, chiesi così, di botto, al mio compagno.

– E di Rocco lo Scemo non mi dici nulla?

– È morto!

– Morto! – esclamai.

– Già. Or fan tre o quattro mesi lo trovarono in fondo ad un burrone con una palla in fronte.

– E chi l'uccise?

– Chi lo sa? forse i briganti... Attento, signorino, – gridò poi armando il fucile – Medoro ha scovata la lepre... Dalle, Medoro, dalle.

FRA TOMMASO L'EREMITA

I

Egli era là, solo, accanto al fuoco che scoppiettava con allegra fiammata. La lucerna appesa alla cappa del focolare spandeva un fioco chiarore per l'affumicata stanzetta. In fondo un lettuccio e sotto al lettuccio una cassa sgangherata: un tavolo, una rastrellieretta con tre piattelli e un orciuolo per l'olio: appeso al soffitto un graticcio, nel quale l'eremita conservava il pane e le provviste, ecco il mobilio e le masserizie. Attorno al focolare alcuni sgabelletti di legno, da un lato una cassapanca. Il fumo aveva annerito le pareti e le fuligini pendevano dalle travi. Nel muro a destra si apriva la porticina della chiesuola, una chiesuola povera, con un altare di legno coperto da una bianca, ma lacera tovaglia, due candelieri di legno dorato e un gran quadro della Madonna, nero e tarlato. In alto un Crocifisso; dinanzi al Crocifisso una lampada, la cui fiammella tremolava quasi morente.

Egli era solo là dentro; quasi raggomitolato presso all'angolo del focolare, stendeva le scarne mani alla fiamma. Aveva rialzato sulle ginocchia la povera veste di lana, che lasciava scoperte le gambe nude, scarne, con certe larghe chiazze rosse. Fra la veste sparata al davanti, come usano i cappuccini, si vedeva il petto dalle costole sporgenti, irto di peli ispidi. La testa di lui, dalla pelle abbronzata, dagli occhi infossati nelle occhiaie, dai capelli folti, lanuti, brizzolati, era china sul petto.

Di fuori nevigava. Un lenzuolo bianco stendeasi sull'altopiano dei monti calabresi. Talora il vento passava fischiando fra gli abeti e scuoteva la porta dell'eremitaggio, poi fuggiva mugolando per lo spazio. L'eremita a quegli urli del vento si raggomitolava accanto al fuoco, mentre la fiamma guizzava più viva e la lucernetta tremolava più fioca.

Egli viveva da circa vent'anni in quella montagna deserta. Nell'estate col suo bordone di pellegrino e la bisaccia in su gli omeri andava per l'aie e ritornava all'eremo spesso con la bisaccia piena di spiche e di farina. Lo vedevano passar per le campagne muto, pensoso, appoggiato al suo bastone, quasi trascinandosi a stento, ed i fanciulli gli correvano incontro festosi. Egli amava molto i fanciulli. Quando i contadini gli empivano la bisaccia egli diceva "Grazie" e passava oltre. Si fermava spesso per accarezzare i bambinelli, ma non si era fermato mai a chiacchierar con le mamme o con le giovanette.

L'inverno, non lo si vedeva più. Se ne stava là, sulla montagna, solo fra la neve. Qualche viandante, sorpreso dall'uragano in quelle vicinanze, sapeva che in quell'eremo avrebbe trovato ospitalità povera, ma sicura. L'eremita cedeva il suo lettuccio e passava la notte accanto al fuoco, ed era perciò molto amato dai contadini del dintorno.

Si chiamava Fra Tommaso.

II

A che pensava quell'uomo rincantucciato presso al fuoco in quella tempestosa notte di dicembre? Che contemplava con gli occhi fisi sulla brace e le mani stese alla fiamma?

Oh il bel giovanetto che era un giorno! un giorno lontano lontano, quando la mamma empiendogli il panierino della merenda, dopo averlo ripulito, dopo averlo baciato in fronte, lo mandava a scuola con gli altri fratellini! E che chiasso per la via, e che scoppii di riso mal trattenuti quando il signor maestro voltava le spalle: e che ridere al ritorno! e che festa quando vedevano da lungi la mamma che li aspettava dalla finestra! Che belle vesticciuole cuciva loro la mamma presso allo stesso tavolo ove essi studiavano, ed al lume della stessa lucerna! E a cena, che acciottolìo allegro di piatti, che grida di gioia, che grandi scorpacciate di pancotto; e che festa nelle sere d'inverno, quando la mamma narrava qualche bella fiaba, mentre filava accanto al fuoco! E la notte del Natale, quanta luce sul desco, che bianchezza di tovagliuoli, che scintillìo di bicchieri, che buon odore di vivande, che bella fiammata nel focolare! E di fuori cadeva a larghe falde la neve e fischiava la tramontana, ma essi avevan tanto caldo, stavan tanto caldi seduti intorno al desco, presso al fuoco! La vecchia nonna là, nel suo seggiolone a capo tavola, poi il babbo, poi la mamma, poi tutti i fanciulli, i cui occhietti irrequieti vagavano desiosi sulle buone vivande che fumavano sul desco, e su quelle che cuocevano sul focolare. Poi suonava la messa di mezzanotte e tutti giù in ginocchio a pregare il buon Gesù; e poi che baci, che abbracci, e la vecchia nonna stendeva le scarne e tremanti mani sul capo dei genuflessi per benedirli!

A che pensava il povero eremita rincantucciato presso al focolare con gli occhi fisi alla brace e le mani alle fiamme, mentre di fuori a larghe falde cadeva la neve e mugolava il vento fra le cime degli abeti?

Pensava a quella cara giovinetta che un giorno lontano lontano aveva incontrato per via, e l'aveva seguita in chiesa, e poi l'aveva riveduta, e si erano guardati, ed ella gli aveva sorriso. Ed ei l'amò, molto. Che sogni! Lui si sentiva nato pei dolci e sereni affetti, si sentiva nato per la famiglia. Il giorno avrebbe lavorato, sarebbe tornato la sera: ella lo avrebbe atteso dalla finestra col figliuoletto in braccio. Che dolcezza! Ma un giorno un altro la seguì, un altro la guardò, un altro l'amò, ricco, audace, bello, ed ella cedette. Dio, che dolore, che ire, che gelosie! Poi i due rivali si incontrarono in piazza: il tradito si avventa sul rivale e lo ferisce; accorrono i parenti del ferito, accorre il padre del feritore e gli altri di famiglia. S'accende la rissa: il padre è ucciso: il giovane inseguito fugge sulla montagna: colà seppe che la vecchia nonna era morta di dolore, che la madre, rimasta vedova, si era ricoverata da un suo parente, e che egli era ricercato dalla Giustizia. Vagando per la montagna capita in quell'eremo e chiede asilo al vecchio eremita. Poi quando questi morì, ne ereditò la bisaccia ed il tugurio!

Ed ecco a che pensava quel poveretto raggomitolato accanto al fuoco, con le mani stese alla vampa e gli occhi fisi alla brace, mentre di fuori a larghi fiocchi cadeva la neve e mugolava il vento fra le cime degli abeti.

* * *

Fu picchiato alla porta di strada.

– Entrate – disse l'eremita.

Sul limitare dell'uscio comparve un uomo intabarrato, dietro a lui una donna. Nello spiazzo avanti la casetta due cavalli con le orecchie basse sbuffavano sotto la neve.

– Dacci ricovero, fratello – disse l'uomo. – Ci ha sorpreso l'uragano; dacci ricovero per questa notte.

Fra Tommaso si alzò: il viandante si era tolto il mantello che sciorinò su di una sedia; poi aiutò la donna a distrigarsi da un viluppo di panni fradici. Egli era un uomo sulla cinquantina, grasso, tozzo, dal viso pieno e felice: ella piccola, delicata, benfatta e quantunque vicina ai quaranta, ancor bella.

– Sedete, – disse fra Tommaso – penserò io ai cavalli.

Uscì. L'uomo e la donna si assisero sulla cassapanca e stesero alla fiamma del focolare le mani intirizzite.

– Saremmo morti se non fossimo giunti qui a tempo – disse l'uomo che era il marito di quella donna.

Poco dopo entrò l'eremita con una bracciata di rami secchi che gettò sul fuoco. La fiamma si alzò schioppettante e viva, tingendo in rosso le mura della casetta e le affumicate pareti del focolare.

– I cavalli hanno biada, paglia e un buon ricovero sotto la tettoia, a voi non posso offrire che un po' di pane e di lardo.

– No, grazie, non abbiamo bisogno che di questo buon fuoco – rispose l'uomo.

L'eremita sedé nel suo solito cantuccio: si curvò sul fuoco per attizzar la fiamma che guizzò vieppiù rossa e viva. Nel rialzare il capo i suoi occhi s'incontrarono in quelli della donna. Egli trasalì e stette immobile a contemplarla. Ella con le mani stese al fuoco, i gomiti sulle ginocchia, girava lo sguardo attorno per la stanzetta:

– Pover'uomo, – poi disse – e state qui, solo, fra la neve!

Egli si scosse a quella voce ma non rispose: cercò rincantucciarsi vieppiù all'angolo del focolare: e stette lì con le mani stese e la testa china sul petto.

Di fuori mugolava il vento fra le cime degli abeti.

I due viandanti cianciavano crogiuolandosi alla allegra fiamma del focolare. Ella si era tolte le scarpe bagnate e stendeva al fuoco i suoi piedini calzati di bianco. Quell'uomo e quella donna erano maritati a vent'anni. Lui non era ricco, ma il buon Dio aveva benedetto la sua casa e non gli mancava il pane quotidiano. Quella donnina lì, ancor fresca e bella, non è vero? gli aveva regalato quattro figliuoletti. Che belle creature, vispe, chiassose, che empivano di risa e di grida la loro casetta. Una loro figliuola era andata a marito l'anno scorso. Fu un gran dolore per la povera mamma il distacco, ma come si fa! si è nati per questo, per voler bene a qualcuno e per vivere fra una nidiata di figlioletti. Ogni donna è una mamma; e poi, i libri santi non dicono: guai ai soli? Ora essi andavano appunto dalla loro figliuola per festeggiare con lei il Natale. Gli altri figliuoletti erano da un pezzo in casa della sorella. Volevano stare allegri in quell'anno. Che bella notte di Natale s'imprometttevano! Che festa vorrà essere! Già, la Marietta è incinta. Nonno a cinquanta anni, nonnina a quaranta! Che bella nonnina n'è vero? una nonnina che è ancora una mamma bella e forte.

L'eremita ascoltava con le mani stese al focolare e la testa china sul petto.

– Quest'anno ci ha da essere il presepe, ci ha da essere – continuavano a dire quei due. – Ti ricordi quello del primo anno: era di fresco accaduto quel guaio. Sicuro, un guaio, perché ne avevamo passati giorni brutti, oh! se ne avevamo passato! Immaginate che un altro ronzava intorno a quella donnina. Ella rideva con quell'altro, ma non l'amava, oh no! Lo aveva conosciuto da bambina, figuratevi, e gli voleva bene come ad un fratello. Lui però l'amava molto, bisogna convenirne. Ma era un discolo, un fanciullone, un manesco e sarebbe stato un cattivissimo marito. Era geloso poi! Figuratevi che fece quando seppe che lei faceva all'amore, figuratevi! Un giorno in piazza s'incontra col rivale, si avventa e lo ferisce. A tradimento, però; accorre il padre, accorrono i parenti da una parte e dall'altra, e nella rissa il padre del feritore fu ucciso. Una gran disgrazia per quella famiglia, ma quando si hanno discoli in casa! Avevano tratto in carcere un loro parente accusato di quella uccisione: lui ferito in pericolo di vita; la nonna del feritore morta di dolore. Un guaio insomma. Del feritore non si seppe più nulla; partì forse per l'America: forse morì in galera, che a quella birba lì non poteva mancare il suo posto in galera. Essi poi sposarono. Il primo anno fu molto triste. Poi il buon Dio aveva sorriso a quella famigliola, e nacquero i bambini e gli affari prosperarono. Ora son tanto felici. I fanciulli poi, tutti vispi, sani, belli, se vedeste! angioli addirittura. Vanno di già a scuola. E che progressi! Giulietto ha sei anni, ne faranno un avvocato: Beppino sarà un medico, vogliono che divenga un gran medico. Nella poi, la bambina, un amore di bambina, con certi grandi occhi così: tutta la madre, dice che vuol farsi monaca: ma sì, è una furbetta, un diavolino e bisogna farle presto la dote a quella lì. Lui ne vuol molti nipotini a casa. Ricchezza di sangue vale più che ricchezza di danaro, non è vero?

L'eremita li ascoltava con la testa china sul petto e le mani stese al fuoco. Di fuori il vento fischiava fra gli abeti. Quei due continuarono anche per poco a cianciare; poi la donna vinta dal sonno appoggiò il capo allo schienale della cassapanca.

– Se volete dormire c'è il mio lettuccio – disse l'eremita sottovoce al suo ospite.

– Ma… e tu?

– Resterò qui accanto al fuoco. Voi siete stanchi e dovrete fare un lungo cammino domani.

– Ebbene, sì, accetto. Filomena, – disse poi scuotendo la donna – questo buon uomo ti cede il suo lettuccio.

La donna si alzò ancora sonnacchiosa; il marito l'accompagnò fino al letto e l'aiutò a coricarsi così come era, coi panni addosso, indi la ricoprì con la coltre di lana. Egli sedé su di uno sgabello a pie' del letto, poggiò la testa al paglericcio e in breve si addormentò. L'eremita nel suo cantuccio sentiva il respiro della donna e il russare forte e lungo dell'uomo.

La fiamma del focolare si era quasi spenta, solo la lucernetta appesa alla cappa del cammino spandeva un fioco chiarore per la stanzuccia.

Egli stette immobile a contemplar la giacente: ne intravedeva il viso bianco, rosato alle guance. La coltre tirata in giù dai movimenti dell'addormentata lasciava un po' scoperto il sommo del petto bianco fra il corpetto slacciato a mezzo, il corpo sotto la coltre si delineava vagamente. Poi la lucernetta impallidì, tremolò, si spense: la brace ardente del focolare spandea un rosso barlume, nel quale si intravedeva la figura dell'eremita raggomitolato nel suo cantuccio.

Infine sorse l'alba: la luce del giorno filtrando attraverso il finestrino che si apriva al sommo della porta, rischiarava la stanzetta. L'eremita era sempre lì, sull'angolo del focolare con la testa china sul petto e le mani stese alla brace coperta di cenere.

Il primo a svegliarsi fu l'uomo: si alzò in piedi e si die' a scuotere la donna.

– Filomena, Filomena, alzati, è tardi: pensa che ci aspettano.

La donna stirò le braccia, sbadigliò, poi scese dal letto: avea le vesti un po' scomposte, i capelli arruffati e gli occhi ancor sonnacchiosi, ma era bella. L'uomo poi disse:

– Vo alla tettoia qui appresso per insellare i cavalli.

Ed uscì: la donna si accostò all'eremita e gli toccò il braccio.

– Che volete? – egli le chiese con voce dolce e sommessa. I loro sguardi s'incontrarono: ella lo guardò fissamente come chi cerchi di evocare un lontano ricordo: poi tolse dal borsellino un po' di danaro e glielo porse dicendo:

– Noi non siamo ricchi, ma un po' d'elemosina possiamo farla.

– No – rispose l'eremita respingendo bruscamente la mano della donna. Poi si alzò: gli occhi smorti ed infossati gli brillarono di una luce vivissima; incrociò le braccia e stette a fissar la donna che lo guardava maravigliata. Egli aprì la bocca per parlare, ma si contenne con visibile sforzo; le gambe gli si piegarono, gli occhi tornarono smorti, la fisonomia si ricompose alla solita calma. Cadde a sedere e chinò la testa sul petto.

In quello sopraggiunse l'ospite, che scambiò uno sguardo con la moglie.

– Ha rifiutato – ella disse sottovoce.

L'uomo si rivolse all'eremita.

– Perché avete rifiutato quel po' di denaro? Non fu certo per offendervi.

– No, non ho bisogno di nulla: la mia casa è aperta a tutti – mormorò l'eremita.

– Allora, – disse la donna con voce dolce e carezzevole – accetterete questa medaglia di argento benedetta dal vescovo? Vi ricorderà di noi nelle vostre orazioni.

E gli porse una medaglia che si era tolta dal collo. Egli la prese senza alzar gli occhi e senza far motto.

– Dunque addio, – disse l'uomo – addio e grazie.

– Addio e grazie – ripeté la donna.

E mossero verso l'uscio. Erano già fuori quando intesero la voce dell'eremita che li richiamava. Tornarono nella stanzetta.

– Voglio darvi anch'io un ricordo – disse l'eremita che si era alzato.

Ed accostatosi alla cassa ne sollevò il coperchio, poi si diede a frugare fra i cenci e ne trasse un involtino, che svolse per togliere uno di quei cuori di corallo rosso che portano al collo le agiate fanciulle di villaggio. Ei lo porse alla donna dicendo:

– Era di una ragazza... che è morta... datelo alla vostra bambina, le porterà fortuna.

La donna guardò quel cuore rosso di corallo, guardò l'eremita e parea si sforzasse ad evocare un lontano ricordo.

– Chi vi ha dato questo cuore? – domandò poi.

Fra Tommaso sorrise:

– Una ragazza... che è morta, ve l'ho detto.

– Dunque addio! – fece l'uomo,

Uscirono fuori, all'aperto. L'eremita si era appoggiato alla porta di strada, e li vedeva montare a cavallo. Poi si avviarono.

La donna si volse più volte a guardarlo, ma non lo salutò né gli sorrise. Era turbata, era pallida. Ricordava.

L'eremita li seguì con gli occhi; poi quando non li vide più tornò nella sua stanzetta, sedé nell'angolo del focolare e chinò la testa fra le mani.

Il vento gemeva fra gli abeti: nevigava a larghe falde.

ACCANTO AL FUOCO

I

– Sissignore, – diceva il vecchio Pietro accendendo ad un tizzo del focolare la corta pipa di creta – sissignore l'ho visto io, proprio io, coi miei occhi, una macchia larga così che poi al mattino spariva per comparire l'anno appresso, nella stessa notte.

– Sarebbe meglio tenerle per voi queste storie, massaro Pietro – disse Giovanni, un giovane e robusto contadino, tornato da pochi mesi dall'esercito.

Massaro Pietro guardò il giovane con un certo cipiglio, sporse il labbro inferiore e crollò la testa.

– Tutti così, – borbottò poi – tornano dalle città e affettano di non credere più a nulla. Sì, proprio, le belle cose che v'insegnano! a non aver fede nemmeno nella parola dei vecchi.

– Ma quando i vecchi narrano delle storie incredibili...

– Sai che ti dico? che venti anni or sono, mio padre, se mi avesse inteso mettere in dubbio la parola di un vecchio, mi avrebbe dato non uno, ma venti schiaffi. Ma dice bene il parroco, oggi i tempi son tristi assai; e non vedete che in questo anno il raccolto è stato scarso, e le pecore non dàn latte, e i bachi morirono in sul nascere, e rischiamo anche noi di morire di fame in quest'inverno! Questo non lo vedete voi e fate gli spregiudicati, e ridete di tutto e mangiate carne di venerdì! Dice bene il parroco: tempi tristi!

Gli altri contadini, seduti sugli sgabelletti presso al focolare, piegarono la testa in segno di assenso. Solo Giovanni ghignava in un canto. La lucernetta appesa alla cappa spandeva un chiarore fioco e tremolante per la stanzuccia affumicata; e la brace rossa scoppiettava con subita fiamma che arrossava i volti dei contadini seduti in giro. Infine uno di essi, volgendosi al vecchio Pietro disse:

– Non ti curar di Giovanni, massaro, e narraci la tua storia. Io ne ho inteso dire qualcosa da tata, ma vorrei saperla proprio tutta.

– Non voglio far ridere la gente – rispose Pietro. – Già si sa, noi altri poveri contadini siamo degl'ignoranti, e debbono venir questi signori che partirono scalzi e laceri come siamo noi, per mettere in dubbio quel che abbiamo visto coi nostri propri occhi! Del resto hanno osato dubitare di Dio, lodato sempre, immaginate mò se fanno scrupolo a dubitare delle parole di un vecchio.

– Oh! Insomma, massaro Pietro, – saltò su a dire Giovanni – la fate molto lunga adesso! Io non ho detto che non credo a quel che voi narrate, ho detto che non credo alla macchia di sangue, la quale comparisce ogni anno nella istessa notte e nell'istessa ora. Se volete raccontare la vostra storia, anch'io vi ascolterò volentieri e con piacere; se poi volete che io me ne vada, ditelo pure: so bene quanto rispetto io debba alla vostra età ed ai vostri capelli bianchi.

Il vecchio massaro, che aveva una gran voglia di intrattenere col suo racconto l'uditorio, sapendo bene come l'ascoltasse tutto intento e raccolto, si rabbonì e rispose:

– No, resta; io già non me la piglio con te, che tu anzi serbi ancora un certo rispetto pei vecchi: me la piglio con chi vi mette in capo certe cose. E poi vogliono vincere le guerre e non sanno che Costantino, come si legge nei Reali di Francia, pria di montare a cavallo per affrontare il nemico, diceva tre avemmarie e si faceva il segno della croce; e che Guerino, il cavalier valente detto il Meschino, diceva tre paternostri ogniqualvolta uccideva un nemico! Ma basta, quando squaglierà la neve appariranno i buchi; te ne accorgerai dimani, diceva il parroco che benediva con l'olio.

– Ma non ci far star sospesi, narraci la tua storia! – disse un altro contadino.

Allora il massaro si tolse di bocca la pipa: la vuotò battendo il vasetto sul coperchio della cassapanca, e poi la ripose nella sacca interna della giacchetta. Gli astanti trassero gli sgabelletti più vicini a quello del vecchio massaro e ognuno cercò adagiarsi più comodamente che poté. Un contadino smoccolò la lucerna, un altro attizzò il fuoco; poi tutti, coi gomiti sulle ginocchia, col mento sulle mani ripiegate, con gli occhi fisi in quelli del narratore, attesero in silenzio. Solo Giovanni in un canto continuava a fumare. Il massaro pareva compiacersi dell'interesse destato nel suo uditorio; poi, quando lo vide tutto intento e raccolto, disse:

– Incomincio il mio racconto dal dì delle nozze. Che feste amici miei! immaginate che da Cosenza si eran fatti venire tanti maestri per rimettere a nuovo la casa; falegnami, tapezzieri, sarti, fabbricatori, insomma un va e vieni continuo di persone, e si gettava il denaro, proprio si gettava. Avete visto il santo sepolcro a Pasqua? tutto carte di Francia, sete, candele, fiori? Ebbene, salvo la santità, la casa del mio padrone era bella come il santo sepolcro. La stanza da letto era qualche cosa di magnifico. Che vi credete? le mura tutte coperte di stoffe celesti con veli lunghi ai balconi, e in mezzo alla stanza appesa al soffitto una lampada di cristallo in un cerchio d'oro. Poi il letto! che letto! Ti veniva proprio la voglia di ammalare per poter giacere là dentro. Una cosa stupenda. E poi tavoli dorati, e sofà, e sedie ricoperte di stoffe, e tutto celeste, ti sembrava di essere in un angolo di cielo. Financo il pavimento, ove si posano i piedi, capite? era coperto di stoffa. Ma che credete? di due o tre carlini la canna? gnornò, stoffa che per far un abito avrei dovuto spendere tutta la mia parte di ricolto; e dire che serviva per camminarci sopra! Insomma una meraviglia! Non vi parlo poi dei cuochi che vennero tre giorni prima delle nozze per preparare il pranzo, e della roba che portarono. E chi può dire il nome di tutte quelle vivande, di quelle frutta, di quei pasticci? E poi bottiglie, bottigliette, bottiglioni, con certa pasta dentro di tanti colori, e cignali interi, e pollame, e cacciagione: insomma così né voi né io mangeremo mai, questo è certo. E per tre giorni intorno alla tavola della cucina era un affaccendarsi dei cuochi col berretto bianco, con un gran grembiale bianco: e i fornelli ardevano, e le padelle friggevano e si elevava un odore, un odore così buono che a pensarci mi vengono le lagrime agli occhi per il desiderio. Voi non l'avete inteso mai un tale odore e non potete giudicare.

– Io sì, io, – saltò a dire Giovanni – nella cucina del colonnello.

Massaro Pietro guardò bieco l'impertinente che osava interromperlo.

– E già, – esclamò stizzito – basta che escano per un paio d'anni dal loro paesello per tornare dotti in tutto.

– Continuate, massaro – dissero i contadini impazienti.

– Insomma, ripeto, si volevan fare le cose alla grande. La ragazza portava in dote cinquantamila ducati, e non in carta, che! in tanti pezzi da dodici carlini e in tante doppie. Il mio antico padrone poi, lo sapete, è un riccone come pochi, e quando era giovane se la godeva la vita. Ora mi dicono che è divenuto un avaro del diavolo, e se ne sta chiuso in casa e non vuol veder più nessuno; ma allora era un bel giovane, un donnaiuolo arrabbiato, manesco poi, quando gli montava il sangue al cervello, ma generoso, e ne ha speso, oh se ne ha speso! Insomma quella sua casa di campagna, ove doveva ricevere la sposa, si era mutata in una chiesa. Noi tutti del servizio eravamo vestiti a nuovo. Io ho conservato per venti anni la giacca ed il cappello che ebbi in quell'occasione. Infine il signorino con gli zii e le zie, perché non aveva né padre, né madre, morti di colera nel trentasette, partì pel paese della sposa, e la mattina del terzo giorno mandò un guardiano per avvisarci che sarebbe arrivato col corteo nuziale. Io ricordo sempre quel giorno. Verso l'imbrunire muovemmo all'incontro degli sposi. Se ne consumò polvere lungo la via! le fucilate echeggiavano per la montagna con un rombo continuato. Infine incontrammo il corteo; le signore in lettighe, i signori a cavallo fra una doppia fila di guardiani. Noi del servizio precedevamo sparando fucilate, gridando a squarciagola evviva agli sposi. Ognuno di noi aveva una torcia di pino, ed era bello il vedere quella lunga fila di fiamme giù per la collina. Infine giungemmo a casa; i balconi tutti illuminati con lanternine; l'arco della porta tutto sfolgorante di fiammelle colorate, insomma un Paradiso.

– Bah! – disse Giovanni, chinandosi sul fuoco per accendere la pipa. – Io ho visto le luminarie di Torino: quelle avreste dovuto vedere, massaro mio!

– E sissignore, tu hai visto tutto; tu sai tutto. Ma sai che ti dico? se mi interrompi un'altra volta vi lascio la santa notte e vo a letto.

– Non gli dar retta, massaro – dissero ad una voce i contadini. E poi volti a Giovanni: – Ma sei proprio insultante! facci il piacere di star zitto. Madonna mia, che testa dura!

– Non si può dire neanche una parola? Non parlo più vedrete che non parlerò più.

E si rimise a fumare. Il massaro continuò:

– Sullo spiazzo davanti la casa ci era tanta luce come se fosse giorno. Colà si fermarono le lettighe e smontarono i signori. Io mi trovavo presso alla lettiga della sposa. Il padrone si accostò ed aprì lo sportello per aiutare la signora a discendere. Che bella creatura, che cosa cara, che viso di Madonna! Avete visto nella chiesa di S. Francesco quell'immagine della Madonna dei sette dolori, sempre sia lodata? Ebbene la sposa aveva gli stessi occhi, l'istesso volto, l'istessa bellezza di paradiso, ma era così triste che anche ella parea, come la Madonna, avesse le sette spade nel cuore. Era tutta vestita di bianco, di una stoffa lucida come l'argento, con una coda da qui a là, con un velo lungo lungo, e con la corona bianca, su i capelli neri, ma la sua faccia era più bianca della corona. Si appoggiò al braccio del mio padrone; io l'era proprio vicino così tanto da toccarla, e la contemplava. Mi pareva veder S. Filomena vergine e martire. Quando fu per mettere il piede sul primo scalino della casa, incespicò e sarebbe caduta se il mio padrone non l'avesse sostenuta pel braccio. Io, mi credete? ebbi come uno schianto. Era quello un malagurio brutto. E doveva essere un malagurio. E poi vengono questi signori a mettere in ridicolo le nostre credenze, come se Gesù Cristo, sempre sia lodato, non fosse padrone di avvisarci con certi segni del destino che ci aspetta! Ma sapete quel che disse il monacello al Re? «Tu non ci credi? Ci crederai appresso!...».

– Vedete, massaro, – fece Giovanni – non sono io adesso che interrompo: io me ne sto qua quieto quieto. Pare che ce l'abbiate con me, pare.

– Sì, va bene: so quel che mi dico. Dunque continuo. I signori seguirono la coppia degli sposi e la casa risuonò subitamente di un vocio confuso. La galleria illuminata a giorno, era gremita di convitati. I camerieri con le giamberghe nere andavano e venivano portando guantiere di gelati e di dolci. Poi fu servito il pranzo. Che bellezza, se aveste veduto! Quanti fiori, quanti vasi di cristallo, quante candele, che tintinnar di forchette d'argento, che acciottolìo di porcellane, e che buon odore poi! Io ebbi la fortuna di veder tutto dal buco della serratura di una stanza appresso a quella da pranzo. Dirimpetto a me era la sposa, fra il mio padrone ed un signore, che doveva essere un pezzo grosso. Poi, intorno alla mensa, tante signore con abiti di seta e di velluto, tutte luccicanti di pietre preziose, con piume, fiori, veli, cose insomma da far uscir pazzi dalla maraviglia. La sposa era pallida pallida, poveretta, come una morta, e non mangiava. Io poi non capisco perché i signori, che han tanto ben di Dio, che mangiano cibi tanto squisiti, che vestono abiti tanto ricchi, i signori, che quel che desiderano ottengono, son magri per lo più, tristi e passano la vita arrabbiandosi, martoriandosi e spesso finiscono col farsi saltar le cervella; mentre noi che soffriamo il freddo nell'inverno, il caldo soffocante nell'està, la fame sempre, siamo forti e robusti, allegri e non ci è caso che qualcuno di noi siasi mai fatto saltar le cervella.

– Qualcuno di noi, no, certo – osservò ghignando Giovanni.

Il massaro capì l'ironia.

– Non intendo dire, – rispose – di noi che siamo qui. Del resto se debbo parlare come il parroco dal pergamo, cedo il luogo a te che vieni da Parigi di Francia.

I contadini risero: uno di essi approfittando di quel momento d'interruzione si alzò per smoccolare la candela: un altro attizzò il fuoco: poi si rimisero a sedere. Il massaro continuò:

– Si vedeva bene che la sposa aveva qualche spina nel cuore. Il mio padrone di tanto in tanto la guardava con certi occhi, con certi occhi, come se volesse penetrarle proprio dentro all'anima. Io poi fui chiamato per scender giù nel portone a sorvegliare i cavalli ed i muli delle lettighe. Colà mi portarono del vino, del pane e della carne. Io mangiando, dicevo fra me e me: Ma perché la signora è tanto triste in un giorno così solenne per lei? Già io sapevo che il matrimonio si era combinato fra i parenti e che gli sposi s'erano veduti un paio di volte appena; anzi avevo inteso dire, non so da chi, che la sposa in sulle prime si era rifiutata a quelle nozze. Ma, capite, la sposa aveva cinquantamila ducati e lo sposo duecentomila; e poi erano anche lontani parenti, e, come si suol dire, non conveniva far uscire il grasso fuori della pignatta. Ero in tali pensieri quando nel mezzo del portone vidi un'ombra muoversi. Quell'ombra poi mi si accostò: era un giovane e quantunque in abiti rozzi, si vedeva bene che era un signore. Aveva la fisonomia stravolta, gli abiti laceri, gli stivali infangati; si vedeva che aveva dovuto correre molto a piedi. Nel cortile non eravamo che lui, io ed i cavalli legati agli anelli. Egli mi si accostò e mi disse con parole tronche: «Dove sono gli sposi?». «A tavola» risposi. Stette un momento come trasognato: poi mi disse: «Tu l'hai vista la sposa?». «Sissignore» feci io. «Era allegra?». «No, non mi parve, anzi tutt'altro». Il giovane aveva un fazzoletto in mano e lo spiegava, e lo lacerava, e se lo metteva in bocca stringendolo forte forte coi denti. Io lo guardavo maravigliato. Poi mi disse: «Dimmi, potresti farmi vedere la sposa?». «Salite e chiedete di lei; come posso farvela vedere io?». «Sì, hai ragione. Ma non potresti indicarmi un luogo, un passaggio ove incontrarmi con lei, quando s'alzerà da tavola?». «Voi siete pazzo!» esclamai. Egli torceva quel fazzoletto e poi lo addentava, e si vedeva bene che se ne serviva per soffocare i singhiozzi che aveva in gola. Io lo guardava maravigliato; aveva compreso che quel giovane soffriva molto e ne sentiva pietà: aveva compreso ancora che quel giovane non doveva esser visto dai convitati. Noi altri contadini abbiamo le scarpe grosse, ma il cervello sottile. Io gli dissi: «Sentite, vi consiglio ad andar via, se no potrebbe nascere qualche guaio!». «Andar via? dove?». «E che ne so io dove! Vedete, dopo il pranzo scenderanno gl'invitati e se vi troveranno qui...». «E che m'importa?». «Se non v'importa, fate come credete».

Egli stava lì fermo, a me davanti: io aveva ripreso a mangiare, ma vi assicuro che il cibo non mi andava giù, tanto il mal dissimulato dolore di quel giovane mi faceva male. Poi egli mi disse con accento supplichevole ed umile:

«Sentite, volete portare un mio biglietto alla sposa». Allora saltai in piedi ed esclamai: «Per Gesù Cristo, vi compatisco perché siete pazzo: io non ho fatto il ruffiano a nessuno! e poi non potrebbe mancare dimani o diman l'altro una palla in petto a me ed a voi. Dove vi credete d'essere? Con chi credete d'aver che fare? Andate via, andate via e lasciatemi in pace!». Egli mi voltò le spalle torcendosi le mani: intesi che singhiozzava, poi andò via a passo lento e con la testa china.

– Poveretto! – esclamarono i contadini, commossi dal racconto.

– E anche io esclamai: poveretto! Ma che cosa avreste fatto voi nei miei panni? che cosa avreste fatto? Dite un po'? La notte era chiara e bella: io dallo scalino del portone ove ero seduto, vedevo quel giovane in mezzo al gruppo d'alberi dirimpetto la casa, appoggiato ad un tronco, con le braccia conserte e la testa china sul petto. E stette lì finché i convitati scesero per partire. Per poco si udì un grande scalpito di cavalli, un gran rumoreggiar di voci, poi i convitati andarono via e la casa rimase muta. Le finestre si chiusero: i servi andarono a letto; gli sposi si erano ritirati nella loro camera. Anche io andai nella stalla, ove aveva il mio letticciuolo. A tanto rumore era successo un silenzio perfetto. Di tanto in tanto passava sibilando il vento che faceva stormire le foglie degli alberi, e poi silenzio di nuovo. Aprii il finestrino della stalla e guardai fuori all'aperto: vidi in mezzo al gruppo di alberi quel giovane immobile, appoggiato ad un tronco. Un giorno o l'altro non gli potrà mancare una schioppettata, dissi fra me e me, chiudendo il finestrino per andare a letto.

Nella mattina seguente i convitati che erano rimasti a dormire in casa, scesero a prima ora nel cortile. Si divertivano a tirare al bersaglio con le pistole o a giuocare alle palle lungo il viale avanti la casa.

Gli sposi ancora dormivano. Il giovane della sera innanzi era scomparso. Verso mezzogiorno scese anche lo sposo: era un po' scuro in viso e si faceva forza per sorridere e per rispondere alle felicitazioni dei convitati e dei parenti. La sposa, stanca del viaggio, era a letto ammalata. Però, non so come, all'allegria del giorno innanzi era subentrata una certa tristezza. La sposa non uscì dalla sua stanza né in quel giorno, né nel giorno appresso. Io, nella notte, quando tutti dormivano, apriva il finestrino della stalla e vedeva il giovane là, in mezzo a quel gruppo d'alberi, immobile, appoggiato ad un tronco. Dopo tre o quattro giorni i convitati partirono: gli sposi rimasero soli. Ognuno di noi attendeva alle sue faccende. La sposa era risanata; un giorno la vidi, seguita dalla sua cameriera, scendere nel viale avanti la casa e poi andare a sedere là, in mezzo a quel gruppo d'alberi, con le spalle appoggiate a quello stesso tronco ove tante notti avevo visto appoggiato quel giovane. Il marito partiva di buon'ora la mattina per la campagna e non tornava che la sera. Ma era triste. Ella poi aveva le occhiaie livide, e camminava con un passo lento e stanco. Una notte (il padrone era andato a Cosenza), aprendo il finestrino della stalla, vidi in quel gruppo d'alberi due fantasimi, bianco l'uno, nero l'altro, e intesi come uno scoccar di baci, come un mormorio di parole sommesse. Poi il fantasma bianco si staccò da quell'altro, attraversò correndo il viale e sparì. Corsi al cortile per vedere se fosse entrato per la porta di strada. Il cortile era deserto. Dopo poco intesi uno scalpito di cavalli: era il padrone che in quell'ora insolita tornava da Cosenza. Picchiò fortemente, io corsi ad aprire. Egli mi disse: «Hai visto qualcuno ronzare intorno alla casa?». «No» risposi io «nessuno». «Va bene» fece lui a denti stretti.

– O povera signora! – fecero i contadini che pendevano dalle labbra del vecchio massaro.

– Già voi avete capito che il mio padrone erasi dovuto accorgere di qualche cosa. Ma ascoltate, adesso viene il terribile. Dopo tre mesi da quel giorno, come al solito io era al mio finestrino e guardavo nella campagna. Era allora allora squillata la mezzanotte dall'orologio di Mangone, quando un'ombra nera si fermò sotto gli alberi; poi vidi pian pianino socchiudersi la porta di casa e uscirne un'ombra bianca che raggiunse la nera. Il mio padrone non era in casa, era andato ad Amantea. Quelle due ombre stettero l'una stretta all'altra per un buon pezzo. Quando una di esse diede un grido, un grido acuto di spavento che ancora mi percuote le orecchie. Al grido tenne dietro una schioppettata, che rimbombò per monti e per valli. L'ombra nera cadde: l'altra fuggì verso la casa. Corsi al cortile e vidi due donne; riconobbi nell'una la cameriera, che aveva dovuto aspettare alla porta, nell'altra la padrona. Fuggivano su per le scale torcendosi le mani e mormorando non so che parole.

– Povera signora! – esclamarono i contadini.

– Povera, sì, ma essa che andava a fare sola, di notte, come una zingara?

– E l'altra ombra? dite, massaro Pietro, e l'altra ombra?

– Al rimbombo della schioppettata corremmo tutti fuori con torce di pino, e mentre gli altri frugavano da per ogni dove, io corsi a quel gruppo d'alberi. Nessuno! sembra maraviglioso, non trovai nessuno. Fui raggiunto dagli altri con le torce. Io diedi un grido; aveva visto su di una larga pietra conficcata nel terreno e che serviva da sedile, una macchia larghissima di sangue, sulla quale si rifletteva la luce delle torce. Guardammo intorno il terreno, era tutto calpesto, ma non ci erano tracce di sangue! Io, che ne sapeva qualche cosa più degli altri, tacqui. Non sentivo nessuna voglia di aver che fare coi giudici. Rientrammo in casa, io muto, i miei compagni discorrendo e facendo mille supposizioni l'una più strana dell'altra. Né la padrona, né la cameriera si erano svegliate al gran rumore. Verso il mezzogiorno del giorno appresso venne il padrone; era allegro, rideva, insomma non l'avevamo mai visto così allegro dal giorno delle sue nozze. Gli raccontammo l'accaduto, egli non die' molta importanza al fatto e salì dalla moglie che era a letto malata, dal giorno innanzi, si diceva. La sera venne un mulattiere da Mangone e ci narrò che al mattino era stato trovato presso le prime case del paese un giovane morto, con una ferita al petto; e la stranezza del caso era in questo, che nessun abitante di Mangone aveva inteso nella notte colpi di fucile, e che la ferita del giovane era strettamente compressa da uno scialle di donna. Mi venne un sospetto. La mattina, senza dir nulla partii per Mangone, che distava tre ore dalla casa di campagna del mio padrone. Corsi in chiesa, ove sapeva che avean deposto il cadavere di quel giovane, e infatti lo vidi disteso su quattro tavole. Diedi un grido ed arretrai sbigottito. Era il cadavere di quel signore che nella notte delle nozze aveva visto così piangente e smarrito. Compresi che, ferito, si era trascinato fino alle prime case di quel paese per morire là, lontano dalla casa del mio padrone, per non compromettere la moglie; e che si era stretto in quello scialle per non far cadere le gocce di sangue; le quali avrebbero potuto indicar la via.

– Che uomo di coraggio, perdio! – esclamarono i contadini.

– Anche io vidi nel reggimento…

– Me l'aspettava, dopo tanto silenzio, – fece massaro Pietro – mi aspettava che Giovanni saltasse su col suo reggimento.

– E parlate voi solo, allora, parlate voi solo!

– Tornai a casa, – continuò Pietro – molto attristito. Era venuto il giudice e se ne era ritornato come era venuto, senza appurar nulla. Ma la macchia di sangue era là, rossa, sulla pietra. Il padrone ci ordinò di lavarla, e noi la lavammo, ma ce ne volle dell'acqua e del sapone! La pietra tornò liscia e bianca. Il padrone continuava a partir la mattina per la campagna e a tornar la sera. La padrona a letto sempre ammalata. Un giorno vennero tanti medici: si diceva che la povera signora era proprio più di là che di qua. I medici non le davano che pochi mesi di vita. Dopo un anno… sentite che ora viene il maraviglioso... Una notte io era andato ad appostarmi dietro quella pietra per uccidere una volpe, che ronzava per quei dintorni: suonò mezzanotte e la volpe non veniva. Già mi alzava per andarmene, quando, volgendo gli occhi a quella pietra, vidi su di essa una macchia nerastra, larga quanto le falde del mio cappello. Arretrai sbigottito. Quella pietra era stata lavata ed era bianca e liscia, e come dunque la vedeva macchiata? Fuggii come inseguito dagli spiriti. «Quanti ne abbiamo del mese?» domandai al mulattiere. «Tredici» mi rispose. Eravamo al 13 settembre 1848, e nella notte del 13 settembre 1847, dopo la schioppettata, aveva visto per la prima volta sulla pietra quella macchia di sangue.

– Oh Dio, oh Dio! – facevano i contadini.

Giovanni fumava in disparte ghignando.

– La mattina all'alba... Immaginate già che tutta notte non aveva chiuso occhi... all'alba la mattina corsi a quella pietra. Nulla; liscia e bianca, come questa camicia. E non c'è da mettere niente in dubbio. La macchia era apparsa e poi scomparsa, così, come appare e scompare la fiamma del focolare.

– Massaro Pietro, scusate, io non metto in dubbio le vostre parole, ma era la vostra fantasia che in quella notte, anniversaria di quell'altra, vi faceva veder la macchia dove non c'era macchia. Il furiere, nella scuola del reggimento, ce l'ha spiegate queste cose: le chiamava alli... alluc... *alluminazioni*.

– Sì, sì, va bene, io non posso perdere il mio tempo a discutere teco. Credi quel che vuoi, io so che la macchia l'ho vista proprio coi miei occhi.

– E della signora, che ne fu? – chiese un contadino.

– Ve l'ho detto che era più di là che di qua. Morì dopo tre anni di matrimonio e dopo un anno e mezzo da quella notte fatale. Il padrone, da allora, si chiuse in casa e non volle veder più nessuno. Ora son passati trenta anni e più, eppure mi ricordo come se fosse adesso di quella cara e bella signora e di quel bel giovane. Son morti entrambi, requie all'anima loro.

Il fuoco si era quasi spento, la lucernetta impallidiva vieppiù: qualche contadino con la testa china sul petto russava. Massaro Pietro si alzò per andare a letto: Giovanni, scuotendo la pipa sul piuolo dello sgabelletto, diceva sottovoce a due contadini:

– È stata una *alluminazione* del vecchio Pietro, niente altro che una *alluminazione*, come diceva il furiere.

UN TRISTE RICORDO

I

Non è una novella; o una storia semplice e pietosa quella che narrerò. Molti piansero sul triste caso: pochi forse ora ricordano quel povero giovane che giace sepolto sotto quattro zolle di terra.

Ma io lo ricordo, e lo ricorderò sempre: ho ancora avanti agli occhi quel cadavere di giovanetto, sformato dagli ultimi spasimi, ma ancor bello, perché l'agonia coi suoi dolori non avea cancellato da quel viso quel non so che di calmo, di soave, proprio di una giovinezza rigogliosa e di un cuore ben fatto.

Ed è oramai scorso tanto tempo, quanto basta per cancellare ogni memoria, quanto basta per ridurre in cenere un cadavere; ma se è vero che per l'infinita regione dell'aria liberi e felici vagano gli spiriti dei buoni; se è vero che lo spirito dei miei poveri morti mi accompagna ovunque, e, come un tempo quando avean corpo, godono alle mie gioie, soffrono ai miei dolori: se è vero che essi, or che ora son qui, solo, fra le quattro mura della mia cameretta, son corsi dalle profonde regioni dei cieli e mi stan dattorno sorridenti, anche tu, povero giovinetto, sei accorso coi miei cari a ricordarmi ciò che ti promisi quando negli occhi ti scintillava l'anima di artista, nata per l'amore e fatta d'amore.

Oh! non ridete, no, non ridete per queste mie illusioni; non mi dite che la scienza ha ucciso la fede, che nulla vive fuori d'una tomba altro che fuochi fatui. Che importa a me della scienza? Io ho bisogno di credere che dei miei poveri morti qualche cosa sia rimasta a me vicino, che non sia una massa informe e putrida, qualche cosa duri che non sia uno scheletro livido e spolpato. Lasciatemi credere ai morti se non mi è dato più credere ai vivi; lasciatemi credere che l'anima, spoglia dal corpo, si purifichi di tutto ciò che di sordido, di volgare le si era impresso a contatto del mondo. Noi abbiamo bisogno di credere a qualche cosa; e se alle volte per questo bisogno chiudiamo gli occhi alla luce del vero e ci addormentiamo nell'inganno; se alle volte si teme tanto la verità da preferirle l'ipocrisia, e sapendo di essere ingannati non vogliamo, pel bisogno innato di fede, credere all'inganno, perché non credere ai morti, se tanto bisogno abbiamo di aver fede nei vivi, che pur conosciamo tristi e bugiardi!

* * *

Si chiamava, come ho detto, Pietro Vercillo, e avea venti anni. Era nato a Rende, piccolo paesello presso Cosenza. La madre gli era morta, ed egli continuava ad amarla con quell'abbandono, con quella sicurezza proprio dei cuori innammorati, e l'amava come se ancora ne godesse le carezze: e l'amava teneramente come figlio, l'amava religiosamente come devoto, perché, per lui, la madre era una santa volata al buon Dio per invigilare sulla sorte del figliuolo diletto. Altrimenti perché l'avrebbe abbandonato? perché l'avrebbe lasciato così, deserto e come perduto in questo mondo? Ben vero che gli rimaneva il padre: un brav'uomo, un cuor d'oro che avea consacrato tutto se stesso all'educazione del suo Pietro, e lo amava col severo e previdente affetto dell'uomo, e con tutta la tenerezza e l'abbandono d'una madre; perocché sentiva che gli toccava compensare il suo Pietro della sciagura, e nell'amore pel figlio riviveva l'amore per la sua defunta, come per Pietro nell'amore del genitore rivivea l'amore della sua povera madre.

Io non so nulla della sua infanzia; di questo doloroso dramma non so che la catastrofe: pure la sua infanzia dovette essere calma, e soave. La vita della famiglia ne avea temprata l'anima a sentimenti gentili: il mondo non ne aveva deturpato gli istinti, corrotto lo spirito. Nei suoi versi non un dubbio, non un rimpianto, non una bestemmia: crede all'amore, a Dio, alla donna, al bene, alla virtù: crede a tutto, ciecamente. So che amava, lui ricco, lui di buona famiglia, amava una giovanetta campagnuola, e l'amava ingenuamente, castamente. Eppure aveva vissuto un po' a Napoli, un po' a Cosenza e avrebbe potuto innamorarsi di una fanciulla del suo grado, di quelle che fan sognare i giovinetti di primo pelo, tutte fronzoli, tutte ipocrisie, tutte smorfie: lui, artista, avrebbe potuto scegliersi a musa ispiratrice una di quelle tante che si addormentavano coll'Aleardi, un tempo, ora con lo Stecchetti, rubato al fratello, sotto il guanciale; che balbettano il francese e fanno anche versi; perché ora chi non ne fa versi? Eppure a quindici anni aveva incontrato per le campagne del suo villaggio una gentile giovanettina e l'aveva amata, e ne fu amato. Certo gli scrisse lunghe e lunghe lettere, tutte frasi rubate qua e là; certo, non ne aveva studiato il carattere e dottamente perfida non lo teneva legato a sé con le fine arti delle civette: forse non gli avea detto altro che di volergli bene, e ciò era bastato a quel cuore semplice ed incorrotto. Ed era felice; l'affetto del padre, la memoria della madre; l'amore della sua Lidina ne aveano riempito il cuore; questi tre affetti nobilissimi compendiavano tutta la sua vita, e furono le tre corde della sua giovane lira, che s'infranse appena s'intese il primo accordo.

* * *

Un giorno, seduto alla tavola della Tipografia municipale di Cosenza, correggevo le bozze di stampa di un mio lavoro: mi era accorto che poco lungi da me un giovane era intento anche esso a far correzioni su certe strisce. – Chi è quel giovane? – chiesi al tipografo. – È Pietro Vercillo, da Rende, – mi rispose – il quale vorrebbe conoscervi –. – Oh! ma io lo so di nome – dissi io. Ed infatti ricordavo d'averne letto su di un giornale un saggio critico a proposito di una novella in versi, nel qual saggio il Vercillo accennava anche a me. Intanto il giovine si era accostato a noi, mi aveva stretto la mano, e dopo i primi complimenti d'uso mi si era seduto d'appresso: e mentre io lo guardavo, compiaciuto di quella maschia e simpatica figura di giovane, egli veniva parlando d'arte e di versi con un linguaggio vivo ed immaginoso, con un gestire rapido e concitato, con tutta l'espansione di un'anima giovane ed entusiasta. E così quasi senza conoscermi che per avermi visto quell'unica volta, mi veniva confidando le sue speranze, le sue aspirazioni, i suoi studii, le sue simpatie letterarie; e tutto ciò senza quella goffa boria dei giovani, che per aver letto una pagina del de Sanctis si impongono a parlar di arte e di critica, e si credono in grado di riveder le bucce a tutto ed a tutti. Io l'ascoltavo con piacere continuando a correggere le prove di stampa, senonché ad una sua osservazione giudiziosa, ad una immagine, ad un paragone ben trovato, alzavo la testa per osservar meglio quel giovinetto così espansivo ed entusiasta, che, e ciò davvero mi maravigliava, ed era pruova di forte ingegno e di animo squisitamente temprato, invece di imitar gli altri giovani, i quali affettano di non credere a nulla, perché tutto ignorano, voleva convincermi che in lui la fede era vivissima, che credeva in Dio, credeva nell'amore, credeva nella donna, credeva in tutto ciò che è buono, che è nobile, che è grande.

L'anima di quel poverello era troppo pura per restare insozzata dalla moda del giorno. L'affetto del padre, la santa memoria della madre, e l'amore purissimo della sua Lidina gli furono di valido usbergo. Mi disse che correggeva le pruove di stampa di un opuscoletto di versi che eran venuti fuori schietti e spontanei come i fiori selvatichi delle sue colline: mi promise che me ne avrebbe regalato un esemplare, e mi raccomandava di dargliene un giudizio sincero, senza tema di dispiacerlo, Io promisi. Ahimè! dovea adempire la mia promessa ora, ora che quel povero giovane da quattro mesi giace sotterra e i vermi del sepolcro ne rodono il cadavere!

* * *

Una mattina, ricordo come se fosse ora, era il 16 maggio, l'incontro per via: era in compagnia di un altro giovane lungo, pallido, vestito poveramente e col quale l'avevo visto parecchie volte. Egli, il Vercillo, aveva un fascio di libercoli sotto le ascelle; ne trasse uno e me lo porse.

– Son queste le prime copie, – mi disse – è questa la vostra: mi avete promesso di leggerla e la leggerete attentamente, non è vero?

– Ve lo prometto – risposi.

E lui: – Verrò stasera a casa vostra alle 5.

– Stasera no, – dissi io – sono occupatissimo. Verrete dimani.

E ci dividemmo. Come era lieto e sereno! Di statura alta, di forme robuste e bene proporzionate, sulle guance rosee gli ridea la salute e negli occhi bruni scintillava l'anima di artista e di poeta. Avea nel camminare le movenze sicure dell'uomo forte e vigoroso, mentre a lui d'accanto il suo compagno, mingherlino, curvo, sfiaccolato, sembrava lo stelo dell'erba malefica che si appoggia alla giovane e rigogliosa querciuola.

Eppure fra poche ore la giovane e rigogliosa querciuola dovea cadere a terra colpita a morte dal tisico filo d'erba! Eppure quel giovane così bello, così ricco di vita, di salute, di ingegno, d'avvenire dovea stramazzare colpito a morte da tre palle di rivoltella, dovea spegnersi per sempre sotto i colpi omicidi di un forsennato!

La sera di quel giorno, verso le cinque, uscii di casa: dopo pochi tratti di via veggo una gran folla ferma presso un albergo: mi feci vicino, e ad un giovane, che avea gli occhi molli di lagrime, chiesi il perché di quella calca. – Non sapete? – mi rispose – hanno ucciso Pietro Vercillo!

Ed era vero: nella stanza di quell'albergo, ove in compagnia di quel suo amico d'infanzia, col quale l'avevo incontrato la mattina di quel giorno fatale, il povero giovane era andato a pranzo, per futili motivi quel suo amico d'infanzia gli aveva esploso quattro colpi di rivoltella, l'uno dopo l'altro, a bruciapelo; e sordo alla voce della sua vittima che a mani giunte gli gridava "basta" era fuggito dopo averlo visto cadere colpito al braccio, al fianco, al petto.

Cadde ma non morì: agonizzò per circa 18 ore. Come se Dio avesse voluto incrudelire con quel poveretto per farlo più degno del premio che serba ai buoni ed ai forti. Eppure fra gli spasimi atroci non un lamento, non un rimpianto, non una imprecazione per l'uccisore.

– Vorrei vederlo, – disse – gli ho perdonato, davvero gli ho perdonato, vorrei vederlo!

Il padre, che era accorso dalla vicina Rende, appena entrò nella stanza del figlio cadde in ginocchio, e stette lì immoto, tacito, senza un singhiozzo, senza una lagrima, con gli occhi fisi sul figliuolo che agonizzava. E stette lì in ginocchio a contemplarlo per diciott'ore di seguito, quanto durò l'agonia di quel poveretto. Il moribondo gli dava coraggio.

– Via, rassegnati, – gli diceva – la mamma mi aspetta lassù; io la veggo, sai; se non fosse per te e per Lidina, mi sentirei lieto: via, non piangere –. E non piangeva quel misero padre, no, non piangeva; era sempre lì in ginocchio, con le mani giunte, muto, immobile, e con gli occhi sbarrati e fisi sul figliuolo che agonizzava.

* * *

E così è morto Pietro Vercillo, a venti anni. Pochi giorni prima di morire aveva intitolato il suo libriccino di versi: *Da un tramonto all'altro*. Oh! era meglio intitolarlo: *Da un'alba al mattino*! Cadde così come la giovine quercia colpita dal fulmine; morì lasciando il povero padre a piangerlo a lagrime che non saranno mai asciugate.

E non è il solo a piangerlo, no; ci è pure una povera giovinetta, un gentile e modesto fiorellino dei boschi, pel quale il misero assassinato aveva scritto i suoi versi più teneri: e quando presso a morire parlava al padre di quel casto amore, che doveva essere anche l'ultimo, lasciò detto che di quel che aveva ereditato dalla madre, tremila lire fosser dati alla Lidina per farsene una doticciuola.

Ed il padre promise di rispettare la volontà ultima del figliuolo; il cui corpo fu trasportato al villaggio di Rende per esser seppellito nella chiesuola, in quella chiesuola ove dormiva anche la madre, e dove la prima volta forse aveva letto negli occhi della sua Lidina che gli voleva bene.

Io non so se la Lidina mosse, al par delle altre fanciulle e di tutti i paesani che piangevano a calde lagrime, incontro al feretro: so soltanto che si ammalò e che guarì a stento: so soltanto che quando seppe del lascito delle tremila lire, rifiutò, capite? una povera contadina rifiutò tremila lire che nelle nostre campagne rappresentano una bella somma; so soltanto che una mattina all'alba fu vista entrar nella chiesetta del villaggio ove era seppellito il suo Pietro, e quando ne uscì, non avea più le sue belle chiome castagnine, che tanti bei versi avevano ispirato al morto poeta; ella se le avea recise, e le avea sepolte, imperocché or che il suo Pietro era morto a che valeva esser bella?

O voi che mi leggete, so bene che un incredulo sorriso vi sfiora le labbra: o vaga fanciulla, che conti gli amanti a dozzine, e che hai giurato le mille volte di morire d'amore e sei lì sempre viva, so bene che tu non le avresti rifiutate le tremila lire, tanto per pagar l'abito nero, taglio ultimo modello, e posar da povera sconsolata per abbindolar gli sciocchi. So bene che tu non le avresti recise le tue chiome nere o bionde che ti ornano così bene la simpatica testina: so bene che tu non crederai al dolore della povera Lidina, e mi darai del poeta, che in tuo linguaggio vale bugiardo. So bene che oggi non si crede più al disinteresse, all'abnegazione, alla virtù, alla costanza, alla saldezza degli affetti: so bene che in cuor tuo, anche ammesso che la Lidina viva veramente, non nella fantasia dell'artista, ma nella vita e proprio nel paesello di Rende, tu, o bella signorina, la chiamerai sciocca e peggio, perché non sai comprendere che oggi si possa amare, così pel solo gusto d'amare; tu non sai comprendere che nel cuore di una povera contadina possa racchiudersi tanta virtù di sacrifizio, tanta religione di ricordo, se in te e nelle tue amiche, che pure foste educate nelle scuole più di grido, e sapete di storia, di geografia, e avete un buon corredo di frasi per scrivere all'amica o all'innamorato, e cinguettate il francese, siete insomma quel che si dice delle ragazze ammodo, neppure una tu scorgi di queste virtù che son roba da contadine selvagge o male educate!

Eppure nel paesello di Rende questa semplice storia va per le bocche di tutti, ed ognuno potrà additarvi una bella e soave figura di giovinetta pallida e triste, con un viso smorto di addolorata, che ogni mattina parte da casa per le faccende di campagna e torna la sera al tramonto sola soletta, sdegnando la compagnia delle sue amiche di un tempo, che pure vorrebbero confortarla e non osano per riverenza a tanto dolore e se le vede da lungi ella sfugge quelle sue amiche, che un giorno le invidiavano tanto l'amore di quel ricco e bel giovane, ed ora, ora non si augurerebbero quell'intenso dolore, che consuma come cera al fuoco la povera Lidina. Vi direbbero che da quel giorno non l'han vista più nelle domeniche avviarsi per la chiesa del villaggio, a fare sfoggio del suo corpetto rosso e della sua gonna azzurra che la faceano tanto bella! che non l'han vista più seduta sul rozzo scanno della chiesuola, mentre di sottocchi beava di uno sguardo il suo Pietro, che appoggiato ad una colonna la contemplava a lungo, adorando il Creatore in quella splendida creatura. Vi diranno che solo all'imbrunire l'han vista entrare in quella chiesetta ove dorme il suo Pietro, all'imbrunire, quando la chiesa è deserta, quando il sole indora i vetri polverosi, l'ombra dell'alte navate si spande malinconica e misteriosa. Vi diranno che la sera non scende più all'uscio della sua casetta con le allegre sue amiche: che se gli accordi di una chitarra rompono il silenzio della notte, la finestretta della Lidina non si apre più come un tempo, e non si vede più far capolino quella bruna testa di fanciulla. Vi direbbero che ella si è rassegnata a vivere, perocché del suo lavoro deve sostentar la vita ai suoi cari, ma che l'anima sua non è più qui, no, è volata lassù, presso al suo Pietro.

Ecco ciò che vi direbbero i paesani di Rende, e forse, come avvenne a me, sentireste una riverenza religiosa per quella giovinetta: e se non credete più all'amore, al disinteresse, all'abnegazione, a tutto ciò che è nobile, che è buono, che è grande; se il mondo con le sue bassezze, con le sue ipocrisie, con le sue volgarità, con quella miscela di vizii e di basse passioni che dicesi positivismo, e si è infiltrato in voi, e vi ha guasto e corrotto; se non credete più a nulla di buono e di nobile nella vita, e forse avete ragione a non crederci, contemplando quella giovinetta sentireste rinascere, come in me rinacque, il fior della fede; e non direste più che la virtù è un nome vano, il disinteresse e l'abnegazione una utopia, l'amore una favola.

LA CERTOSA DI SERRA S. BRUNO

I

A un trar di fucile dal paesello di Serra S. Bruno, in quel di Monteleone, in mezzo alle boscose colline vedesi la diruta Certosa di S. Brunone, i cui abati un tempo avevano dritti e dignità di baroni, con alta e bassa giustizia su i vassalli del dintorno. La chiesa ed il convento erano circondati da altissime mura, con quattro torri agli angoli, nel Medio Evo di valida difesa contro le scorrerie dei saraceni. Dopo quella di Montecassino era una delle più ricche d'Italia, e fu visitata da parecchi pontefici, uno dei quali, un Clemente, lasciò per ricordo una pianella di seta tempestata di gemme.

Il tremuoto del 1783 la diroccò quasi tutta, né si ebbe cura di sgombrare il recinto dai massi, dal calcinaccio, dalle colonne e dalle statue infrante: edificarono in un angolo del giardino un caseggiato pei monaci, e fra i ruderi della vecchia Certosa una chiesa; il resto rimase tal quale fu visto l'indomani del memorando tremuoto.

Il recinto per un terzo è coltivato a giardino, che si estende fino al caseggiato di nuova costruzione; il resto è tutto spigoli, incavi, viottoli, massi, colonne spezzate, statue mutilate, fra le quali le ortiche e gli sterpi crescono rigogliosi, cingendo la base di quei ruderi, sporgendo per le fessure dei massi, intrecciandosi fra gli archi spezzati, coronando di foglie verdi i capitelli ricoperti di muschio. Qua e là vedonsi disseminate braccia, teste, gambe, busti di statue, mitre di vescovi, corone di vergini; in fondo, la grande facciata dell'antica chiesa spaccata da larghe fessure, con gli archi rotti, con le mura forate, sulle quali in bilico mantiencsi ancora qualche masso. In alto, fra le mura del convento rimaste in piedi, vedonsi ancora i vani delle finestruole, con qualche avanzo d'imposta tarlata; in basso le porticine dei sotterranei divelte, rotte, scheggiate infradiciano fra le ortiche; ed il vano nero, stretto, basso degli *in pace*, delle cantine, delle vie nascoste è coperto dalle erbe rampicanti, dagli sterpi, dalle ciocche di viole gialle, fra le quali strisciano le lucertole e nidificano i pipistrelli.

Di notte quel convento ha un aspetto fantastico e pauroso. In quelle senza luna vi è colà come un condensamento d'ombre, rotto da punti bianchicci. Le stelle scintillano attraverso i fori, gli archi, le fessure: il vento fischia fra le muraglie screpolate, agitando le erbe parassite, scuotendo i massi caduti, che talvolta vengono giù con sordo rovinio. Quando la luna proietta i suoi raggi colà dentro, ombre fantastiche vi si delineano, e or s'allungano, or s'accorciano, or dispariscono affatto se qualche nube vela la luna; poi di un tratto, ad un soffio di vento, un largo velo di ombre passa fuggendo pel chiostro, e le mura s'imbiancano e si distendono di nuovo sul grigio del calcinaccio. Tra il giardino ed il nuovo convento, dirimpetto alla porta di entrata, havvi una cappelluccia chiusa da un cancello di legno, attraverso al quale vedesi un altarino con un gran crocefisso. Una lampada fioca e tremolante arde perennemente; e nelle notti d'inverno buie e tempestose, quel lume gialliccio impaura i tardi viandanti, cui par di vedere come delle ombre bianche sfilar sotto quella luce; cui par di vedere quel gran Cristo in atto di discendere dalla sua croce e chinare il capo come chi stia in ascolto.

Quelle rovine sono circondate da alte e massicce mura che il tremuoto non poté scrollare, e sembra che ancor difendano i ruderi, come un tempo difesero la Badia. Nelle torri muscose or fanno il nido i gufi e le civette, che in sull'imbrunire si veggono svolazzare per quel recinto, e lo riempiono di frulli di ali e di sinistre e lugubri voci.

Le alte colline che circondano la Badia, nereggiano per pini ed abeti giganti, che van cadendo man mano sotto la scure del boscaiuolo. Un torrente, precipitandosi da un burrone, viene a formare un rigagnolo presso le mura del vecchio convento, e va serpeggiando fra la pineta del piano, slargandosi in forma di laghetto in un angolo alla base di due colline. Colà, la tradizione vuole che S. Bruno siasi ritirato a pregare; ed infatti, nella base del colle presso al laghetto, vedesi una grotta, che fu ricovero del santo; e in mezzo alle acque del ruscello una statua, rosa dal tempo e dalla umidità, che han dato una tinta verdastra al marmo viscido e stillante.

Fra quelle rovine viveva ancora, or fan dieci anni, un monaco; fra quella morte di un tempo lontano viveva ancora un uomo.

Vecchio più che settantenne, aveva la barba e i capelli bianchi come l'abito di certosino, la pelle nera e rugosa, gli occhi dalle palpebre bianche infossati nell'orbita. Rimase colà dopo la soppressione degli ordini religiosi, a guardia di quei ruderi, anche esso un rudere.

Una celletta, addossata al muro della chiesa, era il suo ricovero, che divideva con un cinquantenne frate minore. I fedeli del vicino villaggio lo provvedevano di vettovaglie, i taglialegni di rami secchi pel fuoco. Lo si vedeva spesso aggirarsi fra quei ruderi, internarsi fra le volte dei sotterranei, sbucar fra le ortiche che nascondono gli *in pace*, salir la scaletta delle torri, con la testa china sul petto, con le braccia ripiegate fra le lunghe maniche dell'abito bianco. Lo si vedeva all'avemmaria della sera e in quella del mattino, in ginocchio presso al cancello della cappelluccia, immobile, silenzioso, con la testa fra le mani; e la gente del villaggio lo guardava con religiosa riverenza mista a superstizioso terrore. Però non era amato, anzi, direi quasi, era temuto. Era il rappresentante degli antichi abati che avevano diritto d'alta e bassa giustizia su i vassalli, e ne aveva conservato la nerezza e l'orgoglio. Non amava far ciance, accoglieva malvolentieri i visitatori della Certosa e rispondeva secco alle loro domande. Talvolta li lasciava a mezzo di un loro discorso, e si allontanava a passo lento per sparire in un sotterraneo, di cui l'uscita era nota a lui solo. Poi lo vedevano ricomparire al di là del giardino e camminar lungo le mura con la testa china sul petto e le braccia ripiegate sotto le larghe maniche dell'abito bianco. I paesani si erano abituati a quei modi e, accompagnando qualche visitatore, evitavano l'incontro di quel vecchio, che additavano ai curiosi come l'avanzo non meno interessante di quella celebre Badia.

Si chiamava Padre Serafino.

II

Nel 1870 per miei affari dovetti recarmi nel paesello di Serra S. Bruno. Fui ospitato da un vecchio medico da me conosciuto in Catanzaro, e che si era legato a me di viva amicizia, come spesso la tarda età si lega alla prima giovinezza. Egli occupava i suoi ritagli di tempo nello studio delle lettere e nelle ricerche storiche: e fin da quando lo conobbi mi aveva promesso alcune interessanti notizie su la celebre Certosa, e il racconto particolareggiato di una certa istoria che mi avevano narrato in confuso. Appena arrivato, gli ricordai la promessa e fissammo l'indomani per la visita ai ruderi della Badia.

Nella sera di quel giorno, mentre eravamo a cena, udimmo picchiare fortemente alla porta di strada; poco dopo la fantesca del dottore venne a dirgli che giù al basso c'era il servo della Certosa, il quale chiedeva del medico con gran premura, perché padre Serafino era moribondo.

– Va bene, – fece il dottore – ditegli che andrò subito.

Poi l'intesi mormorare fra i denti:

– Che sia finita l'espiazione?

– Dottore, – diss'io – vi accompagno.

– Ero per farvene la proposta. Forse vi ricorderete per tutta la vita di questa notte.

Ci avvolgemmo nei nostri mantelli e ci avviammo preceduti dal servo che portava una fiaccola accesa di legno resinoso.

Attraversammo il villaggio addormentato, e ben presto fummo in aperta campagna. Gli alberi delle colline a dritta e a manca si ergevano immobili e neri. Di tanto in tanto passava per le cime una folata di vento che fuggiva fischiando; la luce rossa della fiaccola rischiarava per breve tratto la via; il resto, si perdeva nel buio di una notte senza stelle. Dopo un dieci minuti di cammino, vidi delinearsi confusamente le mura della Certosa, che man mano si faceva più distinta: su di esse e ad eguale distanza, si ergevano le quattro torrette, fra le cui feritoie appariva il cielo nella curva dell'orizzonte. Rademmo per poco la mura, separate dalla via da un fossato d'acqua limacciosa nella quale si rifletteva con sanguigni bagliori la luce della fiaccola; e poco dopo fummo avanti un cancello di ferro socchiuso, nel mezzo del quale una figura bianca, ritta ed immobile, ci aspettava.

– Siete voi, signor dottore? – domandò quella figura.

– Sì, sono io: – rispose il dottore – che c'è di nuovo?

– Che volete ci sia? Padre Serafino fin da stamane si lagnava di una grande debolezza alle gambe e di un aumento d'asma. Ora è a letto che affanna da far paura.

– Um!… – fece il dottore – andiamo.

E preceduti da quella figura bianca, che era il frate minore a servizio di Padre Serafino, e dal servo con la fiaccola, entrammo nella Certosa.

– Attento a non inciampare! – gridò il dottore.

E ci era proprio bisogno di quell'avviso, tanto il terreno rotto, ineguale, disseminato di statue, di colonne, di capitelli spezzati era malagevole al passo. Le ortiche, le spine, gli sterpi impedivano l'andare e laceravano gli abiti. Talvolta la via era affatto sbarrata da un muro, sicché faceva d'uopo tornare indietro; tal'altra si doveva scavalcare un masso, o strisciare sotto un arco. Sovente si sdrucciolava fino in fondo ad un fossato, o si dava di petto ad un rialzo del terreno, che si doveva risalire aiutandosi con le mani, le quali si laceravano a contatto del calcinaccio. La luce rossa della fiaccola ora scopriva un busto senza testa, ora un braccio addossato ad un masso, ora una statua senza gambe riversa al suolo; poi tornavamo di nuovo al buio, ma più in là ricomparivano altri avanzi, altri ruderi informi, fra le alte erbe e negli avvallamenti del suolo. L'interno della cappelluccia, visto attraverso il cancello, spiccava in giallo nel fondo nero del recinto.

Noi camminavamo in silenzio. L'abito bianco del monaco che andava innanzi, aveva muovenze di fantasma: le mura che circondavano quel chiostro pareva si stringessero per rattenerci là dentro; le finestruole dell'antico convento, attraverso le quali vedevamo in pezzi rotondi il cielo nero, pareano occhi che ci guardassero, pupille che minacciassero i profanatori del tempio.

Infine giungemmo alla celletta di Padre Serafino: la porta ne era socchiusa: il monaco che ci accompagnava la spalancò e fermossi sul limitare.

– Entrate, dottore – disse.

– Mi son fatto accompagnare da questo amico che s'intende anche esso di medicina – fece il dottore.

Il monaco non rispose: io entrai.

La celletta era rischiarata da una lucerna di creta sopra una tavola zoppa e tarlata. In fondo, un letticciuolo, di contro al letto un armadio senza vetri, scompartito da rozze tavole, con alcuni libri, pochi piattelli ed altri arnesi ed utensili: due casse, un braciere e poche sedie, eran tutto il mobilio della stanzetta. Vicino al lettuccio un inginocchiatoio a pie' di un gran crocifisso che pendeva dalla parete, e sulla tavoletta dell'inginocchiatoio uno scrigno di legno prezioso, intarsiato di madreperla con le borchie e la toppa di metallo.

Il monaco giaceva supino sul letticciuolo; le coltri gli coprivano metà della persona, e fra lo sparato della camicia si vedeva il petto magro, dalla pelle rugosa, ricoperta di una peluria bianca. Il respiro affannoso gli gorgogliava nella strozza, il petto si gonfiava quasi volesse scoppiare. La testa era sollevata sull'origliere: le mani ossee e bianche abbandonate sulla coltre.

Il frate che ci aveva accompagnato prese la lucernetta e la sollevò sul moribondo, il quale non faceva segno di essersi accorto di noi. Il dottore si chinò su di lui per ascoltarne il respiro, poi gli prese il polso e stette immobile a misurarne i battiti.

– Si è confessato? – chiese sottovoce al frate.

– Sì, ieri.

– La scienza degli uomini non può far nulla per lui, – disse il dottore solennemente – Dio che perdona, Dio solo può guarire.

Il moribondo aprì gli occhi smorti fra le palpebre bianche e guardò il dottore.

– Vi ha riconosciuto – disse il frate. Poi il morente volse in giro lo sguardo, e lo fissò su di me con una strana espressione di corruccio.

– Vuol rimaner solo, allontanatevi, signore – mi disse il frate, che pareva interpretasse chiaramente i desideri del morente espressi dallo sguardo.

– Sì, allontanatevi – fece il dottore.

Uscii fuori un po' mortificato e mi sedei su di un masso. Poco dopo fui raggiunto dal frate e dal servo che si assisero a me vicino.

– Ha voluto restar solo col medico – mi dissero.

Stemmo un buon pezzo colà seduti, essi taciti, io assorto nella contemplazione di quel chiostro. Poi fummo raggiunti dal dottore che disse, volgendosi al frate ed al servo:

– Sarò qui di nuovo fra un paio d'ore. Del resto la mia scienza è inutile.

Il monaco ed il contadino ritornarono nella celletta: io ed il dottore rimanemmo soli.

III

– Dottore, – gli dissi – quando sapeste che Padre Serafino era moribondo parmi che vi udii mormorare: «Forse è finita l'espiazione»: mi sono sbagliato?

– No – rispose il dottore, dopo avere esitato un po'.

– Espiazione di chi, espiazione di che?

– Vedete quella torre in fondo al giardino? Qui nel paese la chiamano la Torre del Monaco.

– Oh! c'è una tradizione dunque?

– Più che una tradizione, una istoria.

– Che mi narrerete; vi ricordo la promessa.

– Che vi narrerò, ma ad un patto: non la ridirete che dopo la mia morte.

– Allora mi auguro di non doverla ridir mai; in ogni modo, ve lo prometto.

– Ebbene, venite: vo' mostrarvi il luogo della catastrofe.

E si avviò. Io gli tenni dietro curioso. Costeggiammo il muro di cinta; io fremeva di impazienza ed affrettavo il passo per raggiungere il dottore, che si era fermato proprio alla base della torretta, e precisamente presso al vano di una porticina, dalla quale incominciava una scaletta che si perdeva nel buio. Io ne salii i primi gradini e guardai in alto. Buio completo; senonché dagli spiragli del muro filtrava un barlume confuso. Sul mio capo udivo certi strepiti lievi, come frulli d'ali, certi rumori fuggevoli ed indistinti di uccelli notturni.

– Avete visto? – mi disse il dottore quando discesi.

– Null'altro che ombre. Dove mette questa scala?

– La torre era divisa in due piani; nel primo anticamente dormivano le guardie, nell'ultimo vegliavano le scolte. Ora venite meco e vi mostrerò una porticina molto interessante per la storia che vi narrerò.

E prendendomi per la mano mi guidò dentro la torretta. S'internò, da me seguito, nel sottoscala e poi vidi nel muro che dava in sulla via, un vano stretto e basso chiuso da un cancello di ferro dalle sbarre massiccie ed arrugginite, con un grosso catenaccio nel mezzo. Di fuori la campagna stendeasi bianchiccia sotto l'ombra della notte.

– Vedete là in fondo un punto nero? È una croce.

– Uccisero qualcuno su quella via? – domandai.

– Quarant'anni or sono, in una notte di gennaio, gli abitanti di Serra S. Bruno furono svegliati dal rimbombo di due colpi di arma da fuoco; nel mattino all'alba fu trovato disteso colà, in mezzo alla via, il cadavere di un giovane signore con due pugnalate nel petto. Si disse che l'omicida era un monaco.

– E la giustizia non indagò, non perquisì?

– La giustizia allora non metteva il naso negli affari dei conventi.

– Dottore, andiamo all'aperto; non vi nascondo che mi sento soffocare qui dentro e che quasi ho paura.

Uscimmo dalla torretta e andammo a sedere su di una pietra, presso il fossato.

Il dottore principiò il suo racconto sotto voce, come se in quella solitudine buia temesse che qualcuno stesse ad ascoltarlo.

IV

«Ero molto giovane allora e da poco avea fatto ritorno dalla Capitale, laureato in medicina e chirurgia, ma ricordo come adesso quella festa solenne, in cui si diceva che alla messa avrebbe cantato un monaco allora allora venuto da Napoli. Quel monaco si diceva fosse stato ufficiale nelle Guardie del Corpo, un buontempone come pochi, un duellista famoso, un famoso donnaiuolo, pel quale si erano compromesse molto signore dell'aristocrazia, e che avea sciupato tutto il suo con le ballerine e nelle bische; e poi per un'avventura scandalosa con una signora posta in alto, molto in alto, era stato costretto a mutare il suo bell'uniforme di ufficiale con l'abito bianco del certosino, e il suo nome di Roberto conte di Pietracuta in quello di Padre Serafino. Si dicea pure che era stato amato da molte nobili fanciulle, una delle quali, figlia di un grande di Spagna, da molti anni stabilito in Napoli, ne fu pazza addirittura.

Costretto da una volontà cui non si resiste a farsi frate, in breve per le alte protezioni avea preso gli ordini. Ora la sua voce melodiosa, che un tempo avea fatto la delizia delle sale aristocratiche, cantava il Te Deum nelle solennità ecclesiastiche, e gli occhi delle donne non sapevano staccarsi da quel bell'uomo fresco, vegeto, sorridente sotto l'abito bianco del certosino.

Nel convento egli continuava ad aver cura della sua persona, profumandosi, attillandosi, vestendo sempre di nuovo, col collare splendido di bianchezza, attendendo alle cerimonie religiose con certa disinvoltura elegante, che faceva strano contrasto con i modi rozzi, goffi, volgari degli altri monaci.

In quella festa si sapeva che quel bel monaco avrebbe cantato in piena orchestra, un'orchestra venuta da Catanzaro, e che ci sarebbe stato un gran concorso di popolo.

Si sapeva inoltre che sarebbe intervenuta in chiesa la moglie del più ricco e nobile signore di Serra S. Bruno, la baronessa Gilardi, bella come nessun altra fu mai, bionda, delicata, figlia di un gran signore della Capitale, che per amor di danaro si era deciso ad accordare la mano di sua figlia a quel barone di provincia. Ella aveva dovuto seppellire nel suo cuore tutte le aspirazioni di una natura ardente, sviluppata ed educata nelle ricche e sfolgoranti sale, alla luce viva e calda delle feste e dei teatri, tra le gemme ed i velluti, nel turbinio incessante della

Capitale, dove ella, ricca di censo e di giovinezza, bella di quella bellezza che abbarbaglia e dà il capogiro, era sbocciata, fiore del lusso e della gioia, rigogliosa e turgida di vita.

Ed era bella davvero. Io l'ho conosciuta, molto, ché era il suo medico. Quando ella, per cedere alla volontà del padre, andò sposa al barone Gilardi e venne a seppellire la sua giovinezza e la sua beltà in questo paesello, fra gli alti e foschi pini della montagna, in sulle prime pianse, poi si rassegnò a languire, povero fiore di serra trapiantato nel bosco. Ma fiera e superba, non ebbe un rimpianto, non una parola di sdegno. Non usciva quasi mai di casa; chiusa nella stanza più remota del suo palazzo, non era dato che a poche persone, oltre i servi e la cameriera, di entrar là dentro; a me come medico, quando era ammalata, all'abate del convento, suo confessore, qualche volta. Il marito tutto inteso ai suoi affari di campagna, la trascurava. Era bello, giovane, e di cuore, ma nato ed educato in mezzo ai boschi, non sapeva né poteva comprendere la natura delicata ed ardente della moglie. Però ne era geloso, non per amore, per orgoglio, e perciò non voleva che ella visitasse i suoi nella Capitale, dove egli, incolto e rozzo, sarebbe stato umiliato e schernito dagli eleganti vagheggini. In sulle prime la giovane signora aveva cercato di persuaderlo con ogni maniera di carezze; ma un giorno il barone le disse:

– Sentite: volete che vi accompagni a Napoli? Vi prevengo però di una cosa.

– Dite – aveva esclamato la baronessa, lieta d'aver raggiunto lo scopo.

– Vi prevengo che colà sarò costretto a bruciarvi le cervella. Quando ero vostro fidanzato e non vi amavo, capite? soffersi tutte le torture dell'inferno vedendovi tanti bellimbusti attorno; ma dovevo tacere e tacqui. Ora che sono vostro marito...

– E non mi amate...

– Vi amo... come sappiamo amar noi... Ora che sono vostro marito, sento che brucerei le cervella al primo che osasse farvi la corte e poi vi ucciderei. Dopo quello che vi ho detto, se volete partire per Napoli, son pronto.

La baronessa si era rassegnata a quella vita monotona e triste, come si rassegna forse il vulcano a sopportar la neve quando il fuoco gli bolle nelle visceri: ma la rassegnazione di lei nascondeva ire e rabbie sorde che ne logoravano il cuore. Aveva perduto i vivaci colori della giovinezza e della salute; aveva nella persona un non so che di stanco e di sofferente, ma era sempre bella, bella da far cadere in ginocchio per adorarla».

– Ne eravate innamorato dottore? – dissi io.

– Non so... oramai sono scorsi quaranta e più anni, son vecchio e il tempo ha steso uno strato di oblio sul cuore. A che frugar dentro per scoprire margini di vecchie piaghe.

– Proseguite, dottore, proseguite.

«Quando nel paesello si seppe che la baronessa sarebbe intervenuta alla messa solenne, se ne fece un gran discorrere. Era la prima volta, dopo due anni di matrimonio, che ella andava in chiesa in un giorno di festa. Si sapeva che aveva dovuto cedere, costretta dal marito, alle preghiere di Monsignore Abate, al quale nulla potevasi negare, e che ad ogni patto, per vanità, voleva far sentire il suo cantore monaco, che le altre abazie gli invidiavano. La signora si era fatta venire da Napoli un abito bellissimo ed una ricca ed elegante acconciatura. Tutti questi particolari, i quali correvano pel paese, mi sono rimasti impressi, come mi è rimasto impresso tutto ciò che è legato a quella donna. Infine spuntò l'alba del giorno festivo: la folla venuta da tutte parti, rumoreggiava per le vie del paesello. Avanti lo spiazzo del convento i mercanti avevano messo su bottega; lungo la via festoni e fiori, e poi uno scampanìo da assordire, e tamburelli e gran casse; una gran festa insomma. La chiesa della Certosa era parata come nelle maggiori solennità e piena zeppa di signori, di contadini, di forestieri. Già i monaci ufficiavano sull'altare, fra centinaia di candele accese, quando un mormorio corse per la folla. Io era dirimpetto all'orchestra: vicino a me e avanti la folla, due poltrone destinate al barone e alla moglie. Quel vocio annunciava appunto il loro arrivo. La folla si aprì rispettosamente dinanzi a quella splendida figura di donna, coperta di seta, di veli, di penne e scintillante di gemme. La baronessa sedé sulla poltrona presso al marito, ed aprì il suo libro di preghiera. Sull'altare ufficiava l'Abate in mitra e cappa magna. C'era per l'aria un odore d'incenso, e la luce del sole s'univa a quella delle candele. Poi i monaci sedettero nelle grandi seggiole dorate, e stridettero per gli accordi i violini dell'orchestra. Io non toglieva gli occhi da quella donna sì bella, e, lo confesso, pensavo con un certo orgoglio che a me solo era dato penetrare nella stanzetta di lei e sentir la voce di quella bellezza splendida. Ella, china sul suo libro di preghiere, muoveva le labbra lievemente, e attraverso il velo, vedevo le lunghe ciglia, il viso bianco rosato alle guance, e le forme delicate e come scolpite della leggiadra persona».

– Dottore, – dissi io – avete amato molto quella donna.

Il dottore non rispose: si passò la mano per la fronte, poi riprese:

«Infine l'orchestra die' principio ad una sinfonia; quando ad un tratto una voce potente, ma dolce nella sua forza, soave anche nelle note più acute intuonò un canto religioso, sicché tutta la chiesa ne fu piena, e la folla, che si era scossa, volse gli occhi al punto donde veniva quella voce melodica e solenne. Anche io guardai in alto, all'orchestra, e vidi ritto in piedi, in un atteggiamento severo e insieme elegante, un monaco, vestito di bianco, dal viso roseo come quello di una fanciulla, dalle labbra sottili, che aprendosi mettevano in mostra i denti bianchi dalle gengive rosse, un monaco forte, bello, vigoroso, i cui occhi neri, dallo sguardo pieno di luce, ora si abbassavano quasi sdegnosi su la folla rapita dai soavi concenti, or si volgevano al cielo con una espressione soavissima di preghiera. Non so come, volsi gli occhi alla baronessa. Ella si ora tolta il velo ed ascoltava con la testa alta, coi grandi occhi cerulei fisi sul cantore, con una impronta nel viso e nella persona abbandonata su la sedia, di beatitudine, di dolcezza, di rapimento: parea che l'anima di quella donna seguisse nello spazio quelle note soavi per volar con esse fino a Dio. Seppi poi che quando intese quella voce, quando vide quel bel giovane bianco ritto in piedi sull'orchestra, e che pareva dominasse la folla e si elevasse fiero e superbo di tutta la persona su di noi, ella avea trasalito, si era fatta pallida quasi stesse per svenire, e aveva mormorato un nome, come se in quel giovane avesse riconosciuto un amico, forse un amante di altri tempi. Io la vedevo fremere, scolorire: parea che quelle note, le quali echeggiavano or cupe, or gravi, or dolci ed acute, or piene di gioia, or piene di lagrime, le penetrassero nelle vene per accenderle il sangue, per mettere in sussulto i nervi di lei, per far scoppiare in lei la giovinezza compressa e la lava di fuoco che le scorreva per le carni. Egli, il monaco, si era accorto dell'effetto che la sua voce produceva su quella signora? Credo di sì, perché i suoi sguardi lucidi ed acuti, non erravano più per la folla, non si volgevano più al cielo, ma splendevano fissi su quella donna, che riversa su la sedia, con le labbra socchiuse, con le ciglia abbassate su gli occhi umidi, parea assaporasse un'ebbrezza da tanto tempo agognata, che or la circondava tutta e le penetrava nelle vene con la voce di quella bocca, con gli sguardi di quegli occhi.

Infine con un ultimo suono, che ripercosso dall'alte navate, vibrò per la chiesa, l'orchestra tacque, tacque la voce, ed il monaco rimase ritto in piedi, con gli occhi fissi sulla baronessa, che non si era mossa, che rimaneva ancora come sotto le brucianti carezze di quei suoni e di quella voce. La folla applaudì con un bisbiglio; corse un mormorio fra gli astanti; infine il monaco scese lentamente dall'orchestra e passò tra la balaustrata della navata maggiore e la sedia della baronessa, sicché l'abito bianco di lui si confuse per poco con la veste di seta della signora. I loro sguardi s'incontrarono: egli fe' un lievo cenno della testa: la signora divenne di porpora in viso e seguì con gli occhi il monaco che circondato dagli altri certosini, i quali si congratulavano con lui del gran successo, entrò in sacrestia.

Il barone era rimasto indifferente e come annoiato: natura grossolana e incolta, non aveva nulla compreso, né quella voce melodica era valsa a commuoverlo. Quando le cerimonie religiose terminarono, e dietro a sé udì rumoreggiar la folla che usciva, die' in un sospiro di soddisfazione, si alzò e porse il braccio alla moglie.

Ella volse un'altra volta lo sguardo verso la sacrestia, poi come confusa, come trasognata, si appoggiò al braccio del marito e passò la folla che le si apriva dinnanzi.

A me nulla era sfuggito: quel monaco e quella donna si erano di certo conosciuti altra volta, forse anche amati. Non m'ingannava sventuratamente».

– Non potevate ingannarvi perché voi amavate la baronessa – dissi io.

Il dottore non rispose. Io volsi in giro lo sguardo: le nubi si erano addensate nel cielo: una stella rossiccia brillava in alto, fra gli strappi della nebbia. Le ombre della notte pesavano sinistre su i ruderi del chiostro. E intanto a pochi passi da noi, su di un povero lettuccio, fra le quattro mura di una celletta, un vecchio agonizzava, e forse in quell'istante esalava l'estremo respiro.

Il dottore continuò:

«Il palazzo del barone, posto a principio del paesello, distava un trar di pietra dalla Certosa, e aveva i balconi proprio di contra alla prima torretta. Era scorso un mese da quel giorno; quando mi si venne a dire che la signora baronessa era indisposta e che mi fossi recato subito da lei. Corsi senza indugio e fui introdotto nelle sue stanze. La trovai sdraiata su di una poltrona: aveva gli occhi volti al soffitto e le braccia abbandonate lungo il corpo. Era vestita di un accappatoio bianco che ne delineava le forme bellissime. Mi invitò a sedere e poi mi disse:

– Soffro molto, signor dottore.

Io le presi il polso, la osservai attentamente e risposi:

– Sicuro, voi soffrite.

– Datemi qualche rimedio efficace; proprio, sono stanca.

– Signora, – le dissi quasi sottovoce – voi soffrite al cuore.

Ella trasalì, si alzò a mezzo e mi lanciò uno sguardo acuto e sdegnato.

– Vi ingannate, dottore, voi scambiate un raffreddore con una malattia cardiaca.

– Voi soffrite al cuore, – ripetei lentamente e fissandola in viso: – voi soffrite al cuore, e per guarirvi non havvi che un solo rimedio.

– E quale, di grazia?

– L'amore.

Ella balzò dalla sedia come punta da una spina, mi fulminò con lo sguardo e poi mi disse additandomi la porta:

– Uscite!

Avevo colpito giusto, né mi pentivo del mio ardimento. Presi il cappello e mi avviai verso la porta, quando dietro a me intesi come un corpo che cadea di peso. Mi rivolsi: vidi la baronessa riversa sulla poltrona. Corsi a lei, me le inginocchiai vicino prendendole la mano e mormorando:

– Perdonatemi signora, perdonatemi, io non ho voluto offendervi. Oh se sapeste! io ho un culto per voi come per una santa.

Ella ritirò dolcemente la sua mano dalla mia, e con gli occhi pregni di lagrime, col singhiozzo nella gola, rispose:

– Avete ragione, dottore, io soffro, io soffro al cuore. Sono una povera disgraziata, sola, in mezzo ad un volgo che mi si stringe addosso per soffocarmi. Vedete, queste montagne mi pesano, quegli alberi neri e giganti mi fanno paura. Avrei bisogno di luce, avrei bisogno d'aria, avrei bisogno di mia madre, perché sento che senza di essa io sarò perduta… O madre, o madre mia!

E scoppiò in un pianto dirotto.

Io la contemplava con le lagrime agli occhi: leggevo nel cuore come in un libro: ne vedevo tutti gli spasimi, tutte le lotte, tutti gli struggimenti; e per quella creatura così bella, e pur così infelice, più che amore, sentivo pietà. Infine ella parve calmarsi ed io le dissi:

– Non ho che un consiglio a darvi, o signora; partite; nel vostro male ci è anche molto di nostalgia.

– Partire! e come? Ma voi non sapete che io non conto nulla; che per mio marito non sono che una femmina?

E disse ciò a denti stretti con un accento indefinibile d'ira, di vergogna e di dolore.

– Vostro marito si persuaderà.

– Lui!... E sapete perché non vuole che io torni anche per poco ai miei? Perché è geloso!

E in ciò dire sorrise, un sorriso che valeva uno scoppio d'ira.

– E mi lascia qui, capite? qui, sola, fra quattro mura, perché qui è sicuro di me, dice lui. Capite voi l'ingiuria atroce onde egli mi perseguita in ogni istante, in ogni ora, in ogni giorno? E mi schiaffeggia coi suoi timori, e mi umilia con le sue proibizioni e mi tratta a paro di certe immonde bestie, che in talune epoche si chiudono in stalla per non farle correre la campagna! E mio padre è grande di Spagna, e mia madre è duchessa d'Alvedo; ed io, dama di corte di S.M. la Regina, io son la femmina vile ed abbietta di mio marito!

– Calmatevi, signora baronessa, calmatevi.

Fece uno sforzo per tornar calma; poi ancora affannosa, trattenendo in gola i singhiozzi, mi stese la mano dicendomi:

– Addio, dottore; dimenticate quel che vi ho detto. Addio: so che ho in voi un amico.

– Per la vita e per la morte! – esclamai stringendo fra le mie la sua mano morbida, levigata, ma fredda come il ghiaccio.

Uscii da quella casa col cuore in trambusto».

«Ah barone, barone!» dicevo fra me e me «sei tu che guidi tua moglie verso l'abisso!».

V

«Intanto nel paese non si parlava d'altro che di quel bel monaco, il quale sotto l'abito di certosino aveva conservato l'eleganza dell'ufficiale. Le pinzocchere sdilinguivano a vederlo; e quando egli con la testa china, con le braccia ripiegate nel petto, come vuole la regola, attraversava la chiesa, più di una monachella, di quelle che diconsi "di casa", biascicando il rosario e facendo scorrere le coccole della corona, lo seguiva con gli occhi umidi e innammorati, mentre le più ardite gli si facevano intorno per baciargli il lembo dell'abito. E ne nacquero risse, tafferugli e gelosie profonde; e in quella chiesa avevo sorpreso più volte un incrociarsi di sguardi minacciosi, e gesti d'ira, e ingiurie scambiate fra un'avemmaria ed un paternostro.

Io osservavo e tacevo. Una sera verso il tramonto andando a passeggio per la strada della Certosa, vidi ritto in piedi su gli spaldi della torretta Padre Serafino, con le mani conserte e gli occhi rivolti alla prima casa del paese, che era appunto quella del barone. Senza far mostra di essermi accorto di lui, mi voltai a guardare anche io verso quella direzione, e scorsi in un balcone una figura di donna appoggiata alle imposte e con la fronte ai vetri. Riconobbi la baronessa e ne ebbi come uno schianto al cuore. Il dramma incominciato in chiesa, si svolgea fra la casa e la Certosa. Quelle due nature giovani e ardenti, l'una soffocata dall'ambiente volgare del villaggio, dalla brutalità di un uomo rozzo ed incolto, l'altra chiusa fra le grigie mura di una Certosa, repressa dalle regole e dalla severità monastica, si erano comprese: tendevano l'una all'altra forse per comunanza di sventura, per omogeneità di carattere, per conformità di aspirazione e di bisogni, e forse anche per antica simpatia. I loro sguardi, incontrandosi, avevan fatto spiccar le prime scintille del fuoco che ardeva sotto l'abito bianco del certosino e la veste di seta della signora.

Io non ne ero geloso, no, li compassionavo. Un amore come quello in un paese come il nostro doveva assolutamente portar sventura. Dacché gli occhi del monaco si erano incontrati in quelli della baronessa Gilardi, ci era un uomo di troppo nel mondo. Il destino poi avrebbe scelto fra l'amante ed il marito.

Ma nessuno dei miei compaesani si era accorto di nulla. Quei due erano troppo in alto: erano in lotta le due sommità sociali di quel tempo, il monaco ed il barone: il volgo non sospettava, il volgo non capiva; così talvolta scroscia la folgore, imperversa la tempesta sulle alte cime della montagna, mentre al basso la valle è serena e tranquilla e non vi giungono schianti di fulmine o ire di nembi.

Fu notato però che la baronessa andava di sovente in chiesa nelle domeniche, e talvolta anche a vespro. Erano scorsi circa sei mesi da quella scena fra me e lei, ed io non l'aveva più riveduta. Pure mio malgrado mi sentivo trascinato a seguirne i passi e a spiarne le azioni. Ella quasi ogni sera usciva di casa con la cameriera e si avviava verso la Certosa. Ivi giunta, sedeva in mezzo alle contadine quivi radunate per la benedizione della sera, mentre Padre Serafino in ginocchio nella cappelluccia della Madonna, pareva tutto assorto nella preghiera. Ma gli occhi del monaco erano fisi sulla signora, gli occhi della signora erano fisi sul monaco. Che dicessero con quei colloqui silenziosi delle pupille; che dicessero gli sguardi delle due creature fra le alte e cupe navate della casa di Dio; quali sogni, quali aspirazioni, che scambio di voluttà e di promesse, che fremiti, che brividi, che struggimenti, che brucior di passioni in quel tempio del Signore, freddo, cupo, solenne? Chi lo sa! Forse tutto l'inferno della carne in quel paradiso dello spirito: tutte le torture del corpo in quel rifugio calmo delle anime! Io solo leggeva in quei visi, io solo leggeva in quei cuori, ed io, in disparte, non visto, soffrivo; quanto essi più di essi...».

Il dottore tacque; forse le vecchie margini gli si erano riaperte e sentiva pungersi in cuore.

Il chiostro era silenzioso e nero: nella cappelluccia in fondo tremolava la giallognola fiammella della lampada. Io pensavo a quel vecchio monaco che agonizzava dolorosamente nel suo lettuccio da cenobita.

Poi il dottore riprese:

«Una sera, era entrato in chiesa quando ancora era vuota; sedei in un confessionile nell'angolo più buio della navata maggiore e stetti lì raccolto, pensoso... di che? Non so: non li ricordo più quei tormenti, ma furono atroci, davvero! poi vidi aprirsi la porta della sacrestia e comparire Padre Serafino, nel mondo Roberto conte di Pietracuta; nello stesso tempo dal fondo della chiesa si avanzava una figura di donna coperta di un gran velo nero. Il monaco e la donna si incontrarono in mezzo la navata: egli le aprì le braccia, ed ella come stanca si abbandonò sul petto di lui. Stettero così un pezzo. Che si dissero, non so. Vedevo il monaco baciare i capelli della donna, vedevo la donna fremere e sussultare sotto quei baci. A me pareva che il fulmine dovesse scoppiare ed incenerirli; a me pareva veder dei demoni danzar colà dentro e le immagini dei santi farsi minacciose e uscir dalle loro cornici. Poi il monaco e la donna si divisero: ella sedé nel suo solito posto, egli rientrò in sacrestia. La chiesa a poco a poco si popolò di contadine, che intuonarono il rosario. Quelle voci mi parevano bestemmie, quei sospiri di preci, sospiri di voluttà. Ella sedea nella sua poltrona, col corpo disteso, con le braccia abbandonate, con la testa sullo schienale: il monaco, in ginocchio, come raggomitolato, non toglieva gli occhi che lampeggiavano sanguigni, da quella riversa figura di donna. Io fuggii da quella chiesa come da un luogo di perdizione.

Non avevo più il cervello a posto; mi sentivo come pazzo; erravo la notte lungo le mura del convento, mi chiudevo in casa il giorno e mi sentivo morire. Una sera, due ore dopo l'avemmaria, vagavo intorno la

Certosa, quando vidi venir radendo la muraglia una figura di donna chiusa in un gran velo, la quale, giunta presso alla prima torretta, si fermò. Io mi accostai pian piano, nascosto dall'ombra degli alberi che fiancheggiavano la via, e giunsi presso l'angolo tra la torretta e il muro. Udii un cigolar sordo di catenacci arugginiti, poi il piccolo cancello di ferro della torre si aprì, un'ombra bianca apparve e stese le braccia alla donna che si guardò d'intorno e poi di un subito entrò. Il cancello si rinchiuse. Io corsi, mi appoggiai alle sbarre di ferro, dietro le quali si apriva il vano buio ed angusto, e stetti colà con le orecchie tese ed il cuore in tumulto. Su i gradini della scaletta che conduceva alla parte superiore della torre vedeva una sottile striscia di luce che veniva dall'alto. A me giungeva come leggieri mormorii di baci e di parole, e poi lunghi silenzi e poi altro scoccar di baci, altro mormorio di parole. Non so quanto stetti colà, un secolo, a giudicarne dai miei tormenti. Poi intesi un leggier scalpiccio per la scala e mi ritrassi nell'angolo buio della muraglia. Si aprì il cancello; un'ombra bianca sporse il capo, poi una figura di donna uscì fuori. Intesi mormorar queste parole:

– Addio, Roberto.

– Non dubiti più, Maria, non è vero?

Maria era il nome di battesimo della baronessa Gilardi.

– No, non dubito più: il destino ha voluto riunire i nostri cuori, ha voluto riunire le anime nostre. Checché debba succedere son tua, ora e sempre.

E caddero l'una nelle braccia dell'altro, poi con un ultimo bacio si divisero. La donna prese la via del paesello, rasentando le mura della Certosa: il monaco stette per poco a guardarla, poi tirò a sé il cancello, che si rinchiuse con lo stesso cigolìo sinistro.

Errai tutta la notte fra i pini della montagna: per quei due sarebbe giunto il giorno della espiazione terribile, ma intanto si inebbriavano di gioia e di voluttà: io solo testimone di quell'amore non avrei assaporato mai una goccia d'amore! Del resto, nei panni di quel monaco avrei fatto lo stesso, checché avrebbe potuto costarmi: la splendida bellezza di quella creatura era fatta per far dimenticare i voti al Creatore; Satana non può vincere Dio che assumendo le forme di una donna.

Quei convegni erano divenuti abituali, e coincidevano con l'assenza del barone Gilardi, il quale, impegnato in importanti affari, recavasi quattro o cinque volte al mese ora a Monteleone, ora a Catanzaro. Alcuni contadini, reduci a tarda notte dalla campagna, si erano incontrati in quell'ombra nera che rasentava le mura della Certosa; e già in paese si parlava di spiriti, di fantasmi neri e bianchi, che sparivano per la porticina della torretta. Ma nessuno si curava di appurare il vero. Quando me ne parlavano, io alzavo le spalle, fingendo l'incredulo, e dando sulla voce agli spaventati contadini. Ma perché incrudelire con me stesso rendendomi spettatore assiduo e non visto di quei convègni? Non lo so: mi sentiva trascinato verso quei due: un fascino irresistibile mi legava a quella donna quantunque tanto colpevole. Mi sentivo capace di qualunque sacrificio per quella donna che si dava in braccio al suo amante; e nelle sue gite notturne la seguivo col cuore in tumulto, ma pronto a difenderla anche a costo della vita.

Una sera, dopo aver visto rinchiudersi il cancello della torretta e allontanarsi la donna, era uscito dal mio solito angolo e mi avviavo verso casa mia. Al principio del paese intesi una voce che profferiva il mio nome: vidi un uomo in mezzo della strada, e al lume delle stelle riconobbi il barone. Ebbi come uno schianto: l'avevo visto partire la mattina per Catanzaro, ora come trovavasi colà in quell'ora?

– Dottore, – mi disse con voce calma che mi tranquillizzò – vi piace passeggiare al chiarore delle stelle?

– No, – risposi, con tuono indifferente, – torno da una visita medica.

– Del resto, – continuò lui – anche mia moglie si piace delle passeggiate notturne. L'avete voi incontrata?

Trasalii. Di sicuro il barone avea sospetto di qualche cosa e cercava di farmi cadere nella rete; pure ebbi il sangue freddo di rispondergli il più naturalmente che seppi:

– E fa bene, ché il moto potrebbe giovarle molto; anzi son lieto e superbo che ella ubbidisca alle mie prescrizioni. Però non l'ho incontrata mai.

– Oh! siete stato voi che le avete prescritto di andare attorno la sera?

– Veramente, – risposi io – la frase non è esatta: non le prescrissi di andare attorno (e sottolineai la frase), ma di passeggiare per mezz'ora almeno.

– Allora, io debbo esservene grato… grazie dottore.

E si allontanò. Io restai confuso, sbigottito. Al certo la catastrofe si avvicinava ed io non aveva mezzo di evitarla.

Avvisar quella donna, forse sarebbe stato peggio: doveva presentarmi in casa sua non chiamato, e i sospetti del barone specialmente dopo quel colloquio, si sarebbero accresciuti. Scriverle, era impossibile. A chi fidare una lettera? ed invece di evitarla, non avrei precipitato la catastrofe con una imprudenza?

Non mi restava che assistere tacito e non visto all'ultimo atto di quel dramma, come tacito e non visto aveva assistito.

VI

Era la sera del 13 gennaio 1830, data terribile che a caratteri di sangue è segnata là, sotto quella croce in mezzo al sentiero.

Io, come l'usato, era andato ad appiattarmi nel solito angolo tra il muro e la torre. Avevo visto venire, radendo la muraglia, fermandosi talvolta per guardarsi d'intorno, quella figura di donna tutta chiusa in un velo nero. Avevo visto aprirsi il cancello della torretta ed il monaco bianco aveva accolto fra le braccia quella donna palpitante ed affannata. Poi come al solito il cancello si era rinchiuso; io avevo appoggiato la fronte alle sbarre e avevo udito il mormorio di baci e di parole, rotto da lunghi silenzii, avevo visto la striscia di luce gialliccia, splendere venendo dall'alto, sui gradini della scala. Poi il solito scalpiccìo mi aveva fatto ritrarre all'angolo del muro.

Il cancello girò cigolando sui cardini. Nel vano della porta comparve il monaco e la donna stretti l'un l'altro: ella gli cingeva il collo con le braccia ed appoggiava la testa all'omero di lui. La notte era buia, pel cielo correvano nuvolacce nere e pesanti. Poi quei due si divisero; il monaco rimase ritto sul vano del cancello, e la donna si mosse per allontanarsi, quando una voce che veniva dalla parte opposta del sentiero, gridò:

– Un momento, padre Serafino carissimo; non volete dare un bacio anche a me?

La donna die' un grido terribile; il monaco fece un balzo e la ricoprì del suo corpo. Io nel mio cantuccio tremavo di spavento: dal mezzo del sentiero vedevo avanzarsi un uomo: riconobbi il barone Gilardi.

– È stata ben lunga la confessione, – continuò quella voce – è stata ben lunga, padre mio carissimo! Eppure quella santa creatura ha la coscienza bianca di una colombella, ed è come una colombella morbida e calda, non è vero, reverendo padre in Gesù Cristo?

La donna die' un gemito: il monaco fe' un passo innanzi come per slanciarsi su quell'uomo, ma si contenne. Il barone proseguì:

– Ma io non voglio separarvi, perciò vi mando all'inferno tutti e due.

Rimbombò un colpo di pistola, che come un lampo rischiarò il sentiero. Al colpo tenne dietro un grido angoscioso della donna: il monaco ritto in piedi, con le braccia conserte, la copriva col suo corpo.

– Avete la pelle dura, padre: vediamo se resistete a questo.

E un altro lampo mi accecò, un altro colpo echeggiò per valli e per balze. L'orgasmo in cui era il barone gli aveva fatto mancare il colpo la prima volta, ma al secondo il monaco si era scosso e aveva portato la mano al petto.

– Ora a noi due, barone, – esclamò il monaco – ora siete disarmato ed io ho un pugnale. Ebbene, giuratemi sul vostro onore di gentiluomo che non torcerete un capello a vostra moglie; giuratemi che ella domani partirà per Napoli ed io non vi ucciderò.

– No, – ruggì il barone a denti stretti – io debbo uccidere te prima, lei dopo. Io voglio scannarvi e poi succhiare il sangue delle vostre vene: io voglio che domani tutto il paese inorridisca sul cadavere di quell'infame.

E si scagliò a capo basso sul monaco. Allora si impegnò una lotta terribile e furente. La donna svenuta, giaceva riversa nel fossato. Quei due si erano stretti l'un all'altro: nelle mani che si alzavano per colpire, vedevo scintillare rapida la lama del pugnale: udivo il respiro sordo, affannoso di due uomini, le bestemmie, i ruggiti di rabbia e di dolore. Io ero atterrito: soccorrere il barone era come un voler la morte di quella donna che giaceva svenuta al suolo: soccorrere il monaco era come rendermi complice di un omicidio odioso perché il tradito era il barone, l'offeso era il marito. Ma bisognava decidersi; ed ubbidendo più all'istinto che alla ragione, già mi slanciavo per dividere i contendenti che erano rotolati per terra stretti in un amplesso mortale; quando uno di essi si alzò. Era il monaco. Il barone giaceva al suolo in un lago di sangue.

Io allora mi mostrai: il monaco retrocesse sbigottito.

– Conte Roberto, – gli dissi, perché dopo quel che era successo mi pareva come un sacrilegio dargli il suo nome di religione – io sono un amico di quella donna.

– Ho ucciso lui per salvar lei, – mormorò il monaco – anche io sono ferito al petto da un colpo di pistola.

E si appoggiò al muro per non cadere: lo vedevo tremar nelle gambe: poi gettò lungi il pugnale che ancora stringeva con mano convulsa. Io lo raccolsi.

– Andate, – poi gli dissi – trascinatevi come potete nella vostra cella: accompagnerò io questa donna a casa sua: il destino penserà al resto.

Egli si accostò traballando alla giacente e stette a fissarla in silenzio, poi:

– Ho portato sventura a tutti quelli che ho amato; ho portato sventura a tutti quelli che mi hanno amato!

– Andate, conte, andate.

Egli si rivolse a me:

– Io non vi conosco che per avervi visto qualche volta, – mi disse – ma in certi momenti della vita si accetta il soccorso anche da un nemico. Il nostro destino è nelle vostre mani.

– Il destino è in mano di Dio – risposi. – Andate, conte.

Egli si trascinò lentamente lungo il muro, poi entrò nella torretta. Io rimasi solo con quell'uomo steso al suolo e quella donna svenuta.

Mi accostai al barone: era ferito al petto: il cuore non batteva più. Mi accostai alla donna che a poco a poco rinvenne. Si guardò intorno come trasognata: mi riconobbe, ma non ebbe forza di dirmi nulla.

– Signora, voi non avete più marito – le dissi.

Ella scoppiò in dirotto pianto e si torceva, gemendo, le mani.

Poi ripresi:

– Venite meco; se ci vedranno qui noi siamo perduti.

Si alzò a stento, poi appoggiossi al mio braccio e si lasciò trascinare fino al suo palazzo; giunti presso una porticina segreta, ella, ancor piangendo, mi stese la mano.

– Giurai che vi sarei stato amico per la vita e per la morte, – le dissi io sottovoce – vi confermo il mio giuramento.

Ella mi strinse convulsamente la mano, poi fuggì. Io me ne tornai a casa. Come passai quella notte, Dio solo sa, egli che legge nel cuore dell'uomo.

VII

La mattina presso al cancello della torretta fu trovato il cadavere del barone. Il paesello, che nella notte aveva inteso rimbombare quei due colpi d'arma da fuoco, se ne commosse vivamente, ma non seppe spiegarsi perché il barone fosse morto di pugnale. In mezzo al sentiero si trovarono le due pistole scariche e uno stiletto. Io fui chiamato per assistere il giudice, che trovai sul luogo, coi gendarmi ed una gran folla di popolo. Solo il convento, che aveva il cancello e le porte chiuse, era silenzioso. I comenti erano varii: il giudice ascoltava e pigliava nota di tutto. Eran giunti i fratelli e i parenti del defunto barone, e già si spargeva qualche voce che accusava un monaco dell'omicidio, ma non se ne sapeva dire la causa. La sera dell'istesso giorno il giudice fu chiamato dall'Abate nella Certosa. Stette colà circa due ore; quando ne uscì, sapemmo da un suo impiegato che si erano raccolti gravi indizii su gli autori dell'assassinio, i quali erano senza fallo alcuni carbonari già rei di altri omicidii e di altre grassazioni. Furono mandati i gendarmi ad inseguirli.

Tre giorni dopo la baronessa, tutta in gramaglie, partì per Napoli. In una delle vie del paese incontrai la sua lettiga. Ella mi vide e impallidì, poi chinò la testa. Io passai oltre senza salutarla.

Scorsero tre mesi: una sera un messo del convento venne a cercarmi perché un monaco era gravemente infermo. Mi recai nella Certosa e fui introdotto in una celletta.

Su di un letticciuolo giaceva un monaco: era Padre Serafino.

– Chiudete la porta – mi disse, quando rimanemmo soli.

Chiusi la porta e mi accostai a lui: era livido, scarno, abbattuto.

– Perché non mi avete fatto chiamar prima? – gli dissi.

– Perché l'Abate non volle. Nessuno doveva sapere che io era ferito; a questo solo patto si poteva impedire alla giustizia di procedere nelle sue indagini. Fui chiuso per due mesi nell'*in pace*, e se fossi morto, mi avrebbero sepellito di nascosto. Quando le ferite rimarginarono fui portato qui. Mi fu perdonato il delitto, ma non mi avrebbero perdonato la compromissione e il discredito della Certosa. Ora ho detto di aver la febbre ed ho avuto il permesso di consultarvi.

Poi, dopo un momento di silenzio, egli riprese:

– So che vi debbo più che la vita: vi ringrazio per me, vi ringrazio per lei.

E mi stese la mano che io non toccai: egli la ritirò con un sospiro.

– Quello che ho fatto non fu per voi, fu per lei.

– Anche voi l'avete amata – mormorò poi.

E soggiunse:

– Il mio amore l'ha perduta, il vostro l'ha salvata…

– Addio – gli dissi.

Egli mi seguì con gli occhi; quando mi vide aprir la porta, fe' un gesto come se volesse richiamarmi: io feci sembiante di non vederlo e uscii fuori.

Poi Padre Serafino guarì; ma quando comparve in chiesa non fu visto più col suo viso roseo e fresco, coi suoi grandi occhi neri e lucenti: non fu intesa più la sua voce nelle solennità religiose, la sua voce melodica, orgoglio e vanto della Certosa. Egli si era fatto pallido, scarno; avea lo sguardo smorto, la persona curva, il passo incerto. Quantunque ci unisse un legame terribile ed indissolubile, quello del delitto, non gli fui amico: in quaranta anni non gli parlai che tre o quattro volte: stasera doveva essere l'ultima».

– Stasera? dunque quel monaco?

– Quel monaco, che forse sta per rendere l'anima a Dio, è Padre Serafino, al secolo conte Roberto di Pietracuta.

VIII

Il dottore tacque. Attraverso il cancello della torre vedevo nel buio della notte nereggiare una croce in un canto del sentiero, ove era avvenuta quella scena di sangue.

– Ora andiamo – mi disse il dottore alzandosi. – Ho promesso stasera a quel moribondo che, appena spirato, avrei distrutto le carte chiuse nello scrigno presso al letto, e manterrò la mia promessa.

E di lei, della baronessa, non avete più nuove?

– È morta venti anni or sono in Napoli. Un mese prima avevo ricevuto una lettera che portava scritte queste parole soltanto: «Mi sarà perdonato perché ho molto espiato».

Rifacemmo silenziosi la via del chiostro fra i ruderi e l'ortiche: quando fummo presso alla celletta, si aprì la porta e comparve il monaco assistente.

– Padre Serafino è morto, – disse con voce solenne – pregate per lui!

Entrammo nella celletta. Sul letticciuolo giaceva Padre Serafino vestito di bianco e con le mani in croce. A' piedi del letto ardevano due candele.

Il dottore si tolse il cappello, io l'imitai: poi si accostò al cadavere, lo frugò nel petto e ne tolse una piccola chiave legata ad un nastro, con la quale aprì lo scrigno.

Vidi là dentro in confuso, nastri, lettere, involtini, fiori appassiti, ciocche di capelli. Il dottore vuotò lo scrigno sul braciere, poi accostò a quel mucchio di carte e di ricordi una delle candele che ardevano a pié del letto mormorando:

– I ceri della morte distruggono le passioni della vita.

La vampa che si alzò dal braciere, rischiarò per poco di una luce rossa la celletta. Un fumo acre e nero si elevò da quel mucchio acceso: poi la vampa si affievolì, poi si spense. Il dottore rimise al suo posto la candela, guardò per l'ultima volta quel monaco bianco, stecchito e con le mani in croce; indi da me seguito uscì dalla celletta.

Era l'alba quando tornammo a casa. La campana del convento suonava lugubremente a mortorio.

Il dottore è morto da due anni, perciò io ho scritto questa storia.

GABRIELLA

Era tutta bianca, capelli e sopracciglia: una peluria bianca sul mento e sul labbro; il volto incartapecorito era tutto una rete fitta di rughe. La persona piccola ma ossuta, si curvava tremante sul bastone che le serviva di appoggio quando andava attorno per la casa. Morta in tutto, viveva nello sguardo fiammeggiante fra le ciglia bianche.

Viveva sola nella casa grande e vuota, sola in compagnia di due contadine, vecchie anche esse. La casa era tenebrosa come un sepolcro, ma le pareti, nere dal tempo, serbavano traccia delle antiche dipinture, e dal soffitto pendevano lunghe strisce di tela polverosa che scoprivano i travicelli e la ingraticciata. Nei pochi mobili, anneriti e sgangherati, luccicavano ancora qua e là le dorature: e certe grandi specchiere con le lastre punteggiate di nero e le cornici di un giallo sudicio, riflettevano nella penombra delle stanze una certa luce grigia; chi vi si fosse guardato pareva vecchio di un secolo, quasi quegli specchi, nei quali si era mirata tanta gente da gran tempo ischeletrita, non sapessero riflettere che rendendole smorte le immagini della vita e della giovinezza.

Dalle pareti pendevano ancora alcuni quadri neri, ritratti di famiglia, figure di santi, immagini di martiri e di vergini: una testa scarna, una bocca nera, un braccio bianchiccio, un ginocchio livido si intravedevano in quella penombra silenziosa, come se intorno alle pareti facesse mostra di sé un accozzo di membra umane. Alcuni occhi avevano gli sguardi biechi, altri guardavano dolci; alcune bocche sorridevano; certi omeri di sante, certi seni di vergini uscivano fuori frementi di vita da quella patina nera che il tempo aveva distesa su le tele logore e vecchie.

In alcune stanze erano ancora gli scheletri dei larghi ed altissimi letti del secolo scorso, ma senza materazzi e senza coltri, coi ferri del baldacchino rossi per ruggine. Qualche vecchio fucile pendeva ancora dalle pareti con la cartucciera di cuoio e il lungo pugnale dalla guaina intagliata. Presso al letto un canterano sghangherato si appoggiava forse da più di due secoli alle pareti, un tempo dipinta a grandi fiorami, ora scalcinata e nera. Qualche sedia a bracciuoli, con l'imbottitura sventrata, donde uscivano le scardassature, e con lo schienale rotto, continuava a star là come un tempo, morta anche essa, come quei che aveva accolti fra le sue braccia e cullati nei sogni del riposo e del benessere.

La vegliarda sedea abitualmente nella stanza del focolare, vasta, affumicata, col soffitto altissimo sostenuto da travi massicci e grezzi, nei quali, propriamente in quelli presso la finestra, le rondini avevano fatto il nido: e si vedevano lungo il giorno ire e venire trillando affaccendate nelle lor cure materne mentre i rondinini pigolavano allegri. Il focolare grandissimo, sormontato da una cappa lucente di una patina grassa e nera, aveva intorno alcune panche con lo schienale alto e il sedile che si apriva, mutando così la panca in cassa. Alle pareti, vecchie stoviglie, figurine di santi lacere e insudiciate e secchi ramoscelli d'ulivo benedetto; dalla cappa scendeva una catena col gancio per sostenere la pendola. Oltre ai rondinini che pigolavano in alto nel loro nido ed alle rondini che ivano e venivano per la finestra aperta, di vivo in quella stanza non ci era che il focherello acceso d'inverno e di estate al quale la vegliarda, seduta sopra uno sgabello, stendea le mani scarne e tremanti.

Vicino al focherello bolliva una pentola con la minestra del pranzo o della cena. Una fantesca vi rimestava, mentre l'altra carpone soffiava nel fuoco: la signora con le mani stese alla vampa in uno stato continuo di freddoloso dormiveglia, talvolta si destava per chiedere con voce rauca un po' d'acqua o per dire, dopo lunghe ore di silenzio: «Mi fa freddo, Francesca; mi fa freddo, Giovannina».

Talvolta, come scossa da un ricordo, si alzava tentennando e brancicando in cerca del bastone, che nel sedere avea lasciato cadere per terra: poi con una mano alla parete, l'altra sul bastone, curva e tossicolante si trascinava per le vuote e fredde stanze, fermandosi ora innanzi un quadro, ora innanzi un mobile, or lasciandosi cadere sopra un vecchio divano rotto e polveroso. Talvolta si chiudeva nella sua stanzetta, e con mano tremante apriva un armadio scheggiato o bucherellato dai tarli, e restava per un pezzo in contemplazione innanzi certe vecchie gonne di seta ricamate in oro od in argento, con le trine gialle e cadute in brandelli. In quell'armadio erano ammucchiati tutti i ricordi della sua giovinezza; e in quel mucchio di cenci, di veli, di trine, di fiori, di piume, ella con senile compiacenza brancicava come se un caldo alito di vita si elevasse per riscaldarle le membra flosce e gelide.

A capo del suo lettuccio nereggiava un crocifisso sudicio di polvere fra due pilette d'argento. Sotto il crocifisso, appeso ad un chiodo, era un quadretto con una figura d'uomo coi tratti del viso sbiaditi dal tempo. Era coperto da un velo spesso che la vegliarda sollevava sovente: muta, tremante, poggiata al bastone ma colla testa alta fissava quell'immagine che ella forse rivedeva con la memoria, bella, forte e giovane come l'aveva vista in tempi molto lontani; quando per la prima volta la sua bella, immacolata bocca di vergine, aveva inteso il caldo di un bacio d'amore.

Io la rivedo anche oggi, dopo più di venti anni, quella bianca e silenziosa figura di vegliarda. Nel paese la chiamavano la signora Gabriella e noi fanciulli si aveva per lei riverenza mista a paura. Avevamo inteso dire nelle veglie del focolare, quando si pettegolava dei fatti altrui e si sparlava degli amici e dei conoscenti, che quella lì, a' tempi suoi, molto lontani, allorché i briganti incendiavano città e villaggi e i soldati francesi, eretici e feroci, incendiavano villaggi e città, e il sangue scorreva a torrenti e le montagne echeggiavano di colpi di cannone o di colpi di fucile, avevamo inteso dire che quella lì era fuggita con un brigante, bastardo di un signore, del signore cui apparteneva la casa abitata dalla signora Gabriella; e che aveva vissuto per sei anni sulla montagna, che poi le avevano ucciso il marito o l'amante che fosse; ed ella aveva vendicato il marito uccidendo l'uccisore; che era stata in carcere, e in ultimo che era l'ultima superstite della famiglia Gilardi famosa nella cronaca calabrese di sangue e di vendette. Perciò quando noi fanciulli dal basso della via, intravedevamo fra le sgangherate imposte dell'ampie finestre quella testa bianca e rugosa che ci fissava con gli occhi smorti dalle palpebre orlate di rosso, si fuggiva sgomenti e la notte ci rannicchiavamo fra le coltri per non rivederla al buio.

Una sera la vidi davvicino e d'allora più viva la sua immagine si impresse alla memoria. Si eran celebrate le nozze di un nostro amico di casa, e noi fanciulli, mentre nella sala grande si festeggiavano gli sposi, facevamo il chiasso nell'anticamera, sgranocchiando i dolci avuti in regalo. Ad un tratto la porta si aprì e comparve quella vegliarda fra le due serve che la reggevano per le braccia e seguita da un contadino con una lanterna.

A quella apparizione rimanemmo come intontiti; tutti si misero a fuggire gridando: la maschera, la maschera! Io, più curioso degli altri rimasi. Ricordo sempre lo sguardo che mi lanciò, sguardo d'ira, di alterezza che mi fe' tremare a verga, sicché anche io me la sgattaiolai. Era vestita in un modo strano per noi, di un abito di seta di un taglio quale non ne avevamo ancora visto alle nostre mamme, alle altre signore del paese; le gonne cadean flosce lungo i fianchi; la vita lunghissima saliva ad imbuto e si stringeva al seno osseo, giallo, incartapecorito. Non aveva maniche, e dallo sparato uscivan due braccia che eran due ossi lunghi ricoperti di una pelle secca e rugosa. Sul capo bianco aveva un cerchio di vecchie piume sfilacciato e di fiori sbiaditi.

Fuggii, ma non risi, che in quella goffaggine, in quell'apparizione di un mondo a me ignoto e da gran tempo passato, ci era qualche cosa di bieco e di sinistro.

Ascoltatemi e vi narrerò brevemente la istoria di quella vegliarda.

In sul finire del secolo le due famiglie degli Aldini di Dipignano e dei Gilardi di Paterno continuavano nella lotta che già durava da più di 60 anni, a colpi di coltello, quando i giovani delle due famiglie si incontravano nella piazza dei loro paeselli, a colpi di carabina quando si incontravano sulla montagna.

Paterno e Dipignano son due villaggi separati da un burrone profondo. I Gilardi e gli Aldini erano dei due paesi i più temuti e perciò i più stimati.

La causa della inimicizia è ignota; ma in 60 anni dall'una e dall'altra parte eran stati uccisi parecchi; negli ultimi anni del secolo vieppiù erano inferocite le ire, ché in quel tempo di rivoluzione sociale e invasioni non c'era chi avesse potuto imporre a quella gente omicida per istinto, per braveria, per tradizione; e non passava anno che in una delle famiglie, spesso in entrambe, non si dovesse deplorare o un morto o un ferito.

I genitori degli Aldini eran morti, lasciando alle cure dei tre figli maschi una sorella, che essi custodivano con quella gelosia feroce che nei villaggi calabresi opprime la donna, moglie o sorella: e appena le si permetteva di andare a messa la domenica nella Chiesa di S. Francesco.

La fanciulla viveva sola e selvaggia in quella rozza famiglia di *galantuomini*, ognuno dei quali vantava un ferimento od una uccisione: braverie e prepotenze formavano il tema favorito dei discorsi di quei giovani; uno dei quali morto or fan 30 anni. Confessò in fin di vita di avere ucciso ben 37 suoi nemici, nei feroci tempi che chiusero l'ultimo e incominciarono questo secolo.

La giovinetta crescea bella e rigogliosa, ed a contatto della rude natura dei fratelli, nello sguardo, nel gesto, nel portamento avea acquistato un non so che di virile, il quale dava alla bellezza forte, e fiorente di lei un fascino nuovo. Non ingentilita da carezze di madre, non resa esperta da confidenze d'amiche, viveva ignorando molto della vita e solo curante delle faccende domestiche di cui sopportava tutto il peso e che, stancandola, attutivano in lei gli impeti della giovinezza e gli acri desiderii della virginità matura.

Ora un giorno andando a messa, accompagnata da una vecchia fantesca e due guardiani di campagna, o meglio bravi, si era incontrata in uno degli Aldini; il più intrepido e il più famigerato di quella famiglia nemica; l'Aldini aveva fermato il cavallo e seguito per un pezzo con gli occhi la bellissima sorella dei suoi nemici la quale, avendo saputo da uno dei guardiani chi fosse quel cavaliere, gli avea lanciato uno sguardo superbo di odio e di sfida, cui l'Aldini avea risposto con un sorrisetto di scherno.

– Per la Madonna, che bel pezzo di carne e se è feroce come i fratelli, sarebbe un gusto da papa l'addomesticare quella lupacchiotta.

E avea spronato, mulinando un bizzarro progetto, per congratularsi con se stesso della bella idea si fregava le mani ridendo, approvandosi col capo e già pregustando la gioia della riuscita, che gli avrebbe messo fra le braccia quella forte e bella vergine, ed una ingiuria mortale avrebbe colpito la famiglia degli Aldini.

E il suo progetto, ispiratogli dalla beltà della sua nemica, era di rapire in un giorno di domenica la Gabriella e di portarla con sé sulla montagna.

– Per Gesù Cristo, che bella idea! – andava mormorando mentre cavalcava verso Dipignano.

Gran folla di contadini aspettava in crocchi, in capannelli innanzi la Chiesa di S. Francesco, che il sacrestano desse il segno di campana; e guardava sospettosa tre uomini armati che in disparte della folla, con le spalle ad una delle colonne del portico, pareano in attesa di qualcuno.

– Son gente di Dipignano, – disse un contadino – e quello lì in mezzo, dalla giacca di velluto e dalla barba nera, è don Domenico Aldini.

– Farà caldo qui fra poco, se verranno i Gilardi.

– Li ho incontrati al ponte di Albicello: andavano a Cosenza.

– Perciò affettano tanta sicurezza... Ma se mancano i Gilardi, è qui Pietro Moschini, eccolo là seduto sui gradini della croce.

Pietro Moschini, cui si eran rivolti gli sguardi dei due contadini, era un giovane di 25 a 30 anni, bastardo di un signore di Paterno, il quale morendo gli aveva lasciato la casa e un poderetto, stimato e temuto perché coraggioso fino ad affrontar per giuoco i pericoli, vigoroso da non temer rivali nelle lotte delle domeniche innanzi allo spiazzo del Convento di S. Francesco, destro nelle armi per colpire infallibilmente al segno con la sua carabina, era anche amato perché benefico anzi prodigo del suo, e di sensi alti e nobili, quantunque incolto e rozzo.

Ma perché bastardo, i galantuomini del paesello, che lo accettavano a compagno nelle partite di caccia, o per quarto nel giuoco del tresette, non lo avrebbero per cosa al mondo ammesso nell'intimità delle loro famiglie, e tanto meno avrebbero voluto imparentarsi con lui. Fiero e sdegnoso, egli accusava senza protestare la sua condizione e non si ribellava al pregiudizio sociale che lo separava da coloro i quali al par di lui avevano sangue di gentiluomini nelle vene. Malinconica scorreva la sua giovinezza e solo nelle dure fatiche della caccia e nelle cure del suo poderetto, che gli fruttava una certa agiatezza, trovava conforto ed oblio.

Era amico dei Gilardi, ma nemico acerrimo degli Aldini. Per questione sull'uso di un certo acquedotto avevano scambiato ingiurie e minacce: gli Aldini volevano vincerla con la prepotenza, il Moschini col dritto: un bel giorno perdé la pazienza e ordinò ai suoi coloni di deviar l'acqua dal podere degli Aldini, ingiuria atroce questa per quella famiglia usata a veder rispettati i suoi capricci e le sue voglie. Minacciarono, ma il Moschini rispose che egli aveva polvere e palle ed era pronto a fare alle schioppettate quando e dove volevano.

Così stavano le cose in quel giorno di domenica. Pietro Moschini era seduto sui gradini della croce innanzi al convento ed aspettava il segno per entrare in chiesa; però avendo visto il più audace, il più accattabrighe stava in guardia chiedendo invano a se stesso perché tanta temerità nel suo e nel nemico dei Gilardi, il quale pareva venuto per sfidarli nel loro paese.

La campana diede il primo segno e in quello si vide scendere da un sentieruolo la Gabriella in mezzo alle sue due fantesche. Camminava rapida per non far tardi e nel lungo velo nero che tutta l'avvolgeva, la figura della giovinetta si delineava forte e bella col corpo saturo di giovinezza e di salute e con la bella testa di vergine dai lineamenti puri e delicati, alteramente ferma nel velo nero che si appuntava sulle opulenti trecce castagnine.

La folla si pigiava per entrare in chiesa; quando la Gabriella giunse vicino al giovine, questi si alzò riverendola turbato, ella si fe' rossa in viso e chinò la testa continuando nel suo cammino; ma quando fu presso al portico i tre appoggiati alle colonne le sbarrarono il passo, e don Domenico Aldini si avanzò con voce sicura dicendole:

– Non un motto, non un gesto, seguitemi.

Ella restò sbalordita, poi lanciò uno sguardo di odio e di disprezzo all'audace e senza rispondere mosse per entrare in chiesa.

Ma don Domenico Aldini la prese per un braccio, mentre i guardiani si stringevano alle due donne.

– Hai osato toccarmi, vigliacco! – gridò la fanciulla ritraendosi con lo sguardo scintillante d'ira.

– Via, non più smorfie, andiamo.

– Ah, canaglia, – gridò Pietro Moschini precipitandosi su l'Aldini – ah, cane rognoso!

E con un man rovescio lo fece stramazzare. L'Aldini levatesi furioso si scagliò sul giovane.

Intanto le donne si erano date a gridare sicché accorsero i più vicini, ma si arrestarono trepidanti innanzi ai due accapigliati. Poco discosta Gabriella immobile guardava la lotta. Su l'Aldini rovesciato, Pietro premeva col ginocchio, mentre cercava di afferrargli il braccio che armato di pugnale vibrava colpi poderosi; i guardiani avevano sguainato i coltellacci ed eran corsi sul giovane, ma questi con due calci da sfondare un muro li mandò a gambe levate; quei due si alzarono inferociti ed erano per avventarsi di nuovo sul giovane, quando sopraggiunsero i contadini e incuorati dal veder vinto l'Aldini e temendo la vendetta dei Gilardi se non avessero preso la difesa della loro sorella, si precipitarono su i guardiani per disarmarli.

Don Domenico Aldini, cui Pietro col poderoso ginocchio teneva inchiodato al suolo, ruggiva digrignando i denti, tentando ma invano di sollevarsi.

– Ah, vile, ah, vile! – diceva Pietro curvo sul nemico – è questo il tempo di fare il gradasso. Sciogliti se puoi, carogna schifosa.

Gabriella a poca distanza da quel gruppo guardava con occhio sereno; pareva che il pericolo corso non l'avesse né turbata né le avesse accelerato i battiti del cuore.

– Accostatevi, signora Gabriella, accostatevi e date quattro schiaffi a questo assassino di femmine.

Ella si accostò calma, tranquilla e chinandosi schiaffeggiò più volte il viso del suo nemico livido dall'ira che si contraeva per lo sforzo e per l'onta; poi dopo aver rivolto un lungo sguardo al giovane che tuttora premeva col corpo il corpo dell'Aldini disse alle sue donne:

– Entriamo in chiesa: spero che la messa non sia finita.

E passò tra la folla riverente dominata da quella fredda e calma alterezza. Allora solo Pietro, che aveva disarmato l'avversario, si alzò e tratta una pistola tolse di mira l'Aldini dicendo:

– Ed ora andatevene. Ve l'ho mandato a dire: quando mi volete venite sulla montagna.

– Sì, sì, ci vedremo – mormorava don Domenico – e il più grosso pezzo del tuo corpo sarà l'orecchio, bastardo cane. Con lei... con lei a miglior tempo.

E partì disparendo in breve fra i castagni della collina: i due guardiani dimessi ed avviliti gli tennero dietro.

La folla si strinse intorno a Pietro per felicitarlo. Egli però aveva la testa china sul petto ed era livido: non il coltello dell'Aldini, ma quella parola "bastardo" l'aveva ferito al cuore.

Poi un ricordo più dolce venne a rasserenarlo: gli luceva ancora negli occhi lo sguardo lungo e profondo che la Gabriella gli aveva rivolto nell'entrare in chiesa; quello sguardo era un ringraziamento, ma era anche una rivelazione.

Pietro Moschini era da gran tempo innamorato di Gabriella Gilardi.

Era un amore muto e profondo, proprio dei cuori solitari e delle nature selvagge, un amore di struggimento, di smanie, di disperazioni, che ruggivano nel cuore del giovane non confortato dalle carezze d'una madre o dalle dolci parole d'un amico. Dapprima era stata come una aspirazione vaga, come un fascino per quella creatura così bella che avea visto talvolta in chiesa o dalla finestra che guarda alla montagna; poi un giorno, reduce dalla caccia, l'aveva incontrata al basso del paesello presso al mulino, e d'allora non avea saputo far dileguare quell'immagine di donna, sicché un desiderio acuto di rivederla lo portava spesso per quella via, e la domenica lo facea sedere per aspettarla su i gradini della croce innanzi la chiesa.

E così l'aveva vista sovente, l'aveva contemplata più volte quando ella pregava inginocchiata presso l'altar maggiore, tutta chiusa nel suo velo nero; ma nessuno si era accorto di nulla e nemmeno la sospettosa gelosia dei fratelli Gilardi se ne era impensierita. A chi potea venire mai in mente che un bastardo potesse amar d'amore una sorella dei Gilardi?

Però, mentre in Pietro a dismisura crescea quell'amore, era nato nella Gabriella un sentimento vago, fomentato dalla curiosità di sapere che cosa volesse da lei quel bel giovane che spesso aveva incontrato per via e visto in chiesa la domenica, e che la guardava con tanta insistenza ed anche con tanta tenerezza.

Poi, quantunque Gabriella non fosse molto esperta nei misteri del cuore, per la vita quasi claustrale che al par di tutte le fanciulle calabresi ella vivea nella società di due contadine, fantesche della casa, e dei fratelli rozzi sì nei modi e nel linguaggio, ma riservati con lei, pure la prepotente e rigogliosa giovinezza già le aveva fatto comprendere vagamente che, oltre all'amore pei fratelli, v'era un altro amore dolcissimo e profondo, dispensiero di gioie intense, per le quali ogni sacrifizio è pur lieve. Comprendeva vagamente che ella non apparteneva ai suoi fratelli, ma ad un ignoto, ad un uomo fino allora a lei estraneo, cui un giorno dar dovea tutta se stessa, la sua rigogliosa e bella giovinezza col suo cuore immacolato; ed un tale uomo era forse lui, quel giovane che avea inteso vantare per ardito e generoso, quantunque bastardo, e che la guardava con occhi tanto dolci mentre ella pregava presso l'altare maggiore tutta chiusa nel suo velo di vergine.

Quando i Gilardi seppero, nel ritorno da Cosenza, di quell'ingiuria alla loro sorella, arsero di sdegno e giurarono di vendicare col sangue quella nuova offesa. La Gabriella era tornata a casa commossa e pensosa, non tanto pel pericolo corso e per l'atroce ingiuria, quanto per ciò che il cuore le aveva rivelato; e appena nella sua stanza, con quel solito abbandono delle nature forti aveva detto a se stessa:

– Io non sono più Gabriella Gilardi, io sono oramai Gabriella Moschini.

Si rividero dopo due mesi. In quei due mesi, ignoto a tutti, ma divorante, quell'amore solitario aveva logorato i loro cuori.

I Gilardi, che covavano fieri propositi di vendetta e di rappresaglia, avean dovuto asserragliarsi in casa, ché gli Aldini, parteggiando pei francesi eran divenuti potenti e temuti. I Gilardi, rimasti fedeli ai Borboni, eran guardati con sospetto dalla parte liberale, e si diceva che essi sussidiassero d'armi e di denari le bande brigantesche. Anche Pietro Moschini era ricercato a morte sotto l'accusa di ribellione a mano armata, perché un giorno sulla montagna aveva fatto a schioppettate con alcuni soldati francesi, i quali volevano disarmarlo della carabina sospettandolo di manutengolismo, non comprendendo quale onta sanguinosa sia per un calabrese il lasciarsi disarmare anche dalla forza pubblica. Era stato un guaio grosso, ché dei francesi uno era rotolato con una palla in fronte giù per un dirupo, un altro ferito era stato trasportato a Cosenza sopra una barella. E Pietro Moschini fu segnato nella lista dei fuorbanditi.

Gli Aldini, liberali, soffiavano nel fuoco e aveano fatto segnar nella lista dei sospetti anche il Gilardi. Ma costoro se la vivevano sicuri nel loro paesello, non uscendo, per prudenza, della loro casa ove nessuno avrebbe osato assalirli, né dal nuovo governo era questa creduta facile impresa.

Pietro Moschini se la viveva solo sulla montagna e di rado scendeva al paesello.

Ma una domenica fu incontrato da uno dei Gilardi e questi per riconoscenza e per acquistar con cortesia valido sostegno e per dargli prova d'amicizia, lo aveva invitato a cena.

Durante la cena, la Gabriella, come suol l'uso della Calabria, se ne stette in cucina per attendere alle vivande. Pietro, mentre pareva intento ai discorsi, volgeva gli occhi alla porta socchiusa per intravedere l'ombra o il profilo di colei che da gran tempo aveva amata disperando. A notte tarda, mentre i convitati alticci col gomito sulla tavola e innanzi bicchieri colmi continuavano a discorrere di politica, egli che per prudenza tornar doveva alla montagna prese commiato e uscì, guidato fino all'uscio della scala da un servo. Rimasto solo, discese la scaletta illuminata fiocamente da una lampada appesa alla volta, ma quando giunse al basso si arrestò turbato e confuso.

Nel mezzo della porticina di una stanza a pianterreno aveva visto ritta ed immobile la sorella dei Gilardi.

– Buona notte – balbettò togliendosi il cappello.

– Entrate – rispose la fanciulla, scostandosi per lasciargli il passo.

Credé di non avere inteso bene, tanto gli pareva strano quell'invito; del resto tutte le sue facoltà erano concentrate nello sguardo, che fissava sfavillante quella bellissima creatura.

– Entrate – ripeté lei.

E si mosse: egli la seguì muto, quasi sgomento. Era una stanzetta che avea servito altra volta da fienile; la lucernetta posta ad un angolo rischiarava fiocamente le pareti nude scalcinate. La testa di lei restava al buio, ma gli occhi neri e belli lucevano luminosi all'ombra.

Un senso di pudore la faceva ansare, mentre la presenza di quell'uomo le metteva il cuore in tumulto.

– Dite – balbettò lui, imbarazzato, col cappello in mano, non cessando dall'accarezzare con lo sguardo le forme bellissime della fanciulla.

– Non vi avevo ringraziato ancora di quel che faceste per me; custodita come sono, non mi venne fatto finora. Ecco quel che volevo dirvi.

– Per voi! ma che cosa ho fatto per voi! – rispose lui, turbato tanto da tremare come un fanciullo. – Non sapete – continuò – che un oltraggio a voi è a mille doppii un oltraggio a me? Eppure io benedico il fiero proposito dei vostri nemici, al quale debbo la vostra riconoscenza.

– Partite ora, – disse lei – partite!

Egli non si muoveva, era lì con la testa bassa e il petto ansante, con mille affetti, con mille pensieri che gli turbinavano nel cuore e nella mente.

Poi di un tratto le si accostò, le prese la mano e chinandosi fino a lambirne il volto col respiro.

– Perché io vi amo, da circa due anni.

– Partite – disse lei con un suono di voce tra l'affannoso ed il commosso, cercando di sciogliersi dalla stretta e voltando la testa per non incontrare gli sguardi del giovane caldi d'amore. E intanto a loro giungevano le voci avvinazzate dei banchettanti e un acciottolìo di piatti e di bicchieri.

Il corpo di lei a poco a poco parea si rammorbidisse al contatto di quell'uomo ed al caldo di quel respiro e di quella stretta; si era quasi abbandonata a lui che la sorreggeva con un braccio mentre sommesso le venia susurrando:

– Ma ditemi, non vi vedrò più, non dovrò parlarvi mai più di quest'amore muto per due anni e che ora di un tratto irrompe irresistibile? Lo so, non dovrei parlar così a voi; lo so, i vostri fratelli si vendicherebbero atrocemente di tale ingiuria... ma voi, ne siete offesa ancor voi? ditemelo, è riconoscenza soltanto che avete per me? non vedete che soffro, non vedete che mi sento morire!

– Io vi amo – rispose lei non più esitante e coi grandi begli occhi fisi negli occhi del giovane.

Tacquero, assorbiti in quella mutua contemplazione; negli sguardi che si confondevano c'erano carezze, blandizie, soavità d'amore, ebbrezze nuove e profonde; ci eran promesse e giuramenti, ci era il completo abbandono dei loro cuori, tutta la loro vita confusa oramai in un solo desiderio, in un solo scopo, in un solo avvenire.

– Sono un bastardo, sono un bandito e mi cercano a morte per impiccarmi; tu sei giovane, bella, ricca, nobile; pensaci! – disse lui tristamente, rompendo pel primo quel silenzio dolcissimo.

– Io t'amo – rispose lei con alterezza calma e sicura.

– Sei mia dunque, mia nella gioia, mia nel dolore, mia sempre?

– Sempre.

Si sentì come soffocato dalla gioia, non gli pareva vero che egli, un bastardo, un fuorbandito, fosse là, vicino a quella giovinetta che oramai era sua, di lui, orfano, povero, perseguitato, colpito fin dalla nascita da una macchia incancellabile.

– Quando ti rivedrò? – disse egli.

– Nell'orto c'è una quercia, nella quercia un buco; metterò colà le mie lettere, metterai colà le tue; così potremmo intenderci con sicurezza. Ora va, parti.

Con subito atto egli le prese la bella testa e se la strinse al petto baciandola in fronte. La fanciulla si scosse fremente.

– Addio, – mormorò – va, parti: io t'amo.

Uscì come smemorato, con le ginocchia malferme ed il cuore in tumulto. Quando fu fuori parve a lui che le ombre della notte avessero luccichii e bagliori, che gli alti castagni, fra i quali si svolgeva il sentiero della collina, gli susurrassero parole di blandizie e che l'immagine di quella bellissima creatura gli camminasse d'innanzi luminosa e sorridente.

– Gli Aldini mi cercano a morte, i francesi han messo a prezzo la mia testa; dimani i Gilardi mi saran mortali nemici, ma ella mi ama.

E crollando lo spalle:

– Che importa a me del resto?

Intanto vivissima si era accesa la lotta contro i francesi. I Gilardi avean risoluto di emigrare in Sicilia, che ben capivano non poter lottare coi loro nemici protetti dal nuovo governo; e la Gabriella fu avvisata di tenersi pronta. Ma una mattina, scapigliata e piangente, una serva di casa corse ai Gilardi per dir loro che avea trovato vuota la stanza della Gabriella, la quale non si sapeva dove fosse. Si cercò, si indagò, ma invano: Gabriella era fuggita.

Ed era fuggita con Pietro Moschini. Sulla sommità di un monte; quasi nascosta da un bosco di castagni, era un'antica torre feudale che facea parte del podere di Pietro. Colà egli s'era ridotto a vivere con la Gabriella, dopo che un vecchio prete ne avea segretamente benedetto le nozze. Vivevano lontano dal mondo in quella foresta solitaria, dimentichi di tutto, nell'abbandono completo del loro amore. Ella, che non ricordava carezze di madre, né dolcezze di domestici affetti, aveva trovato in quell'uomo tutte le soavità, tutte le gioie, tutte le tenerezze di un affetto profondo e insieme delicato. Pochi contadini erano a parte del loro ricovero, del resto egli attendeva alla coltivazione dei suoi poderi, ne vigilava le raccolte, ne riscuoteva le rendite, protetto dall'amore dei suoi compaesani, che per cosa al mondo non l'avrebbero tradito, memori dei suoi beneficii, ed anche timorosi di lui, ché si sapeva qual cuore avesse e come pronta fosse in lui la vendetta delle offese.

E visse così due anni, guardingo, ma sicuro; né il governo in continue lotte con le bande brigantesche e con gli inglesi, aveva potuto o saputo scovarlo da quella montagna. Questa impotenza non fa meraviglia a chi per poco ha letto la cronaca sanguinosa di Calabria dal 1800 al 1866.

Una sera, tornato da un poderetto, Pietro era seduto presso il focolare: la Gabriella era tutta intesa a cucire, mentre sul treppiede bolliva la pentola con la cena; quando un picchio s'intese. Egli ratto si alzò, e corse al fucile che aveva deposto a portata di mano.

– Chi può essere a quest'ora? – si dimandarono sbigottiti. In quella comparve un contadino che da gran tempo era ai servigi di Pietro.

– Ebbene? – chiese questi.

– Ho guardato dalla feritoia ed ho visto rilucere molte canne di fucile: sono soldati di certo.

Intanto altri picchi rimbombarono.

– Me l'avevan detto di star guardingo, – mormorò Pietro – sembra che vogliono farla finita con noi resi audaci di una nuova vittoria. Ma chi è stato il traditore, chi è la guida?

E profferì a denti stretti una bestemmia, mentre si guardava intorno, incerto sul da fare.

Gabriella lo contemplava pensosa. Il contadino tremava trasalendo ad ogni picchio che scuoteva dai cardini la porta; poi balbettò confuso:

– Credete che debba aprire?

Pietro non rispose: la Gabriella, pallida ma risoluta, si avvicinò al marito e con voce sommessa:

– Pietro, se son soldati, meglio è fuggire.

– Per andare dove? Con te è impossibile, senza di te non mai.

– Andrai da tuoi amici. I soldati mi faranno prigioniera, ma prima dell'alba noi partiremo per Cosenza; avrai tempo d'imboscarti per togliermi ad essi. Starò sull'avvisato; fischierai al tuo modo prima di assalirli, ed io alle prime schioppettate saprò fuggire.

Egli la guardò ammirando la maschia e fiera risoluzione della sua compagna. La quale, voltasi al contadino:

– Va, – disse – domanda che vogliono, poi apri. E intanto trascinava il marito verso una finestra.

– È poco alta dal suolo, la notte è tenebrosa; appena sentirai voci e calpestii su per le scale, gettati al basso; guadagnerai in breve la boscaglia. Ivi di sicuro sono i tuoi amici. A te, il resto, dimani.

– Oh – disse lui, con le lagrime agli occhi, – mi perdonerai tu la pena che ti costo?

– Sono io che debbo chiedere perdono a te, sono io che ti perdono. Ma io t'amo, io son tua. Pensa a salvarti, ora, per salvarmi domani. Appena avrò fatto aprire, tu salterai giù.

Con subito atto gli si avvinse al collo, lo baciò sugli occhi, sulla fronte, sulla bocca, poi lasciandolo immobile presso la finestra aperta, attraversò la stanza, prese il lume e corse alla scaletta.

Ivi trovò il contadino sbigottito e intese le voci dal di fuori.

– Apri, Giovanni – disse ella.

Il contadino, con le ginocchia malferme e invocando tutti i santi del Paradiso, scese la scaletta ed aprì la porta. Si vide nelle tenebre un confuso gruppo di uomini e si intese una voce:

– Guai a voi se ci tendete un tranello.

– Qui non c'è che una donna, salite, non abbiamo nulla da nascondere.

Due soldati comparvero nel vano della porta; altri s'intravedevano nella penombra: i primi due salirono la scala, in sulle prime esitanti, poi rassicurati dal contegno tranquillo della donna, che li aspettava sul pianerottolo.

– Cerchiamo di Pietro Moschini ed abbiamo ordine di condurlo a Cosenza.

– Qui non c'è nessuno: frugate nelle stanze, se volete – rispose Gabriella.

Si intese un tonfo, poi un grido, poi un colpo di fucile.

– Tradimento! – gridarono i soldati.

E si precipitarono giù per le scale, mentre due di essi si avventavano sulla donna, che si era scossa, e come se si sentisse venir meno si appoggiava alla balaustrata, dicendo con voce rotta:

– Lasciatemi, non so nulla, vo' vedere anche io che è stato.

E si dibatteva, tentando con vigore virile di sciogliersi da quelle braccia.

– Lasciate questa donna! – disse un uomo che saliva la scala.

I soldati si ritrassero. La Gabriella, accasciata, con le vesti scomposte, fra i cui strappi biancheggiavano le carni degli omeri e del seno, coi capelli scarmigliati, ansava, fissando il nuovo venuto. Il quale voltosi ai soldati con voce di comando:

– Scendete al basso, cingete la casa ed attendetemi. Sotto la finestra a manca troverete un uomo... credo sia morto.

Ella balzò in piedi, terribile, convulsa e avventandosi al sopraggiunto:

– Morto? chi? Pietro?

– Ah, non mi ingannava, dunque, era Pietro. Finalmente!

E voltosi ai soldati.

– Andate dunque; cercate di ricoverarvi come potete nel bosco, non perdendo di mira la casa. Terrò io compagnia alla signora.

I soldati discesero la scala; l'uomo e la donna rimasero soli sul pianerottolo, rischiarato fiocamente dalla lucernetta. Poi l'uomo disse:

– Mi riconoscete, non è vero? Sono don Domenico Aldini.

Ella lo fissava, immobile dal dolore e dalla disperazione.

– Sì, vi riconosco! – disse lei.

Don Domenico prese la lucernetta e sorridendo con affettata cortesia:

– Non voglio che stiate a disagio, – disse – entriamo e vi dirò il resto.

Lo seguì come trasognata. Egli depose la lucernetta e si assise sul la panca del focolare. Si sdraiò, stese i piedi alla fiamma, poi voltosi a mezzo alla donna:

– Dunque era Pietro? Bel salto, in fede mia, ma non per nulla fui nella mia giovinezza cacciatore di capriuoli e di cignali, ed i capriuoli si uccidono al salto. Se aveste visto che bel capitombolo!... tal quale come un capriuolo.

Trasse la pipa, si curvò sul fuoco per accenderla, poi sospirando il fumo e parlando insieme, continuò:

– Già, voi sapete chi sono. Sono don Domenico Aldini. Vostro nonno uccise mio padre, vostro fratello un mio fratello, il vostro drudo, che io, scusate, non credo a quel che si dice delle vostre nozze, il vostro drudo mi insultò; lui, un bastardo, osò ribellarsi a me, col muovermi guerra, voi mi schiaffeggiaste, ricordate? quando volevo rapirvi perché mi piacevate, e quello lì, che or giace fra i cespugli stecchito come un maiale, vi salvò. Ora non vi salverà di certo. Sono io questa volta che carezzerò le vostre belle guance come voi schiaffeggiaste le mie. Carezze per schiaffi, non ci perdete nel cambio, non è vero? Per due anni quel bastardo riuscì a deludere le ricerche della giustizia, ma aveva fatto i conti senza di me; e fui io che guidai qui i soldati, fui io. Con lui ho saldato la mia partita, ora la debbo saldare con voi. Perdio, come siete fatta bella!

Ella l'ascoltava conficcandosi per disperazione le ugne nella carne. Il suo viso così bello, ma così fiero, era contratto dagli spasimi dell'ira e del dolore; si può dire che la sua bellezza avesse in quello istante qualche cosa di spaventevole. Lui non le badava, continuando a fumare, parlando, col corpo semisdraiato e i piedi stesi al fuoco, mentre ella volgeva gli occhi intorno, come giovane tigre famelica in cerca di preda. Si erano ridestati in lei tutti i terribili istinti omicidi ereditati col sangue. Quando vide ad un angolo il fucile di Pietro trasalì, e senza torcer gli occhi da quel suo nemico, con moto lento e felino si accostava all'arma, restando immobile ogni qualvolta don Domenico Aldini si interrompeva per guardarla. Egli intanto riprese:

– Come vi siete fatta bella! Vi sapevo un fiore delicato, or vi trovo frutto succoso e maturo. Vi preferisco così. Vedrete, vedrete che anch'io so fare all'amore e so dirle le paroline dolci e so darli i baci caldi. Vedrete.

E già si alzava, quando ella con subito atto avventandosi al fucile, lo armò, e spianatolo:

– Assassino, – gridò – in ginocchio, assassino!

E risoluta muovendo verso l'Aldini, gli appuntò la bocca del fucile alla fronte.

Egli sorpreso, sgomento, cercò di deviar la canna, ma invano ché se la vedeva sempre dinanzi scintillante alla luce della lucerna. E la donna intanto continuava, coi denti iniettati di sangue, a dire:

– In ginocchio, assassino, in ginocchio!

Egli allora vedendosi perduto, diede un grido: rimbombò uno scoppio che riempì la stanza di fumo. La lucernetta si spense; solo la crepitante vampa del focolare tingeva di rossiccio il basso della stanza. Su quell'uomo caduto, gemente per larga ferita al petto, quella donna inferocita tempestava colpi poderosi col calcio del fucile.

Era stato inteso lo scoppio e in breve i soldati con torce di legno resinoso irruppero nella stanza, ed a gran forza allontanarono la donna dal suo nemico già cadavere.

Ella incominciava a rasserenarsi, e volta ai soldati:

– Ho vendicato lui, ho vendicato me, ora son pronta a seguirvi – disse con voce calma e sicura.

Di quei soldati, molti avevano affrontato la morte sui campi di battaglia, ma innanzi a quella donna discinta e terribile, arrossata sinistramente dalla luce delle torce, si arrestarono pallidi e sbigottiti.

– Non temete, – disse lei – non temete, eccomi, son pronta a seguirvi.

E calma, sicura, porse i polsi ai soldati.

Fu condannata, e stette in carcere fino al ritorno dei Borboni. Poi fu liberata.

Riconosciuta per moglie legittima di Pietro Moschini, ne ereditò i beni cui fu tolta la confisca. I Gilardi non le perdonarono, ma la lasciarono tranquilla. Ella visse sola col dolore, sola con le memorie, la sua lunga vita di vedova. Or fan venti anni, era un fanciulletto allora, un giorno mi dissero che donna Gabriella, la vegliarda bieca e sinistra, era morta. Andai anche io per vederla. Giaceva fra quattro ceri, lunga stecchita, sul letticciuolo; sul capo livido ed immobile, dagli occhi sbarrati, vitrei, senza sguardo, pendea dalla pareti il ritratto di Pietro Moschini. La tremolante luce di un cero lo colpiva appieno e ne accendeva le tinte.

A qualcuno parve che quell'immagine, tornata viva e bella, contemplasse sorridente la povera morta stecchita e fredda sul bianco letticciuolo.

INDICE

SCRITTORI DI CALABRIA

Volumi pubblicati

1. C. Alvaro, *Il mare*
prefaz. A.M. Morace

2. L. Répaci, *Il deserto del sesso*
prefaz. O. Rossani

3. M. La Cava, *Mimì Cafiero*
prefaz. G. Bertoncini

4. N. Lanucara, *Città delle Corti*
prefaz. P. Crupi

5. R.M. De Angelis, *La peste a Urana*
prefaz. N. Merola

6. C. Abate, M. Behrmann, *I germanesi*
prefaz. G. Colangelo

7. F. Perri, *Capitan Bavastro. Fra Diavolo*
prefaz. F. Tuscano

8. A. Dumas, *Viaggio in Calabria*
prefaz. A. Trombetta

9. D. Zappone, *Il cavallo Ungaretti*
prefaz. S. Salerno

10. C. Calabrò, *Ricorda di dimenticarla*
prefaz. C.A. Madrignani

11. T. Campanella, *La Città del Sole. Scritti scelti*
prefaz. P. Tuscano

12. M. Strati, *Impallidisco le stelle e faccio giorno*
prefaz. P. Bertini Malgarini

13. V. Padula, *Persone in Calabria*
prefaz. D. Scafoglio

14. T. Perna, *Al Magnifico Rettore. Tesi di Laurea*
prefaz. A.M. Morace

BIBLIOTECA DELLE REGIONI

È trascorso poco più di mezzo secolo da quando il grande studioso della letteratura Carlo Dionisotti ha teorizzato l'importanza delle culture regionali nella ridefinizione di un quadro policentrico della letteratura italiana. Una visione in accordo con una nuova prospettiva storica, secondo la quale «la storia delle marginalità reca un contributo essenziale a una storia totale in costruzione, perché rimanda lo storico senza tregua dal centro alla periferia e dalla periferia al centro» (G.C. Schmitt).
Sino ad oggi è mancato un progetto editoriale in grado di disegnare, tramite l'offerta ai lettori di un vasto numero di pubblicazioni relative a specifici ambiti locali, la fitta trama di relazioni che intercorrono tra le culture delle varie regioni italiane e la cultura nazionale.
"Biblioteca delle Regioni" nasce come naturale evoluzione dei principi su cui si fonda la moderna storiografia letteraria: supera la tradizionale visione nazionalistica e forzosamente unitaria e conferisce dignità ai corpus letterari regionali, un tempo ritenuti "minori" e ora finalmente assunti come componenti irrinunciabili della letteratura nazionale.
Ridare dignità alla produzione locale non significa rifiutare, in nome di un provincialismo municipale, tanto inaccettabile quanto anacronistico, il dialogo con l'"esterno"; rappresenta invece un modo nuovo di comprendere lo sviluppo dei fenomeni letterari in rapporto alle realtà regionali e, dunque, di valutare il contributo dato dalle singole esperienze locali alla più generale storia della cultura, sia nazionale sia soprannazionale.
"Biblioteca delle Regioni" intende garantire un facile accesso alla conoscenza della vasta e variegata produzione letteraria, che nel tempo ha concorso a definire la cultura e la scrittura delle diverse regioni, e vuole ovviare alle non poche (e spesso insormontabili) difficoltà dovute all'assenza di riedizioni moderne o alla scarsa fruibilità di ristampe anastatiche, dal costo elevato e prive di apparati scientifici e di consultazione.
Le opere della collana sono indirizzate, nel rispetto dei contenuti, ad un pubblico di lettori differenziato per livelli di competenza e d'interesse; e si propongono – entrando a far parte del sistema culturale di riferimento d'ogni singolo individuo – come strumenti interpretativi di quel patrimonio d'idee, norme, comportamenti che sono a fondamento dei processi identitari d'ogni comunità.